改訂新版

楽天の日々

古井由吉

草思社文庫

カバー装画＝諏訪敦「古井由吉 ver.1」

改訂新版　楽天の日々　目次

I

II

楽天の日々

I

夜の楽しみ

2015

これも気まぐれか。あるいは八十のほうに近い年齢を考えれば、向う見ずと言うべきか。この年——まだ年も改まっていないうちにこれを書いているので——この年の七月の下旬から、ラテン語のおさらいを始めたことだ。ある夜、たまたま、書棚の隅に押しこまれた初等文法書に目が行って、手に取ったのがきっかけだった。埃どころか黴を払わなくてはならない。本もだいぶほつれている。

奥付を見れば一九五二年、昭和二十七年十二月の初刷、翌々年九月の第三刷とある。昭和二十九年と言えば、私はまだ高校の二年生であり、ラテン語の文法書など買うわけもない。ちなみに、定価は二八〇円、これも少年にとって高かった。労働の日当がニコヨン、二四〇円の時代だった。

表紙を返せば、生意気にも、一九六四年十二月一日、これを始む、という意味のことがラテン語で、あきらかに私の手によって記されている。東京オリンピックの年である。その「始む」の動詞の語形が、ラテン語の変化をかろうじて思い出せば、一人称の単数ではなくて複数、主語は「われわれ」なのだ。そう言えばその頃、三十の坂にかかったドイツ語教師の仲間数人が、西洋の文学をまなびながら古典語を知らぬとは何事かとおのれを顧てか、間遠ながら集まって、まずギリシャ語の文法をひととおり、ついでラテン語の文法もたしか半分ほどまで、お稽古した。しかしオリンピックの年なら、私はまだ金沢にいたはずだ。訝かしい。

よしなさい、およしなさい、いまさらそんな御苦労なことをしてもあの世まで持って行けるわけでなし、と内で制する声がしきりにしたが、翌日の晩には第一章から始めた。そろそろつぎの小説にかからなくてはならないので、間合いもよろしくない。しかし昼には小説、夜には「死語」の文法と、頭の切り換えにはよいのではないかと思われた。

牛歩である。それはもとより承知の上のことなので、先を急がずにいた。いずれ道草のようなものだ。いつでも放り出せる。昼には小説に苦労させられるので、夜には閑暇を許した。還暦を過ぎてからギリシャ語のおさらいを、これは根を詰めてやった。あの時と較べて、やはり違うな、とうなずいては悦に入る。まるっきりの初心でもなく、やはり年の功はあるもので、呑みこみは早い。ところが、それがいけない。分かりが早いその分だけ、覚えが悪い。習ったことを、何章か先へ行くと、もう忘れている。これでは笊で水を掬うようなものだ。

なんだか、西洋の昔の、ラテン語学校の生徒になった気がする。なに、こんなことをもう忘れたのか、三日前には間違いなく答えたばかりではないか、と先生はいかる。だって、道で女の子とすれ違ったとたんに、なにもかも、吹っ飛んでしまうんだから、と生徒はうつむいてつぶやく。叱るのと叱られるのと、一人二役である。漫才のボケとツッコミにも似ている。しかし考えてみれば、小説を書いている時にも、責任感はよほどともなうとは言うものの、同じようなものではないかとも思った。

覚えの悪いことはそれとして、だいぶほつれていた本が章を進めるにつれて、頁をのべつめくり返すせいで、いよいよほつれていくのには閉口させられた。なにぶんにも、六十年あまりも昔に出版された本であり、当時のことで紙質も粗く、そこへ歳月の浸蝕がかかり、紙の繊維が脆くなっている。物の隅に押しこんでいたせいもあり、ところどころ頁の縁がビラビラになっていて、めくるほどに崩れる。収拾がつかなくなり、セロテープで補強したり、和紙の細切れを糊で貼って裏打ちしたり、そのつど手間取らされたが、そんな作業をするのも、いずれ仕事に行き詰まった時である。

章ごとの練習問題の羅文和訳はひとつひとつ踏んで行った。進むにつれて出題の数は多くなり、やや長目の文章もふえてくる。前後のことを教えずに、そこだけ切り出して来られても、何を言っているところなのか、どういう経緯のことなのか、しばらくは読み取れない。キケロの文章は堅固で、簡潔でもあるが、人柄はどうも、率直ではないな、などと知りもせずに憎まれ口を叩きたくなる。そのあげくに、その文章が完璧であることを悟らされて、口をつぐむ。黙らされるのは、よいことだ。

そうこうするうちにひと月あまり過ぎて、昼間の小説は今回こそ着地点が見えないと苦しむうちにぽっきりと折れるように終ったのにひきかえ、夜のラテン語のほうはとうに先が見えているのに、練習問題がいよいよむずかしく、なかなか終りにたどりつけない。またひと月ほどしてようやく仕舞えた時には、細い活字に目がかすむようだった。

これからしばらくはこの文法書を開かずにいるだろう。少々まとまったラテン語の文章を読むことになるかどうか、先のことはわからない。そろそろまたつぎの小説にかかる時期に入っていた。

詩をつくるのは興に乗りさえすればまだしもたやすいことだが、さてつくり終えて詩中の一字に心足らわぬところがある、これを直すほうがはるかにむずかしい、というような意味のことをたしか清の時代の文学者が書いているのを、永井荷風が日記の中で引いている。さらに曰く、その場で直そうと苦心しても直るものではない、何日も経って、そのことを忘れた頃になり、あるべき文字がおのずと心に浮かぶ、と。さもありなんとうなずくようにして荷風がまるまる書き写しているのを、私もなるほどと、いたく身に染みて読んだ。自分の書いた文章のあやしいところを、目を凝らして睨むのはもうやめにしようと思った。徒労のことであり、それに、人に見せられた目つきではない。しかし考えてみれば、かりにこだわりを放下して、文章のおのずと直るのを待つとしても、自分にはその日が来るものだろうか、と疑った。それにまた、ひとつの文字が心に足らわぬとは、詩がすでに完璧の域に入っていて、最後の文字を待ってはりつめているということではないか。この文の緊張こそがやがて言葉を呼ぶ。私の場合は一語どころか、至るところがふらついているので、話にもならない。ずるずるとこだわりながら先送りして止む。それをくりかえして、生涯が尽きるか。

小説にかかればたちまち泥沼の行きつ戻りつになる。午後から始めて日が暮れかかると、今日の分がはかどっていようといまいと、どこかでしくじったようで先がよけいにむずかしくなっていようと、明日の当番にまかせるとばかりに切りあげて、さて夜になり、昼間のこわばりをほぐすために、自分から思いきり遠い、何を読むか。

この年になって古典語のおさらいをするというような無分別には懲りたので、もっと楽なものはないかと迷ううちに、また連歌の本を、心敬の句集を手に取った。年に一度はこれをやる。気やすくしているようだが、連歌も私にとって十分に遠いのだ。西洋の古典語に劣らず、むずかしい。

理解ということはとうの昔にあきらめている。句から句への流れにところどころでしばし、仮にも、心が運ばれればそれで良しとする。やがて流れから置き去りにされても、恨まない。その器ではないと思うまでだ。つまり、そのような心身では、そのような耳ではない、ということだ。むしろ、わずかにもその流れに乗れたことのほうを奇貨とすべきである。

百韻の連歌は百の句が連らねられている。それが私の持つ本の中でも十九篇あり、さらに百韻を十回重ねる千句というものが三篇ある。それをひとつずつ、飛ばさずにたどっていく。同じ百韻をくりかえし読むこともある。半分もわかってはいないので、考えてみればずいぶん退屈なことをしていることになるが、年々、気は長くなるようで、さして退屈とも感じなくなった。退屈の内に不思議な自足を覚えることもある。

読めている時にはこちらの体感が句に、あるいは句の移りに、感応しているらしい。連歌とは恋の句だろうと述懐の句だろうといずれ四季の、とりわけ季節の移り目の体感の、受け送りなのではないか、とそんなことを思った。一年《ひととせ》が生涯へ通じ、さらには昨日が遠い昔《いにしえ》に思われる。連歌の多声あるいは交響と言われるものは、座のいとなみということもあるが、座につらなる一人ずつの内に、幾多の他者の声が喚びさまされ、その内には過去の衆生もふくまれるのではないか。

そうこうするうちにまた一月あまりも過ぎて、ある夜、

――いさめある時には鼓《つづみ》に鳥もゐず

という心敬の付句を眺めて、これは中国に古く伝わる諫鼓《かんこ》を踏まえたもので、諫めの鼓を打つ者もいないという意味に違いないが、さて、どうして鳥が出て来たものか、と首をひねるうちに、諫鼓ハ苔深クシテ鳥モ驚カズ、という和漢朗詠集中の詩から来ている、と別の百韻の内のやはり心敬の句に付された頭注にあったのを思い出して、つい先日読み返したばかりなのにもう忘れていたと呆れた。そちらの心敬の句は、苔むす鼓打つ声もなし、と太平の世を祝《ことほ》ぐかたちになるが、こちらの句は乱世の歎になる。それにしても、鳥もゐずとは、どうして辛辣ではないか、聞いて驚く人もなしという心もあるか、としばらくして笑った。

——いさめある時には鼓に鳥もゐず
　　しづかに花のにほふふる寺

この専順の付句も佳い。かえって、迫る戦乱を思わせる。この人は後に乱に巻きこまれ没した。

（「新潮」平成二十七年一月号）

達意ということ

2015

達意の文章というものは今の世にあるものだろうか。物を書きながら、そんなことを思う。年を取るにつれて、自問することがしきりになった。そのあげくに、達意はない、すくなくとも自身に関しては、生涯、それはない、と答えて止む。

現代の人間はどうしても分析へ傾く。分析はほどほどに控えたつもりでも多少の解体を招く。解体には、文体はない。文体のないところには、達意はない、とそう思わなくてはならない。

明治に生きた文学者たちの文章には、達意に自足したような境地が随所に見える。文語文あるいは漢文の骨に支えられているせいか。しかしよくよく読めば、苦渋に満ちた文章でもある。達意どころでない、と著者が目を剝くようなところがある。あるいは明治こそもっとも文体の昏乱した時代であったのかもしれない。口語文をもてあつかっている。どうしても自分の思うところよりは舌足らずになるか、あるいは「舌余まり」になりがちなのに、苦しんでいる。時代の口語文化にさからって文語文の骨を徹《とお》そうとする文学者にとっても、その文章がよけいに屈曲して、なだらかならぬものになりがちのようだ。

　後世の者の目に達意の自足と見えるのは、揺らぎに揺らいだ末の、しばしの均衡、しばしの調和なのだろう。それでも達意は達意である。というのも達意とは文章が書手の意に達するということだけでなく、読み手の意にも達する、両者の意が合わさることでもあろうから。読者はかならずしも得心するわけでない。しかし意のしばし合わさるところには得心よりも先に、調べともいうべきものが流れて、やがて忘れても、長年の末にその聴覚がふっとよみがえる。漱石は新聞社に勤めるようになってからまもなく文体を変えた。晩年の「こころ」や「道草」は苦渋に満ちた作品であるが、声に出すつもりで読んでいれば、なかなかの語り口である。鷗外は老齢の声を聞いて口語体から遠ざかったが、それでも読むにはきびしい晩年の史伝も、仕舞いにかかるところは、泣かせる。

　候文《そうろうぶん》を書けぬ者は、文章も書けない、という意味のことを荷風がたしか昭和も深く入った頃の日記にもらしている。身も蓋もないことを言ってくれるな、と読んであやまったものだ。候文の手紙には、そんなものに私は縁もない者であるが、おそらく、よけいなことは書けない。情に深く分け入ることも、文の型からして、おのずと控えられる。事柄をおおよそ世間の流儀に即して記すその節々に、思いよりやら感じよりやらをさらりとあらわして、かえって際立たせる。これがすでに達意に近いものか。文体あればのことだ。文体とは端的に言って、候文のごときものだ。個人のものではない。今の世に文体と思われているのはしょせん個人の習癖であり、あるいは病癖とまで呼ばれるものなのかもしれない。その時々の世間に流通している風体も、文体というには取りとめなく、踏まえられるものではない。ましてその抑制によって表現の力を絞ってはくれない。自分の書くようなものは達意どころか文体もない、そもそも文章であるかどうかあやしい、と心得てかかったほうがよいようだと考えた。もうだいぶ昔のことになる。

近頃、嘉村礒多の小説を何篇か読み返した。嘉村は私小説をこわした、と今は亡き評論家が言ったそうだが、私はこのたび読んで、嘉村の小説の中ではしばしば、私小説の核とされている自我までが、こわされているのではないかと思った。あまりに奔放な悔恨と羞恥、罪業心の発作によってである。主体の底を押し破って上げてくる激昂に見える。激烈だが、ずいぶん身勝手なことだ、なにか避《さ》らぬ由来もあることなのだろうと呆れて離れるのは、佯狂《ようきょう》ではないかと鼻白むよりは、文学作品との良い別れ方である。

しかしこの「私」をも破る罪業感の激昂を、読む者の目にありありと浮かぶように書きあらわしている。並みの表現力ではない。私小説といえども、事が過ぎてやや静まったところから眺めているわけだが、これはあきらかに、その現在に身を置いて書いている。この客観は、どの境からなされるものか。ひとたびこわれた「私」の、永劫のような反復からか。考えるほどに、極地まで行った私小説の、背理に行きあたる。この背理が力なのかもしれない。

ついでながら、この作家はときおりきわめて端正にして透明な文章を書く。昏乱のつのる箇所でも、使われる漢語は重い垂鉛をおろしている。言葉がもどかしく軋みを立てて空転するようなところで、なにかの調べが聞こえそうになる。表現の尽きるところにも、達意はあるか。

仕事で痼《しこ》った頭でようやく眠りに就いたその未明の寝覚めの際に、自分のだか人のだか、長い一文を読んでいる。だいぶ入り組んでいるが文脈はたどれたと思って読み返すと、あちこちで意味がほつれてくるので、あらためてたどれば、まるで読み取れず、そこで目が覚める。疲れることだ。

かと思うと、やはり寝覚めの際に、古い長大な年代記のようなものをたどっている。ひとつひとつの話は年と人が代わるだけで、取り立てて変わったこともない。どれも同じようなものだ。退屈である。そして果てしもない。しかし読んでいて心地がよい。頭がほぐれて、朝を迎える。

（「文學界」平成二十七年一月号）

病みあがりのおさらい——島崎藤村、ホーフマンスタール

2014

一昨年の晩秋に十日ばかりの入院から家にもどり、やや落着いてから読み出したのが、島崎藤村の「夜明け前」だった。病後にはさしあたり仕事をつなぐ体力も気力も足らず、新しい本に取りつくのも苦しくて、ずいぶん昔に読んだ物を読み返すことになる。それにしても藤村の「夜明け前」とは、自分でも意外な気がした。明治維新の夜明け前と夜明け後との間のことにかねてから関心はあったが、病中にその関心がにわかに燻《くすぶ》り出したわけでない。本を書棚からおろして机にひろげた時にも、仕舞いまで読み通すつもりはあるのか、と自分でもあやしんだ。とにかく長い長い小説であったような読後感がいまだに濃く遺《のこ》っていた。

長い物を読みたいという欲求はあったらしい。短い物だと節々で集中力をもとめられる。それにはまだ堪えられない。いっそ長い物を急がず、ことさらに理解しようともせず、あなたまかせにたどっていたい。しかし長い物なら、藤村の「夜明け前」よりもはるかに長い物はいくらでもある。たまたまここで会ったが百年目であったか、

とさすがに我慢なきにしもあらず読みすすむうちに、長さは長さでもほかならぬ藤村の、とりわけこの長篇の、この長さに呼ばれたようだ、とだんだんに気がついた。

波乱に満ちた内容である。さらに主人公の青山半蔵の内面に入っては激しく、信濃の境に伝われればおもむろに滲透して、さらに主人公の青山半蔵の内面に入っては重い影響を及ぼす。夜明けの変動である。あるいはそれと逆であって、至るところの地域に萌したおもむろな変動が中央へ寄せて増幅したとも言えるか。しかしこの変動は、この小説の内では、揺がしがたい単調《モノトーン》に支配されている。作者の文質のせいにも見えるが、その文質は土地の長い歴史に、あらゆる意味での遺伝に根差しているようだ。

木曽街道の馬籠の家の、本陣と問屋と庄屋を兼ねた家の、藤村の父親が十七代目の当主というから、おそらく江戸体制の定まる元禄の初め頃までには溯る家柄なのだろう。古来から東山道の要所にあたる地域なので、あるいはもっと古い由緒なのかもしれない。「夜明け前」の主人公の青山半蔵もその末代の当主であり、家と土地の伝統を継ぐ立場にありながら、平田神道の信奉者として、世の蒙が啓《ひら》けて清浄なる夜明けの来るのを、一新を熱望している。その半蔵が寺に祀った家の先祖たちの位牌を、神道の信念から、寺からひきあげて家へ移すということをしている。位牌を寺に預ける風習の土地であったらしい。その長い風習を断つのは大事《おおごと》であったはずだ。その時に後年の狂気も萌しはしなかったか。

風習と言っても、伝統と言っても、歴史と言ってもよい。長い由来のものを断ち切れば、その根までは断ち切られず、最期の力でもって過去を、「改革者」の内へ、闇として押し上げるということはないか。維新も二十年近くになり、五十代なかばに隠居となった半蔵に狂気の迫る頃に、こんな記述が見える。

——暗い中世の墓場から飛び出して大衆の中に隠れている幽霊こそ彼の敵だ。明治維新の大きな破壊の中からあらわれて来た仮装者の多くは、彼に取っては百鬼夜行の行列を見るごときものであった。皆、化物だ、と彼は考えた。

維新後の浮薄を呪う言葉にも、廃仏の半端に終ったことへの痛恨の念にも聞こえるが、また中世とは奈辺を指すか知れないが、墓場から飛び出して大衆の中にひそむ亡霊とは、葬られた後にかえって闇の力を得て人を振りまわす、長い過去のことではないか。村の内にあっても半蔵は化物に追われる。化物は家の床の下にもひそむ。お師匠さまお師匠さまといまだに半蔵を慕う旧奉公人たちも、いつ化物に転ずるか知れない。

藤村の小説を読んでいると、「夜明け前」にかぎらず「家」でも、そしてとかく人に嘲笑された「新生」でも、ずるずると憂鬱の底へひきずりこまれるようでやりきれなくなることがある。しかも一個の人間にとっては波乱にほかならぬことを、それにしては単調な筆致で述べていく。一身を超える過去の闇に支配されているしるしか。

これを運命と呼ぶなら、運命はいかに波乱をふくんでいても、根が単調のものである。気の振れるまでの単調の重さはある。その単調にすこしも堪えられぬ世の人間は躁がしさへ奔《はし》る。

——ここで交わされるにふさわしい会話は、実の人生ならば、これを目の前にくりひろげることもできる。芝居ならば、これを真似ることもできよう。しかし小説のとうてい及ぶところでない。

そうことわって、劇的な献身の場面の、感動した男女の言葉が交わされるはずのその手前で、小説を切り上げにかかる。なかなかうまいおさめ方だ、と読んで感心した。しかし小説の記述とはそんなところまでか、といまさらすこし落胆もさせられた。

その男女がその後結ばれたかどうか、それも書かずにおこう、と続ける。男がそれほどの献身にはたして真に価する人間かどうか、疑えば疑える、と言う。先のことを考えてしまうのが、小説の性《さが》ではある。それでは感動の場面に水を差すことになる。しかしいずれにしても、とさらに言う。無条件に身を投げ出す魂の美しさは、このようなまれな事情のもとでしか、すっかりはあらわれなかったことだろう、とこのひと言で仕舞いにする。ということは、小説は感動の前提の、まれな事情を述べるまでの役になるか。

フゴー・フォン・ホーフマンスタール（一八七四年―一九二九年）の小説、「ルツイドール」の末尾である。主人公の名前が表題となっているが、それと並べて副題ともなく、「書かれなかった芝居《コメディエ》のための人物たち」と添えてある。

病後一年もして、横文字を読み出したことになる。それまでは「夜明け前」の後、室町期の連歌を長々とたどっていた。連歌は所詮、私には満足に聞こえることはないだろう、と見定めた上のことだから、おかしな熱心である。音律が違う。時間の流れが違う。つれて空間の見え方も同じではなかろう。そして常住坐臥の体感からして異る。音律とは時代の人の内に埋めこまれたもののはずだ。秀でた句にしばし目の覚めた心地になることはある。付句《つけく》の妙に感歎することもある。しかし連歌の一座の張りや寛ぎや華やぎ、まして法楽になぞらえられるような喜悦には、つねに外へ置かれる。五、六句の渡りにおのずと乗っていることもあるが、乗れているなと思ったとたんに流れに取り残されて、単調《モノトーン》しか聞こえなくなる。こちらの耳のほうの聾唖ではあるが、その内に何かの予兆がひそんでいるようにも感じられる。今の世のこの私の、器の底がわずかに抜けそうな。とは言っても、逃げ水を追うような年でもない。一年も続けば、さしあたり飽きる。

ひさしぶりに旅に出れば、目にするものが鮮明に映る。ホーフマンスタールの、まず詩から始めた。同じことを生涯幾度も繰り返すものだ。これは完璧な詩ではないか、とこのたびもいちいち舌を巻いた。人生への洞察も過去現在未来を通して透明に深い。しかもすべて若年の、十代から二十代へかけての作ではないか。

舌を巻いたついでに老年の尻尾も巻いたわけだが、考えてみれば、熟するということは甘みも薫りもなくてはならぬことだから、若年の熟成があっても不思議はない。文学においてはあらまほしいこと、あるいは本来、始めに熟成ありが常道なのかもしれない。しかし、それにはその条件があるだろう。ホーフマンスタールの人と成ったのは十九世紀末のハプスブルク朝のウィーンである。長い伝統がそこに淀んだところと見える。ホーフマンスタールも古人先人の詩句を節々で踏んでいるらしい。形を保証される。

エピゴーネンの早熟というものはある。ただしここで私の言うのは「遅れて生まれてきた者」という元来の意味においてであり、盛りを回って傾きかけた世にあって、無限へまで渡りそうな感受性と、早くから成熟した形とを併わせ持つ才のことを思っている。私などはいずれにしてもエピゴーネンの端くれにも入らない。それは言うまでもないことだが、しかし国の文学の長い経緯をかりにも背後にひきずっているかぎり、エピゴーネンであり、またそのことに堪えなくてはならないのではないか、とも考える。

十九世紀末の、一年志願の見習騎兵の話らしい。未明の兵舎に苦しい眠りから覚めて起き直る。西へ傾いて射しこむ月の光に周囲の同僚たちの寝相は照らされているが、ベッドとベッドの間の陰が、その上を越えて視線を渡すにもおそろしい深淵と感じられる。少年の頃に母親の臨終に接してから虚無と、その虚無から起こる物の狂乱に怯える癖がついている。やがて不安に追いつめられて跪き、祈るともなく、「主よ、願わくはこの苦き盃を通り過ぎさせ給え」とオリーヴ山の歎きを繰り返す。すると、月の光の内に一瞬の光が顫える。天の一郭が開いて、天使が兵舎の中を翔け抜ける。「しるし」と感じられる。それを境にして、狂乱の気配はおさまり、あたりは平静の相に落着く。祝祭の心さえ動く。

ホーフマンスタール二十一歳の時の短篇小説の内である。このスケールのことをこれだけ短くは書けないな、とまた感歎した。そのまた一方で、それにしても、虚無が物やら形象やらの狂乱叛乱を呼ぶとは、虚無が寂滅へ通じるこちらと感じ方がずいぶん違うものだと驚いた。しかしそうでもないか。青山半蔵の身辺にも、一新によって伝統が壊わされて自身の理念も破れかけた時に、化物が跳梁しはじめたではないか、と思い直した。

混沌の恐怖もまた根は揺がしがたい単調の相のものであるらしい。これは若年にも老年にも共通することか。

（「新潮」平成二十六年一月号）

永劫回帰

2012

三月十一日の午後三時前のあの時刻、机に向かっていましたが、坐ったまま揺れの大きさを感じ測るうちに、耐えられる限界を超えかける瞬間があり、空襲の時の敵弾の落下の切迫が感受の限界を超えかけた境を思いました。恐怖が実相であり、平穏は有難い仮象にすぎない。何も変わりはしない。

震災のひと月ほど前から、これまで老齢の割りにはまぬがれていた凝りや痛みがあちこちに順々に出るのを、春先の天候の不順のせいかと首をかしげていました。あれだけ巨大な力が撥ねあがったのだから、その歪みはひさしい以前から溜まりに溜まって、その不均衡が限界ぎりぎりまで切迫してからでもひと月やふた月はたったはずで、何も知らぬ人間の身体に、頭脳もふくめて、影響をあたえないわけもない。震災後も、十日ばかりは興奮のせいか自身の「不具合」のことは忘れていたものの、気がついてみれば、身体はひきつづきこわばりがちで、現在に至っている。一度破れた均衡がつぎの均衡に落着くまでには五年十年どころか、百年二百年、あるいはもっとかかることなのだろう。その間の不均衡にすっかり馴れるには、人生の余りがすくなすぎる。

　千年も神にとっては一日に過ぎない、という意味の言葉を、老年に至って、この機に思い出させられました。神を自然と置き換えれば、言うまでもないことだ、と気安く取っていたのが、このたびもろに、現実として突きつけられたことになる、千年目の今が起こった。人生五十年と言われたのは、つい六十年ほど前までのことだった。人生百年という言い方もあり、目出度い誇張法か、それとも、死後の配慮と責任の及ぶ範囲もふくめたものか。千年と言えばもう永劫の内、永劫のことなど、死んでしまえば、知ったことか、とこれがおおよそ俗人の日常の了見だが、そのくせ永劫を思う、永劫という観念にこだわる、うなされる。因果なことだ。

　つれて、永劫回帰ということを思い出しました。漢語にすればいかめしいが、この今現在は幾度でも繰り返す、そっくりそのままめぐってくる、ということとおおよそに取れる。過去の今も同様に反復される。病苦やら恐怖やらに刻々と責められたことのある人間には、思うだけでも堪え難い。過ぎ去る、忘れる、という救いも奪われる。しかし実際に、大津波を一身かろうじてのがれた被災者を心の奥底で苦しめるものは、前後を両断したあの瞬間の今の、過ぎ去ろうとして過ぎ去らない、いまにもまためぐって来かかる、その「永劫」ではないのか。

　そして千年は一日と言っても、永劫回帰と言っても、命に限りのある、しょせん永劫の器《うつわ》ならぬ人間にとっては同じこと、現世の今のふくむ恐ろしさのことなのではないか。永劫回帰を実相として示した哲学者は、その実相を見るに至った時、歓喜の念に捉えられたそうだ。生きることがそのままのっぴきならぬ苦であった人と見える。壮絶なことだ。現生を肯定するのも、よほどの覚悟の求められるところか。

（「新潮」平成二十四年四月号）

紙の子

2012

大津波により三陸沿岸の製紙工場が壊滅の打撃を受けて、新聞や本のための紙が払底しかけている、という話を震災の直後に耳にして眉を曇らせたのは、文筆を事とする人間の中でも、私のような年寄りたちではなかったか。これでわれわれの稼業もいよいよ行き詰まったか、と天を仰ぎそうなところだった。

戦時から戦後にかけて新聞社や出版社が紙の調達にどれだけ苦労させられたか、私もつとに聞かされている。紙の支給を差し停められたが最後、立ち行かなくなる。言論統制の、軛《くびき》にもなる。当時のザラ紙の出版物を思いあわせても、その苦境は知れる。学校の生徒たちも一時期、製本もされていない、刷り出しを教科書に使っていた。

幼少期から私は紙の好きな子だった。書く紙はないか、書く紙ないか、とのべつたずねてまわっていた。それを聞いた近所の小母さんが、何の紙製品の切り落としだったのか、細長いボール紙の束を私にくれて、大事に使って隅々まで書いたらそっくり返してちょうだい、焚きつけにするから、と言った。約束どおり、字や絵で紙を一枚ずつ丁寧に埋めてから返した。貴重品を手にした気持だった。

その子供が二十何年かして専業の作家というものになった。この道に入ってからしばらくして、町の文房具店ですぐに手に入る原稿用紙を使っていては生徒の頃の作文の、そのつど間に合わせの気分から抜け切れないように思われて、腰を据えなおすために、専門店の特製のものを使うようにしたのはいいけれど、さて書きつけようとすると、紙が上等すぎて、升目の罫線が綺麗すぎて、まるでピン札を汚しているようで、どうにも落着きが悪い。それでも何年かはこの貧乏性の抵抗をこらえていたが、おいおい、原稿用紙にじかに書きつけられなくなった。

ありあわせの、捨てるばかりの紙の裏にまず書き散らす。下書きの気安さから、自分にしか読めないような文章になる。それを幾度か書き直して、態をなしてきたところから、原稿用紙へ写していく。そのつど清書になるが、私の字は丁寧に書こうとするほどに、手がこわばるせいだか、読みにくくなる。写すと言っても右から左へというわけに行かず、下書きの時とおのずと呼吸も違うので、文章が節々で微妙に変わり、それにつけて全体にまたあらたに狂いや軋みを来たしてくる。それに、原稿用紙というものはそれ自体がすでにいささか「公共」の場でもあるのか、そこに自分の文章を晒《さら》してみると、どうにも恣意勝手な、世に通らぬものに見えてくることがある。おさまっているようで、どこか要所で羽目がはずれて浮いているように、どうかすると胡《う》乱《ろん》なものに感じられる。どこぞへ提出する身上書のようなものではあるまいし、とは思うものの、しばし睨んでから自己嫌悪に耐えられず却下、原稿用紙の書き損じが、下書きをしていても、年を追って多くなった。その書き余した升目やその裏にまた書き散らす。

ワープロやパソコンは早くから敬遠して、だいぶ遅くになってから、人に面倒をかけぬために、ファックスは入れた。十何枚ほどまでの小文ならこれで送る。送った後に原稿が手もとに残る。これに初めのうちは馴れなくて、心細いようにもなったが、届きましたかと問い合わせるのも厭味である。仕舞えた原稿用紙が小文ながら溜まる。これを下書きに使う。年を取るにつれて下書きにも手間が重なるようになったので、好都合でもある。子供の頃の、例の小母さんとの約束を守っているわけではないが、表も裏も書き詰めた原稿用紙が、汚しても上質紙なので破りも捨てられもせず、一年も経つとかなりの嵩になるのを、年末には縛ってゴミ置き場へ運び出す。置いて帰る時に、すこし背をひかれる。

それにしても、推敲とは何だろう。もう何十年もこうして書き損ねの紙を累々と積み重ねてきたけれど、文章の規範をほんとうのところ持ち合わせぬ私にとって、推すも敲くも、思案するに足掛かりもないことではないのか。永井荷風が敗戦の直後、昭和二十二年の四月末日の日記に、清の詩人袁随園の説くところをひきうつしている。

詩を改めるのは詩を作るよりも難《かた》い、と。何となれば、詩を作るには詩興が至れば容易に篇を成すのにひきかえ、詩を改めるのは、すでに詩興も過ぎて、大局は定まったが、わずかに一文字二文字、心に安からざるところがあり、これを改めようと千力万気を尽しても、どうにも成らない。ひと月もふた月もしてようやく、無意の中《うち》にこれを得るものだ、と。

三度三度の飯にも事欠くあの時代にあって荷風がどういう心境からこの袁随園の言葉に惹かれたものか、たいそう興味のあるところだが、それはさて措くとして、私自身としては、なるほどなと長大息させられながらも、これは詩と言わず文章に堅固な規範も様式もあった時代の文人の間で通じることで、自分には縁もない、と見送るよりほかにない。

詩興というようなものが私にははたしてあるのか。かりにあるとしても、その詩興が過ぎて、大局が定まるなどということはあり得ない。安からざるも一句二句どころか、全体がちょっと強い揺すりをかければ崩れ落ちそうである。かわりに、ひと月ふた月しても、虚心にはなれない。

いっそ自分にしか読み取れないかたちで人前に放り出してしまったらどうだ、と思うこともあるが、しかし、書きつける前の紙はいかにも明澄、しかも豊饒に見える。

（「群像」平成二十四年三月号）

写実ということの底知れなさ

2011

人が似顔絵を描くのを見れば私はただもう感嘆する。どうしてこんなことができるのか、と舌を巻き、そして首をかしげる。子供の頃からそうだった。私にやらせると、似せようとするほどに、つい描き込んで、いよいよ似ても似つかぬものになってしまう。

日本人は古来、絵が上手、とりわけ写生にたくみなのだそうだ。幕末から維新の頃に、日本人が西洋を訪れて、街の風景を墨筆でさらっと写していると、西洋人がまわりに集まってきて口々に感嘆の声をもらしたという。西洋の写実とは異なった活写の筆致を見て驚いたのだろう。そう言えば日本の往古の絵巻物、鳥獣戯画などは活写の逸品である。伴大納言絵巻の応天門炎上の図も、群集のパニックを描いて、これ以上のものはないと思われるほどだ。

若い頃から絵画音痴を決め込んでいる私などはむろん、軽妙な筆づかいからひとりでのように浮かびあがってくる風景を、日本人ながら、呆気に取られて眺めるほうの組である。小説の登場人物の面立《おもだち》を描くことも早々にあきらめている。風景や光景についても同様である。私が描写にこだわると、きりもなくなり、あげくに混沌に近くなるのだ。

写実という観念だか理念だかの呪縛はある。歴史の長い目で見れば、近代の呪縛でもあるのだろう。その洗礼を私も受けていると考えなくてはならない。しかも写実はそれ自体、いくらでも過激になり得る。そのはてには、写すべき「実」を、解体しかかるところまで行く。写実と写生との違いはその辺にあるらしい。日本古来の写生は、俳諧に照らして見れば五七五、それに付けて七七ほどの気韻の間におさめるものではないのか。

外国の美術館に行くと、日本の観光客が多い。日本人は絵が好きなのだ。私もたまに外国を訪れると美術館に寄る。何時間もかけて見てまわる。そして、疲れはてて出てくる。カルチャーショックとはたいてい文明のことを言われるようだが、文字どおり文化、文化と歴史のことだ、とそのつど思い知らされる。いくらくりかえしても、これには馴れない。ヨーロッパの美術館の場合、中世の宗教画の平面的な構図を前にしているかぎり、私の心は和んでいる。おそろしい危機の、その克服の跡を見るような気さえする。ところが時代が進むにつれて写実への意志が激しくなり、中世の末期にはすでに写実の極限にひとまず達した。そんな絵の前に立つと、私の感受力は精一杯になる。そこから一歩も先へ進めなくなり、その前でうろうろしてしまう。

その最たる例は、現在フランスのストラスブールに近いコルマールの美術館に見られる、グリューネヴァルトの磔刑図だろう。十字架にかけられた神の子の見るも無惨な姿である。おそろしい疫病の流行した時代に、施療院も兼ねた修道院に置かれたという。重い病人たちがこれを拝んだらしい。神の子は人の苦を一身に背負って、神への取りなしに、十字架に就いた、と信じられている。しかし実際の周辺の人間たちの病苦はすでに激烈である。神の子の背負う苦はそれにひとしいか、あるいはそれ以上に凄惨な様相に描かれなくては、病人たちは救われない。ここに写実が要請される。おそらく死屍累々の世にあって、病みはてて息絶えた人間の身体に熟知した画家の眼だったのだろう。しかもその写実が克明の極みから、現実を超えかかるように、見ているうちに感じられる。

凄惨の果ての崇高、とでも言うよりほかにない。宗教画である。信心の眼に信心の筆、そして厄災の渦中にあった人間たちの、切実に救いを求める心から、成ったものなのだろう。現在の人間として、頭を垂れるのみである。

しかし時代がさらに進むにつれて、宗教的な超越の心に支えられることはすくなくなっても、写実はいよいよきびしくなって行ったようだ。近代の反写実や超現実も写実の過激化の結果、あるいは過激化そのものではないのか。極限からまた極限への展開とも言える。そして限界に至るそのたびに、写実は厳格になるほどに、その写すべき「実」を解体していく、という矛盾域に入る。より本源的なものを求めての解体とは言われる。しかし、これは言語のほうのことになるが、解体の先に不毛と虚無を見た過激な詩人もいた。しかもその絶望がかすかな希望へ通ずるらしい。現実の始まり、つまり、「始めの言葉」を待つようなのだ。

時代の危機にふれて写実がけわしくなるということも東西の歴史にくりかえされてきたことなのだろう。このたびの東日本大地震大津波の惨事の後から、千何百年昔にも東北に今回の規模に劣らぬ大地震大津波のあったことが指摘された。平安初期の貞観年間のことだという。年表を見ると、八六九年、陸奥《みちのく》大地震大津波とある。しかもその五年前には、富士山が大噴火を起こしている。陸奥の災害の九年後には関東の大地震、そのまた九年後には畿内の大地震が記されている。あまりのことに大昔のことながら暗然とさせられているうちに、ふっと貞観の仏たちの相貌が浮かんだ。写真集をひらけば、烈しい形相の仏たちがあり、峻厳に静まった仏たちがあり、一見柔和な仏たちもあるが、いずれもその面立は深くけわしく、写実が現実らしさを超えそうな境まで彫りこまれている。

（『諏訪敦絵画作品集　どうせなにもみえない』求龍堂、平成二十三年）

「が」地獄——芥川龍之介

2011

森鷗外が史伝「細木香以」の稿を、香以の子孫について未審の点を遺して終えると、香以の親戚として史伝に名を出された芥川龍之介が鷗外に手紙を寄せた上、鷗外宅を訪れた。大正六年、鷗外は数えで五十六、芥川は二十六の歳の冬のことらしい。その対面のおかげで鷗外にとって、細木姓はホソキと呼ぶかサイキか、という疑問が氷解した。正しくはサイキだが、人の呼ぶままに細木氏みずからホソキと称したこともあるという。芥川龍之介へのつながりについては、香以の姉に娘があり、儔《とも》という名で、この人が芥川家に嫁いでいる、ということも確められた。

ところが、「龍之介さんは儔の生んだ子である」と鷗外はこの香以伝の後記にあたるところで書いてしまった。いまさらよくよく見ても、そう書いてある。これまで私は香以伝を幾度か読んでいるが、自分の知るところに照らして、おのずと曲げて読んでいたようで、ここは「その儔が龍之介さんの母親である」とあったように思いこんでいた。これなら穏当である。人が実子であるか養子であるかなどということは、第三者が迂闊に表にすべきことではない。鷗外は知らなかった。芥川は鷗外の前で、自身が芥川家の養子であることを、ついに話さなかったと見える。

さらに、鷗外は今でも細木家の墓所に忌日ごとに参る老女があるとかねて聞いて、それが芝の新原元三郎という人の妻だということまでは寺の女性に教えられたが、香以とのつながりは不明であったところが、訪れた芥川から、その人は香以の孫娘であり、鷗外の聞いたとおり新原氏の妻だと知らされて、氷解の満足を覚えた様子だが、この新原元三郎こそ龍之介の実父新原敏三の弟、龍之介にとって血のつながった叔父になることは、もとより芥川の口からは出ないところだ。

これでは話は行き違う、とまでは言わないが、すっかりとは行き会わない。一体、芥川はどんな心で鷗外に対面していたのだろう。自身の出生のことを話すつもりがない以上、鷗外の未審には手紙でぎりぎり答えられるところまで答えて、訪問は避けるべきでなかったか。あるいは、芥川の内にひそむ、自他にたいする嗜虐癖が鷗外の前でも出たのか。これも出生のことを秘する所以の、来歴へ通じるものであり、芥川の文学の本質にも及ぶのだろうとまでは考えたが、いくらかでもつきつめるだけの精が、さしあたり私にはなかった。

かわりに、鷗外の伝える細木香以なる人物への興味にひかれて、芥川の初期の短篇「孤独地獄」を読み返すことになった。大正五年の作である。「この話を自分は母から聞いた。母はそれを自分の大叔父から聞いたと云つてゐる。話の真偽は知らない」と冒頭にある。母とは養母、大叔父とは香以のことになる。なるほど、香以から姪へ、姪からその養子へと語り継がれるうちに、話はおのずと熟《こな》れている。香以の姿も簡明に表わされていると思われる。書き手の腕前でもあるな、と感心するうちに、あそこにも香以の名は出ていなかったかと思い出しかけて、「老年」と題する短篇へ目を移した。大正三年、芥川の二十三の歳の作である。おぼろげな記憶のとおり、幕末の大通人と称された山城河岸の津藤、摂津国《つのくに》屋藤次郎香以の名は作中に見えた。しかしそのことよりも、若さの香りは処々にあるとはいうものの、これは老熟の作ではないか。

一中節のお稽古の席の、床の間の前に敷いた毛氈の緋の色が三味線の皮にも、弾く手にも、桐の見台にもあたたかく反射している、というような光景でもって座敷の描写を締める。長い廊下の片側の硝子障子をとおして、庭の刀柏《なぎ》や高野槙につもった雪がうす青く暮れた間から、大川の流れをへだてて、対岸のともしびが点々と数えられる、というような情景が、もう片方の障子の内からひそひそ話しの伝わるその静かさをひとしお深くする。情景というものがまだしっくりと立った時代ではある。それも伝来の情に拠って成ることのはずだ。さらに昔の歌人たちの初心百首などからうかがうに、老熟というものはまず若年の才においてあらわれるとも考えられる。若年の初心こそ先人の積んだ肥やしをたやすく吸いあげて、透明な花を咲かせる。やがて年を経るにつれて、当初の老熟を取り崩し、自身を肥やしとしながら、おもむろに成熟に至る、とそこまで考えて、芥川の後年の作のほうへ振り向くと、なにやら暗然としたような思いになり、にわかに晩年の代表作の「歯車」を読み返してみる気になった。「歯車」は昭和二年の六月にその第一章が発表されているが、その七月の二十四日の未明に芥川はみずから命を絶った。遺稿である。少年期から青年期にかけて私はこの作品を一読するそのたびに、目に見るものが別様に映ったものだ。生きる心地がしばし異ったと言ってもよい。それが中年期に入るにつれて、存在の苦の深みへひきこまれるのは同じでも、その文章のいわば不協和音に、半透明の歯車が音を立てるとはどこにも書かれていないが、とみに熟読をさまたげられるようになった。自身がすでに作家の道へ迷いこんでいたせいもあるのだろう。

とりわけ耳にさわるのは、「……。が、」という接続のあまりもの頻出である。惻隠の念なかばのことである。物を書く者にとって、文のつなぎはそのつどどれだけ苦心を求めることか。追いつめられると文章は所詮、「そして」と「しかし」と、順接と逆接との、あらわな反復に細るよりほかにないのではないか、と根気が尽きかけると思われるほどである。ところが、このたびひさしぶりに読み返すうちに、この文頭の「が」こそ、この作品の基調音を叩く音鍵《キイ》であるように、聞こえてきた。

まず冒頭近くの、「僕は今聞いたばかりの幽霊の話を思ひ出した。が、ちよつと苦笑したぎり、兎に角次の列車を待つ為に停車場前のカツフエへはひることにした。」の「が」はまだしも、当時知的とされた口調の一端とも取れる。それにくらべて、そこから隔たらぬ段落中の、「僕はいつも二等に乗つてゐた。が、何かの都合上、その時は三等に乗ることにした。」の「が」は、これも無用のアクセントをつけるばかりで、今日は三等に乗ったらどうしたと思わせるところだが、作品をやや読み進んだところから振り返えれば、その何ということもない変更がすでに、後に凶事を呼ぶことになった間違いと感じられている。先の「が」も、苦笑にかけるのではなくて、これまで入ったこともない駅前のカフェで次の列車を待つことにしたということのほうへかければ、すでに間違いの、悔いと怖れを低音ながらに響かせている。予兆である。

これをかわきりに、予兆を呼び出す「が」が続出する。ホテルの部屋にいて、「真夜中の廊下には誰も通らない。が、時々戸の外に翼の音の聞えることもある」とある。翼のイメージはその後もくりかえし予兆の強迫となる。「僕はこのホテルの部屋に午前八時頃に目を醒ました。が、ベツドをおりようとすると、スリツパアは不思議にも片つぽしかなかつた」とある。給仕が探して浴室にこれを見つけた。鼠が引いて行ったらしい。片方のスリッパも鼠も予兆となって追い立てる。「それから或レストオランの硝子戸を押してはひらうとした。が、硝子戸は動かなかつた」とある。締まったガラス越しに眺めたテーブルの上に盛られた林檎やバナナが、縁起のよい緑色のタクシーに乗りこんだ後も、渇きの地獄に堕ちた自身を思わせる。

「或精神病院の門を出た後、僕は又自動車に乗り、前のホテルへ帰ることにした。が、このホテルの玄関へおりると、レエン・コオトを着た男が一人何か給仕と喧嘩をしてゐた。」の「が」は、凶兆の音鍵が強く叩かれている。すでに起こってしまった禍いから寄せる怯えであるが、前方から我身に迫っているとも感じられている。

それにしてもそのあまりに頻繁な反復は、どうしたことだろう。たとえば芝居のほうでも怪異を現わすその前には予兆を小出に繰り返して観客に固唾《かたず》を呑ませるものだが、それにも一、二、三ぐらいの、限度はある。そんなあやかしをこの作品に求めるつもりはなくても、読む者はこの急な「が」に行きあたるたびに、何がまた現われたか、と怪んで待つ心になるが、いきなり立ち停まったような「が」のうながしにしては、予兆は予兆としても深まらず、なぞらえの浅瀬にざわめいて流れる。

これほどに剣呑な作品をとにかく全《まっと》うした気力はともあれ、体力のほうはまさに尽きなんとしていたであろうことを、思わせられる。物を書く者にとって、文と文との、接続と展開はつきつめたところ、重い物を持ちあげてつなぐにひとしい、もはや肉体の労働に属することなのかもしれないのだ。まして心身ともに困憊の極に至れば、文章はとにかく継がなくてはならないのでとりあえず接続の詞《ことば》に拠って、「そして」でつなごうと、「しかし」でつなごうと、展開がそれに導かれて来ない。とりわけ言葉の力には余るものをそれでも言葉で表わそうと焦れば、ひとしきり述べたところで立ちつくしかけて、おのずと「しかし」を引き寄せるが、それで転ずることにはならない。やがて、はてしもないような反復の様相を帯びはじめる。あげくには、言語の空間というものはきりつめれば、反復の徒労から成る、本来異様なものなのではないか、とさえ思われて、筆を置けるものなら置く。

しかし、すべてをふくめて、この「歯車」の文章は作者にとって、ほかになりようもなかったのではないか。推敲の余地は、かりにその閑はのこったとしても、なかったと思われる。なまじ改めれば、必然を曲げることになる。至近の距離から迫ると感じられている予兆はただ反復するのみで、予兆ながらに時間すら欠いているので、言葉の展開にかからない。予兆に触れる時の、「が」の立ちすくみに、わずかに表現はある。それに続く言葉は「が」の恐怖にくらべれば、浮き足立った多弁にひとしいが、これもまた必然である。

もしも無数の半透明の歯車が互いに嚙みあって回りながら、音にはならぬ軋みを伝えているとすれば、「が」の反復こそ、これと響き交わすか。不協和音は古来、天地の安寧を乱すものと忌まれるそのまた一方で、霊異の出現に伴うものとされていたらしい。

ここから初期の作品を振り返ってみれば、「老年」は伝来の噺の口調を踏まえた利により、接続の佶屈を綺麗にまぬがれている。ついで「孤独地獄」も、大叔父の細木香以の口から母親の聞いた話を、その母親の口から聞かされて、元の口調がおのずと送り伝えられたようで、さすがに、「が」地獄には無縁か、と読みすすむうちに、末尾まで来て、その「が」に出会った。聞き書きをきっちりと仕舞えて自身の上にもどり、自分は大叔父や、孤独地獄に堕ちたという禅僧とは没交渉な世界にいる旨をことわった上で、それでも「彼等」に同情を惹かれるという矛盾を述べたところである。

――が、自分はそれを否《いな》まうとは思はない。何故と云へば、或意味で自分も亦、孤独地獄に苦しめられてゐる一人だからである。

とたんに文章が、「老熟」からはずれる。

（「新潮」平成二十三年一月号）

日々の仕事

2010

この小文に向かおうとして、原稿用紙の貯えの尽きかけていることに気がついた。一瞬、不安を覚えたものだ。格別のものでもないが、とにかく四十年近く使い馴れた原稿用紙が、はたしてまだ手に入るものか、と。いまどき、著述に手書きをまもっている人はもはやすくないと聞く。縦書きの枡目のある原稿用紙をつくっても、商売になるだろうか。

さいわい、専門店に電話をかけると、原稿用紙はまだ「健在」のようで、さっそく届けてくれることになった。受話器を置いて安心ついでに、しかしいつもの二種類の原稿用紙を五百枚ずつ注文したものだが、これは七十を越した老文筆家にとって穏当な数だろうか、楽天に過ぎはしないか、と怪しんだ。しかしまた考えてみれば、この前に注文したときにも同じように、併せて千枚という数にいまさら驚き、七十に近い自身の齢に照らして、首をかしげた。その千枚がこの三年ほどで、その間に入院して手術も受けているのに、底をつきつつある。書き損じも多いことだが、そんなに仕事をした覚えもない。あきれながら、なにか齢の目減りを見たようで、うらがなしい。

つぎに原稿用紙を注文するのはいつの日か。そのときにも数に驚くのだろうか。齢の残りを考えて注文をあんばいするようになるのだろうか。いやいや、生涯計算などということは滅多にするものではない。

まっさらな原稿用紙は綺麗なものである。これを下手な文字、下手な文章で汚すのは、もったいないぐらいなものだ。ああ、因果な稼業だ、とそんなことを、自分の手で汚れて行く原稿用紙を眺めては思うのも、紙というものの乏しかった戦中戦後に幼少期を送った者の習いか。われわれの世代の者の筆蹟は、おしなべてこれを見るに、あまりにも上質になった紙に負けて、いじけているようだ、と同年配の同業が言ったものだが、おおいにそうかもしれない。箱から手に取ったティッシュペーパーにふっと目をやり、さて、鼻紙としては、優しいもんだ、といまさら眺めていた年寄りもいた。近ごろ、なんでも優しがるのは、気色悪くて、とやがてそのこととともなくつぶやいた。

二種類の原稿用紙の内、やや大き目のほうは自家用のファックスの寸法にかからないので、これには長目の物を書いて、速達か宅急便か、締め切りの迫ったときにはバイク便を出してもらって、編集部に送る。やや小さ目のほうには短い随筆などを書いて、これはわずかな寸法の差でファックスを通るので、「電送」する。さて無事にファックスで送りおえて安心すると、手もとに原稿が残る。当然のことながら、これには慣れきらない。むこうの編集部のファックスからずるずると吐き出されたのが原稿だとすれば、ここにあるのはその原稿の糟《かす》か、などと思う。書いたものなどはどうせ、書くときの心の、糟みたいなものですよ、とその糟がつぶやいているかに見える。

ファックスの残り物みたいな、用済みの原稿の裏を返して、下書きに使っている。自分の手で汚れたとは言え、私にとって上質には変わらない紙をこのまま捨てるのは心苦しいと、これも紙の大切だった時代の子の貧乏性から出ることなのだが、それにしても、使い古しの紙の裏に向かうと、書く手がよほど寛いで、のびやかになるのは、いよいよ貧乏性のあらわれか。しかも、上等な紙の表を贅沢に使ったそのつぐないのように、裏には端から端までぎっしりと書きこむのが我ながら可笑しい。じつはこの裏の走り書きこそ、私の原稿なのかもしれない。一段落ずつ、裏に書きなぐったものを、あれこれ手を加えながら、まっさらな原稿用紙へ書き移す。これは私の原稿から、すでにだいぶ人の目になり、「社会化」されたものらしい。

裏表ともに用済みになると二つに折って、小ぶりのボール箱の中に重ねる。一年も経てばこの山がひと荷物ほどに積まれ、年末には紐で括って、戸外のゴミ置き場へ運び出す。日が暮れてから、小屋の隅にそっと置いて、後も見ずに帰ってくる。なんだか、済まないようで。

物を書く間のべつ、自分で自分に文句をつけている。

よれよれの手だねえ、ほら、脱字だ、とか。

あせるからだよ、ノロマと言えばあわてる、あわてるなと言えばノロマになる、とか。

また漢字を間違えた、モーロクして忘れたのか、それとも始めっから知ってなかったのか、だとか。

なんともまだるっこいことだ、もっと要点から要点へすっと、まっすぐに行けないものか、無い頭をしぼって思案してやがる、ええい、じれってえな、だとか。

ののしる自分は腹を立てながら、けっこう小言辛兵衛の、いい気分になっている。ののしられても黙々とつたない文を綴る自分も辛抱強いものだ。もっとも、あらかた馬耳東風と聞き流しているのだが。ときには漫才の、ボケとツッコミのやりとりのようになり、ひとりでふきだすこともある。

そうこうするうちに半日も尽きかけて、めっきりと永くなった春の日も傾いている。もともと文人の気質でも体質でもないようで、物を書く苦労は午後から日の暮れまでと決めている。さて、仕舞にするか、とひと息ついてきょうの仕事のはかどりを眺めれば、毎度わずかなもので、明日にはすべて反故にされるかもしれないが、とにかく肉体労働を済ました気分にはなる。もう何十年も昔のことになるが、夕日の射す畑の中に立って、鍬の柄にもたれ、半分ほどまで耕した土を見渡していた老農夫の、自足感と徒労感のひとつになったような姿を思い出したりする。

しかしそのまた一方では、まるで半日も仕事をせずに、家のことも忘れて、春めいた町を気ままな足にまかせて歩きまわってきたような心にもなる。町角を折れたとたんに、沈みかかる夕日をまともに顔に浴びると、さすがにくたびれた膝から腰から背中まで、甘くたゆむ、そんな体感まで覚えるから不思議である。一体、自分は忙しいのか閑なのか、勤勉なのか怠惰なのか。

この齢になれば、いずれ人並みだ、とやがて思う。きょうの仕事は片づいたようにも思われないけれど、明日には明日の「当番」が、手を入れるにせよ反故にするにせよ、いいようにしてくれるだろう、と他人事につぶやいて腰をあげ、夕日の中へ出て行く。

(「銀座百点」平成二十二年五月号)

ティベリウス帝「権力者の修辞」――タキトゥス『年代記』　2009

古今東西の歴史書はその時代なりにその立場なりに公正たらんとつとめているようだが、読む側としてはどうしても、善玉と悪玉とに分けがちである。善玉の崇高なる犠牲には感動させられる。しかしまた悪玉の残酷非道の行為にもどうかすると、からい快感のようなものを覚えさせられるのが、わりないところだ。ところで悪玉の中でも、後世に憎まれながらそれでも好かれるのもあれば、過ぎた世の現実に責任を持たぬ眼からすれば、どうも人好きのしないのもある。その後者の一人として、古代ローマのティベリウス帝を取りあげてみたい。タキトゥスの『年代記』による。

高慢で冷酷、執拗な猜疑心、謙遜をよそおう陰険さ、そして抑鬱への傾き――どれを取っても人好きはしない。実際に、遠回わしの告発により、多くの敵（と見なした人間）たちを死へ追いやっている。陰謀の詰めには大胆である。それでいて優柔不断とも見られた。元首としての発言がとかく、是と非との間を幾度も振れて、曖昧に終り、真意がつかみにくい。

頭脳明晰の人ではあった。周囲の情況があまりにも見えた。言語のほうも本来、明晰であった。元首の立場も心得ている。しかし、ローマに平和をもたらしたとして仰がれた先君アウグストゥスも死の床から、わたしはこの茶番の役をうまく演じおおせただろうか、もしもそう見るなら拍手喝采をもってわたしを舞台から送り出してほしい、と言ったと伝えられる。もとより、このような言葉が口から洩れるティベリウスの性分ではない。独裁権をかならずしも手中にしていない元首と、荒廃と衰弱を深める元老院と、権力者たちに媚られては棄てられて取りとめもなくなった民衆と、その三者のあやうい均衡にそのつど支えられて、繁盛しながら傾いていく世界であった。

奢侈の風潮が蔓延して、その弊にみずから耽っていた元老院階級が、古風な質素を尊ぶ（と思われていた）元首が厳しい取り締まりに出るのではないかとおそれて、先回りして禁制を議会で討議した上、結論は出さずに元首に附託する。それを受けてティベリウスは、タキトゥスの忖度するところでは、ひそかにこう考える。これほどの浪費癖をはたして抑えられるものだろうか、なまじ取り締まればかえって害毒を流すことになりはしないか、とうてい実施できない改革に手を染めるのは、どんな不面目に終ることとか、まして、かりに実施できたところで、名門の者たちの顔に泥を塗ることになるのを考えれば、と。そして元老院へ返事の書翰を送る。

まず冒頭に、議会に出席して返答しないことにした理由として、この件にかぎり、諸君の顔から予の視線をそらすのがよろしいと考えたからだと言う。さもないと、予の視線に怯えた者たちの顔が諸君の注目を惹くことになり、予自身としても、現行犯を押さえることにひとしくなりかねない、としんねりと脅す。それからティベリウス一流の、是へ振れたり非へ振れたりしたあげく、そんなことよりも、いまやイタリヤは海外からの輸入に依存するに至り、もしも属州の資源が国内の需要に追いつかなくなった日には、どうなることか、とほんとうの問題のありかを指摘しながら対策は腹の内にあったのだろうが語らず、奢侈の悪習を弾劾するのは諸君の名声のために結構なことだが、予一人が恨みをひきうけるのは御免こうむる、と突き放す。

抑鬱の権力者の修辞をたどれば果てしもなく、一例に留める。夜の枕もとに置く書としては重すぎるが、政治に通じた人には、読み出したら止まらなくなるおそれがある。心やさしき人には、為政の実相の一端に触れて、しばし厭世観におちいるおそれ、なきにしもあらず。

（「文藝春秋」平成二十一年六月号）

招魂としての読書

2009

読んだ事をよく覚え、これを記憶の内に整え、機に臨んで適確に取り出す。これが読書家の資格であるとすれば、私は読書家の列に入らない。読んだところから、じつによく、忘れるのだ。本を閉じたとたんに、ということもある。後日になり、ふっと思い出しかけて、確めようとして本を開けば、たいていその箇所にかぎって見あたらない。

読んだ事に感嘆させられるほどに、後で綺麗に忘れる、という気味すらある。三読四読して長大息までしていたのに、机の前から立って十歩と行かぬうちに、はて、何のことだったたか、と首をひねっている。しかし机に取って返して本をまた開くのも、興ざめに思われる。読んだ内容は落ちても、感嘆の念はのこる。肝に銘じて、そして忘れる、忘れなくてはいけない、というような人生の機微はあるのではないか、などとも考える。

忘れるおかげで、同じ本を幾度でも、初めてのように読む。前に読んだ時の記憶に導かれない。これだけ覚えがないのは、昔は何もわからずに読んでいたのだ、と思う。これが身に染みるようになるには、やはり年を待たなくてはならないな、と若い者を諭す気持で読み進むうちに、若い手による書きこみがあり、いま自分の考えていることよりも、どうもはるかに深い洞察を記している。こんなことまで見えてしまって、これから、どうするつもりだ、とたしなめたくなる。わかっていて、やっぱり、わかっていないのだ、と決めつける。

これと逆になるか、読み返すうちに、自分が年齢不詳のようになることがある。青年のようでもあれば、男盛りと言われる年のようでもあり、すでに老年へ踏みこんでいるようでもあるが、とにかく今よりは若い。それにしても、昔読んだ本を読み返すぐらいのことで年齢不詳になるようでは、年の取り甲斐もない、と情なくなる。その一方で、これが人の一生の実相であって、実相を映すということでは本はやはり鏡か、と得心しそうになる。そのうちに、どこぞの年寄りがそばから本をのぞきこんで、口を出したそうにしている。

うるせえ、と払いのけたくなる。

読書といえども当時の喰い物と、つまり、その頃何を喰っていたかと、かかわりのないことではない、と言った人がある。おおいにそうかもしれない。敗戦の直後に、ザラ紙の哲学書の刊行日に書店の前で行列をつくって並んだという人たちは、おそらく、米の飯をろくに喰っていなかった。古今東西の知識人たちも大半は、すくなくとも若い頃には空腹の読書人だったに違いない。空腹の読書人と、古来少数派だったと思われるが飽食の読書人とを、類分けして較べたら面白いことだろう。空腹の読書人はとかく形而上の方向へおもむきがちとは言えるだろう。

ザラ紙の哲学書に行列した人たちから、私は十年もくだった世代になり、青年期にかかる頃には食糧事情もよほど好転していたが、それでも空腹の時代の子だった。空腹に堪えて読書にはげんだなどと、殊勝らしいことを言うつもりはない。空腹を紛らわすために本を読んでいた、とそんな惨めったらしいことも言いたくない。何をしていても、空腹はほぼ常の状態だった。今でも私の本棚の隅に、昭和の二五年から二七年頃の刊行の、ボール紙の表紙とザラ紙のページの、日本および世界文学全集の片割れがのこっていて、本を開くと黴のにおいとともに、空腹の体感と、それらしいにおいがかすかに昇ってくる。

空腹が昂じると手足が冷たいようになって慄《ふる》えとともになまあせが出ると言われるが、それよりはだいぶ手前の、微熱がこもったように生温くてせつない体感の、その息のにおいを思わせる。薪炭と煮炊きのにおいが家々から伝わってくるが、夕飯の時刻にはまだ間がある。そして本のザラ紙は、尾籠な話になるが厠の落とし紙に質が近く、水洗ならぬ肥え壺の発するにおいは家々の気の基調をなすものであり、食生活とも深くつながっていた。赤痢や疫痢の危機もそこにふくまれる。

そして結核への怖れの、においがある。ストレプトマイシンとパスという結核の「特効薬」が我が国で出まわり出したのはたしか昭和の二八年頃、私が新制の高等学校に進んだ頃になる。それを境にして結核による死者が激減したと言われる。近年になり、あれは抗生物質のおかげよりもその間に食糧事情が良化したその結果だったという説もあるそうだが、それはともかくとして、私の学年あたりを境に、結核で倒れる生徒がめっきりすくなくなったのは事実である。その二、三年前までは結核の犠牲者が学年に何人もいたらしく、悲惨な例も伝えられた。その先輩たちとくらべれば、私などはわずかな年の差で結核の魔手を免れた口であったが、それでも結核にたいする恐怖心は濃厚にのこっていて、暮れ方に微熱がしばらく続けば、考えこんだものだ。

そこへもって来て、小説などに読みふけっていれば、そんな本ばかり読んでいると肺病になるから、と親たちにおどかされる。莫迦なことを言うとは思うものの、読んでいる内容が内容だけに、俄に胸苦しいようになる。近代の小説は結核患者のオンパレードである。いや、小説の内容よりも先に本そのものが、物の隅からひっぱり出してきた古本でも、安売りで手に入れたゾッキ本でも、すでに結核のにおいをページごとに発散させているように感じられた。

さらに、結核の脅威に伴うのが、弱年の自殺だった。私の通う高校でも、屋上から飛んだ者があったと聞いた。これも私の学年より何年か前までの話になる。胸壁の外へ出たがそこで立ちすくんでしまったのを、体育の教師が山岳部の生徒を呼び集めて腰に結んだザイルを確保させ、胸壁を乗り越えて、飛びついて助けたという話も伝えられた。われわれは楽になっているのだな、とそんな話を聞くたびに思った。やはり同じ頃、屋上からの惨事が続いた都立の高校があり、後年、そこの出身者の二人と私は知りあいになったが、その一人がもう一人のことについて、あの男は当時、いつ飛ぶか知れないような蒼い顔をしていたので、俺がつきっきりで用心していた、と言う。ところが、そう言われたほうにそのことを聞くと、冗談じゃない、面倒を見ていたのは俺のほうじゃないか、と笑う。真相はどちらともつかないが、二人とも当時、太宰治の愛読者であった。

いましがた、「蒼い顔をしていた」と書いてから、そう言えば、この「蒼い顔」という言葉がこの意味合いで使われることは、ここ二十年三十年、すっかりまれになった、と気がついた。鬱病蔓延と言われる昨今にも、「蒼い顔」とはめったに聞かない。ひきこもりについても、「蒼い顔」とは伝えられない。なるほど、栄養不良と、結核の恐怖と、身辺に聞く自殺――私もまた、「蒼い顔」の世代のはしくれだった。

会社の倒産ということも、私の読書の駆け出しと大いに縁がある。日本および世界文学全集を盛んに売っていた或る出版社が立ち行かなくなりかけたのは、何年のことだったか。その残品がゾッキ本として出まわったのは、私の高校二年から三年生にかけての頃だったので、昭和二九年から三〇年のことだろうか。その後も現在に至るまでつねに果敢にして、それでいてつねに、危いとささやかれる会社のことである。

この会社の一時の破綻とゾッキ本の流出とがなければ、私は後年、文学の道へ深入りしていなかったかもしれない。一九七〇年代の初めに作家稼業に入ってまもなく、この出版社と関係が深くなった時には、ああ、因果だなあ、と思ったほどである。

「現代日本小説大系」と題する全集があった。今から見れば高度な編集に成り、明治から昭和にかけて多くの作家を網羅していた。少年は近代日本の文壇のこともろくに知らず、本を手に入れ次第、片端から読むので、ずいぶん「渋い」筋まで等分に知るようになった。世界文学全集のほうもさすがに翻訳王国だけあって広汎にわたってい た。どちらの全集もボール紙製の表紙にザラ紙のページだったが、簡素な工夫によって気の利いた装幀になっていた。ただし在庫中に手荒く扱われて破損しているのもあった。どの巻も店に並んでいる時から、黴のにおいがしたものだ。

現代日本小説大系も世界文学全集もゾッキ市では普及版が一冊一二〇円均一、世界文学全集にはさらに学生版と称して柔らか表紙のものがあり、こちらは一冊九〇円均一。と言えば叩き売りめいたものに聞こえるが、戦前から洋書をはじめとして高級輸入品で鳴らしていた日本橋の百貨店がほぼワンフロアーを使って、この「特売」をくりひろげていた。

「特売場」は衣類のそれに劣らず若い客で賑わった。貧乏な青少年にとって、文学書が手の届くところに降りてきた。堅表紙のしっかりした装幀の本もむろん世に出まわっていたが、こちらは一冊四〇〇円前後もした。日当三五〇円ほどのアルバイトにも喜んで行った時代である。日本近代文学の全集のほうも当時二種類、大判三段組みの、手堅い造りのものが出ていたが、ひとつがたしか一冊三五〇円、もうひとつが二七〇円もして、私などは学校の図書館から借り出すばかりで、買うなどということは思いも寄らなかった。

学校から借りた図書では粗末に扱うわけにいかない。返却の期限もある。そこへ行くと、ゾッキ本なら、寝そべっても読める。じつはあらかたの本を寝そべって読んだ。それも半端なやり方ではない。今日は本を読んで過ごそうと決めると、あげた寝床をまた敷いてしまう。自身の体温にぬくもって読むうちに、同じ箇所をくりかえしたどるようになり、やがて睡気に負ける。不思議なことに、退屈がきわまった時よりも、行間に惹きこまれかけると、睡気が染み出してくる。半分眠りながら、深い既視感に支えられて読んでいるような気がする。本を手から落として目を覚ますと、何のことだったか、さっぱりわからなくなる。

その間、絶え間もなく、崖下の町工場街から工具や機械の音が昇ってくる。不況のあおりをたちまち喰らう生業《なりわい》の寒さと苦さは、私の父親もその辺の中小企業に関係していたので、身に染みて知っていた。それでも、先人の小説の中へ惹きこまれて眠った後で聞く灰色の町の作業の音は、表を急ぐ足音もふくめて、なにか色っぽい奥行きがあるように、少年には聞こえた。

午前中に一時間ほど近所を散歩して、家にもどって昼食を済ませ、午後の一時過ぎから書き仕事にかかり、はかどってもはかどらなくても日の暮れまで続ける。それから表に出て夏場なら薄暮、冬場ならもう暗い中をまたしばらく、坐業でこわばった足腰を伸ばして歩く。夕食の後、少々の晩酌の酔いにまかせて宵寝する。一時間ばかり眠って起き出してから、夜半を回るまでが、本を読む時間になる。

四十代に、夜の書き仕事は自分には向かないと見きわめてから、三十年近く、おおよそそんな日課に付いている。六十代のなかばまでは何かとその日課を狂わせたが、近頃はめっきり外出もすくなくなり、夜の時間は保たれている。たまに外出の続くこともあり、一連の用事を済ませて夜の机に向かうと、旅からもどったような心持がする。

もともと読んだ事の内容をすぐに忘れるほうだが、老年に入れば一段と、記憶する力も想起する力も衰える。インプットにもアウトプットにも手間取る。どこへ埋めこんだものやら、どこから引っぱり出してきたものやら、と考えれば怪しい。かわりに、うっかり素通りしそうな一、二行に立ち停まって、長年の謎が解けたような心地になり、一種陶然ともさせられるが、はかばかしい認識も後にのこらないところを見れば、これも老耄の兆候かもしれない。

部屋にひとりこもって物を読む自分の顔を、もしも人が戸の陰からのぞいたとしたら、悪相に映りはしないか、と気にかかったことがある。そろそろ老いを感じはじめた年の頃のことになる。しかし悪意を以って物を読むということは私にはめったにない。悪意を覚えたら、読むのをやめてしまう。物を読んで謀略をめぐらすというような頭のはたらきもない。知識を溜めこもうという了見も薄いので、守銭奴が銭を勘定しているようにも見えないだろう。実相を読み取ろうとして眼が爛々と光るというような、そんな質の人間でもない。どんな意味でも悪相にはなっていないはずである。

しかし、惹きこまれた様子はしているようだ。物を読んでいると三時間四時間が造作もなく、まるで眠っていたように、経つところを見れば、実際に惹きこまれているのだろう。物に惹きこまれている人間を、端から一方的に眺めれば、悪相があらわれていなくても、気味のよくないものに違いない。しかしまた、そう思う本人、けっして精神集中はしていないのだ。物を読む間、雑念妄念が頭の中を往き交う。読んでいる事の内容とかならずしも繋がりはないが、読むという行為に誘い出されてくるものではあるらしく、集中して読むほどに、往来は頻《しき》りに、自在のようになる。読むことを妨げもしない。本へ向かって固まった頭から三寸ばかり離れたところにもうひとつの、素通しの器ができたようで、日付も場所も定かでない想念が、読書の邪魔になるまいと足音をひそめるようにしながら、ゆっくりと目を引いて通る。

本を読む自身の、横顔が添ってくることもある。はるか昔の顔である。今から数えれば、青灯五十年ではないが、五十年近く前のことになる。二十代のなかばの若さで北陸の街にいた。十一月に入れば来る日も来る日も、暗鬱な天気が続く。そして来る日も来る日も、まる半日、仕事のない時にはまる一日、旧師団の兵舎に付属の、将校の詰め所だったと言われた、古色蒼然として堅牢一方の木造の小棟の、二階の部屋にこもって本を読んでいた。寝そべって読むことを許す、病んだようなにおいのする、心やさしきゾッキ本の時代ではとうになかった。惹きこんでは突き放し、突き放しては惹きこむ、何もかもが分厚い書物だった。自分の語学力の貧弱さと、すこしでも形而上のほうへわたればついていけなくなる思考力の脆弱さとを考えれば、もともと手を出すべき相手ではなかった。それに、ついこの春まで、先の了見も定めず、半端な気持で暮らしていた。ここまで年を数えれば、結核の脅威は去ったと見えた。戦争のほうも破壊兵器が強大になり過ぎて、敵対関係の均衡がめったなことでは大幅には破れないだろう、と高を括れた。空襲の恐怖の骨身に染みた小児が、ようやく安堵したことになる。しかし安堵した時には、戦後の経済成長に行き脚がついていて、これは上空からの大量破壊の作戦と同じ手法になるのではないか、と尻ごみする自分がこの若さですでに時代から置きのこされつつあるのを感じないわけにいかなかった。

気がついてみたら、時代の変動のまだ及んでいない、都会人の身には「死ぬほど」閑静な街に来ていて、自分の柄からすれば「死ぬほど」甚深らしい内容の本を、来る日も来る日も読んでいる。なんでここにいて、なんでこれを読んでいるのか。読んでわからないのは、この雑駁な感性では当然のことであり、なまじわかるよりも、ありがたいことなのかもしれない。とは思うものの、現にくりかえし惹きこまれるのが、どういう因果のことなのか、訝かしかった。

ある日、たいていにしてやめておこうと思いながら、それでも読み取ろうとする緊張と、それにつれて差してくる睡気との、あやうい釣り合いの中で眼が妙に冴えて、いつになく読めている。表では午後から霙《みぞれ》が降りしきっていた。どうせそこから突き返されるだろうと思われた境も抜けたようで、ゆるい坂をくだるように、さらに惹きこまれていく気配がある。これは読解の機が熟したというよりも、いつもはたらく禁忌の念に破れ目が生じたしるしで、困ったことになるのかもしれないと怪しむうちに、読めてはいるが、声がすこしも聞こえていないことに気がついて、聾唖の明視、明視の聾唖というものはあるものだ、これこそ禁忌の念の、最後の戒めかもしれない、とおそれて本から目をあげると、窓の外では霙がやんでいて、わずかに差す白い光を受けて遠くの落葉樹の、落ちのこった紅葉が照り映えて、あちこちから鳥の鳴く声が伝わってきた。

古人たちの信じたように魂というものが人の内にあるものなら、仮にも本に読みふけるということは、本の内へ惹きこまれて身から離れた魂を、おそらく遠くまでさまよい出た魂を、呼びもどす、これも招魂のいとなみなのではないか。

（「すばる」平成二十一年二月号）

休暇中――カフカ

2006

あの男は、裁判の始めにはこれを早く終らせようと急ぎながら、いまやその終りに至ってまた始めようとしている、と人に後指をさされることになってなるものか、とこれはカフカの「審判」の主人公の、土壇場へ連行される夜更けの道々、おのれを戒めた言葉だが、作家もまた、一年を越える仕事の終末にかかると、同じようなことを思うようだ。

早く終らせたいとあせるのは始めたばかりの頃のことで、泳ぎを知らずに岸を離れて、向岸は見えず、そもそも向岸というものがあるのかどうかも定かでなく、自分の軽はずみをいまさら空恐ろしく感じるが、後悔しているゆとりはない。始めたからには途中で終えるわけにいかない、と覚悟して先のことは思わなくなる。

もう一度あせるのは、向岸らしきものが見えて来た時である。ここで取り乱してはならないと戒める。ところがここまで来てにわかに、自分には水練の心得のないことを思い出したように、ばたつくのを抑えられなくなる。浮きつ沈みつ、時々刻々の足搔きとなり、それにつれて岸は遠くなる。その距離が無限のように感じられる頃、頭を岸に打ちつける。水を呑み呑み這いあがり、どこの岸だか知らないが、かまうものか、しかし知ったような処だなと見まわすと、水に飛びこむ前に脱いだ自分の衣服が、今生の後始末のように、きちんと畳み置かれている。

仕事を終えた直後はやや長くなった旅行から戻った心地がする。変わりもないはずの日常が物珍らしく、いくらか非現実に感じられる。馴れた行為の手順が、どこか危っかしい。身体は風邪の引きたてのように、浮かされ気味になる。寝覚め際にはまだ、書きかけの原稿用紙が目に浮かんで、散々に難渋させられたがこれでようやく意が達する、と安堵しかけて、莫迦な、こんなもの、目が覚めればそれこそ雲散霧消だと払いながら、頭がひとりでに張りつめる。しかしこんな夢も二、三度繰り返された末に、あれはもう済んでいるのだ、取り返しがつかないのだ、ざまあみろ、と笑ったのを境に絶える。陽が高くなってから目を覚まして、来月の仕事は、ない、とあらためて思う時の喜びはこれにまさるものはない。

旅行帰りの心地と言えば、時差ボケのようなものがないでもない。違った時計のもとで暮らして来たわけでないので、これも不思議なことだ。頭の芯が混濁しているのに、時折、妙に静かに冴える。物の役にも立たない冴え方なのだ。惚けと冴えが一緒になる。すると、一日の時の移りが新鮮に感じられる。あるいは遠い昔の一日か半日を思い出しているかのようだ。時間が停まって、時計の音だけが聞こえる。

仕事が済んだら、あれもしよう、これもしよう、これも読もう、あれも読もう、と若い頃のようには思わなくなった。仕事明けに晴れやかな休日が待っているようにも感じなくなった。わずか一年と少々の間でも、仕事へ入る前と抜けた後では、おのずと進んでいるはずの自分の老いを、自分で世話しなくてはなるまいな、と考えている。まるでながらく世話を怠っていたかのように。そんなことはないのだ。仕事の最中にだって自分が季節ごとに年寄って行くのは感じていた。取り扱い注意の域には入っていた。しかし、仕事にまともに向かっている時、年齢不詳になっている自分に気がつく折りがあり、そうでなくてはこんなことはできない、とは思うものの、これはやはり身の為に、あまりよいことではないのではないか、とおそれる。仕事が済んだらゆっくり年を取ろう、と思うのではないが、この瘤絡みのようになった年をすんなりと伸ばしておかないと身が持つまいな、とつい先を急ぐ心になる。

カフカの「審判」を読み返すことになった。つい前夜まで思ってもいなかったのに、例の遅い朝の寝覚めに作中の一場面が頭に浮かんで、午後からその箇所を読み始めた。疲れたら閉じて書棚に戻すつもりである。ようやく閑の心になったしるしか。気まぐれに本を読んで過ごす午後は、季節はいつであれ、永日である。

主人公が裁判所へ提出するために一身上の弁明書を起こそうかと思案する場面である。これまでの生涯の「身上話」を簡略にしたためて、その中で取り分けて重要な出来事のひとつひとつについて、その時の行為がいかなる理由から出たか、現在の自分の判断からすれば非難されるべきか是認されるべきか、釈明を試みようとする。もとより、難儀な課題である。なぜなら、起訴の対象である罪状が何処にあるかを知らされず、また起訴事実が今後どのように拡大されていくかも知れないので、それこそ全生涯にわたって、ごく些細な行為と出来事まで記憶に喚び起こし、記述して、これをあらゆる方向から検討しなくてはならない。

世の常ならぬ裁判、世の常ならぬ法廷である。二十年ほども昔に私が読後にざっと数えあげただけでも、一、逮捕されたのに拘留されない。被告人は自由に日常の生活を続けている。二、罪状が一切知らされない。従って、弁護人はまず罪状を推し測らなくてはならない。罪状そのものも、どうも不定であるらしい。三、ただ一回の怪しげな、政治集会にも似た審問のほかは、法廷と被告人との間に正規の接触が持たれない、ように作中の限り見える。四、裁判の進行が被告人にも弁護人にも明らかにされない。五、裁判所と検察とが一体であるらしい。六、有罪判決が公開はおろか、被告人に直接くだされることもない。ある夜、嘱託の私人としか見えない処刑人が被告の家にやって来る。さらにつけ加えれば、一事不再理の原則がないようで、被告人が完全に無罪放免された例は、「伝説」としてあるだけで、実際にはこれまで一件もないはずだ、と事情通は見ている。

しかし、この世の常ならぬ、とさきほど言ったが、この場合、この「世」とはあくまでも、近代法のまがりなりにも定まった近代の世のことである。近代法以前には、いましがた列挙した「理不尽」の多くは、現実であったらしい。ヨーロッパの中世から近世へかけて、ローマ法および教会法に則り、訴訟手続は書面主義であり、裁判官は当事者から提出された一件書類により判決をくだすという。また秘密主義であり、証拠手続も秘密であり、証人は被告のいないところで訊問されたという。裁判官は職権により審理を開始し、被告人は弁護の機会こそあたえられたが、自分が何によって疑われているか、嫌疑材料について充分の知識をあたえられていなかったという。

聞いて背すじが寒くなる。しかも、これらのことが是正された近代法の体系のとにかく定まったのが、ヨーロッパの諸国において、十九世紀に入ってからと言うではないか。カフカのオーストリア・ハンガリア二重王国のことは知らないが、ドイツ帝国では一八七九年のことだそうで、カフカは一八八三年の生まれである。法学博士である。

作中の主人公は近代都市の市民であり、有能な銀行員であり、近代合理主義に生きる三十一歳の壮年であるにもかかわらず、生涯にわたる一身上の弁明書を、街の中心部には正規の法院もあろうに、場末のあちこちの屋根裏に役所を置く得体の知れぬ法廷へ向かって、書こうとする。これを要するに、人は行為によって罪を問われるのであって存在によっては処罰されないという近代の法の大原理が、近代社会の真っ只中で破れて、その破れ目から主人公は「それ以前」の中へ吸いこまれつつある、ということではないか。

それはともかく、さすがに途方に暮れた主人公はこんなつぶやきを洩らす。

——それにまた、生涯の弁明書をしたためるというような仕事は、何と哀しい仕事であることか。年金生活に入って子供っぽくなってしまった年寄りの、ありあまる閑をつぶして、毎日毎日長い一日を過ごさせるには、おそらく恰好な仕事ではあるのだろうけれど。

なるほど、これだったか。このつぶやきが記憶の端に引っ掛かっていて、今朝方の寝覚めに、ぽつりと滴り落ちたか。それで午後になりこの本を書棚からおろしたか。それにしても、お若いの、よくも言ってくれた。年金生活と言えるほどのものにも浴さず、今はたまたま端境にあって閑でも、いずれ近いうちにまた、無い智恵をしぼって相勤めざるを得ない身ではあるが、このつぶやき、痛く身に染みる。

子供っぽくなったとは、これは認めよう。往年の童《わらべ》の透けて見えて来るようなのが円満な老熟のしるしと言われるが、そんな結構なものでもない。ひょっとして自分は生涯、なにやかにやあっても、小児から出なかったのではないか、とつい疑われるほどのものだ。

年を取るにつれて、一日は長くなる。年金生活者ではないので忙しくしていても、仕事がはかどらないにしては、一日が長く感じられる。日々の体力が一日分にはすこし足りなくなっているのではないか。

しかし一身上の、生涯の弁明書を綴ろうなどという了見はいまさら毛頭ない——と突っ放なすところだが、そこが本人にとってもいささか意外、いささか妙なのだ。人は存在の罪ではなくて、あくまでも行為の罪を問われる。壮年の間は自分の行為とその結果を考えれば、まず足りた。自分の行為に自分で絶望する。自分の行為が自分でわからなくて頭を抱えこむ。自分が自分の行為を見まいとしているのを感じてうしろ暗くなる。いずれ主題は行為である。

老年もそれには変わりがなく、もうここまで来たのだから俺のやったことを一々言うな、と自分自身にたいしても頑固になるのは、過去のもろもろの行為の取り返しのつかなさに自分で憤っているように、一見、見えるのだが、じつは過去の行為を振り返って、あれは何だったかと考えようとすると、結局、自分はこういう者なので、ああいうことをしたのだ、と行為がいちいち存在の中へ吸いこまれ、では、自分はどういう者なのか、何処の誰なのかと問い返すと、ほんとうのところ、何も知らない。知っていることをいくら投げこんでも、空欄は一向に埋まらない。

弁明などするつもりはないのに、弁明書を起こしかねている「審判」の主人公に似てくる。追及の網の目はしぼられて来たようなのに、罪状が知れない。法廷も見えない。行為ではなくて存在が問われているらしい。弁明書は果てしもなくなる。そして無拘留の日常は続く。老年とは「近代以前」へ呼び出されることか。

（「新潮」平成十八年一月号）

「文学は可能か」の泥沼で

2005

毎夜、一篇ずつ読む。もう一篇と急ぐと、二篇目の作品の読み方がとかく粗くなり、そのくせ作品にけわしくあたることになりかねない。そうして全篇を読んで、選考の日までに一日か二日の余裕を残し、そこでいま一度の思案となる。読み返すということも、作品にたいして不当なきびしさにおちいるおそれがあるので、用心する。ゆっくりと読めばいいというものでもない。作品はそれぞれのテンポを読み手に要求する。そんな戒めを年に二度、一月と七月に繰り返して、十九年が経った。芥川賞のことである。このたび、その選考委員の〝停年〟を自分から願い出ることになった。受理された。

一月も七月も選考会は月のなかばになり、たいてい私自身の小説の、原稿の締切りと時期が重なった。ということはこの十九年の間、私はあまり長い閑を置かず、月々の連載か連作に掛かっていたことになる。昼間はその月の作品のもう終盤で行き詰まって、絶望と紙一重のところで粘っている。夜にはその日の漁からまた空手で戻ってきた心を宥めて、候補作の読みに就く。正直のところ、せつない。昼間の無力感の呻きがどうしても夜まで持ち越され、他人の作品の、力も尽きかけたところへ、追い込まれた末に可能性のほの兆す境へ、耳が行く。評定や評点のゆとりはついに持ち得なかった。

十九年を振り返っても、自分が年を取ったということのほかは、にわかに格別の感慨も湧かない。長年の仕事の抜け落ちたその跡の空白に、さまざまな記憶が集まってくるのにも、まだ間がかかる。芥川賞の選考会の末席に私が加わったのは昭和六十一年、一九八六年の一月のことなので、後にバブルと呼ばれた過剰流通景気のいよいよ走り出す直前にあたる。その崩落の事後処理はいまだに終っていない。この間に倒れた、あるいは重傷を負った多数の犠牲者のことを考えれば、もうひとつの戦中と戦後だとも言える。文学もその変動の波間に呑まれた、と岸から見た人もあるだろう。消えたかと思うとまた浮かびあがってきたのを、すでに難船の残骸かとあわれみ、それにしては船上賑やかなのを眺めて、あるいは幽霊船か、と疑ったかもしれない。

しかし、と私はそれに答えようとして、言葉に迷う。あくまでも、芥川賞の候補作品を、同じ作家として、表現の内側から、読んできた者としての答えである。変わらないのだ、とまず言いたいのだ。語弊はある。停滞と取られる。停滞どころか、変動はそれこそ泡よりも激しい。また、伝統は守られたなどと言うつもりもない。守ろうにも、踏まえようとすれば足場が沈む。先輩たちがずいぶん、伝統を解体して行ってくれた。その解体人のハシクレに私を加えてもらってもよい。

それに、言語は無用というシグナルが社会にはっきりと出た時代の新人たちである。何をいまさら文学の、そのいまさらの場所にやって来た。あちこちの世界をのぞいた末に、なかでもわびしげな空地に、荷をほどいた旅人のようなものだ。そしてすぐに行き詰まる。かならずしも才能のことでない。自分にとって、文学はそもそも可能か、という疑惑が初めの一歩から壁となって立ちふさがる。いや、疑惑は目の前の壁ではなくて、踏まえようとする力を吸いこんでしまう泥沼として足もとにある。足を取られながら、宙に遊泳するような声で唄う。これも表現である。人の心を惹き寄せる。しかし苦闘は足もとのほうにあり、水面下の足掻きならぬ、泥面下の瀬踏みであり、外からは踊っているように見える時こそ危機にある。

十九年、おしなべて、そのような意味で「地道」であった。

（「読売新聞」平成十七年三月二日）

老躁の風

2004

漢字がとっさに浮かばない。度忘れかと待つが、一向に思い出せない。しかたなしに、文字を見るだけのために、辞書にあたる。

高年に入った著述者たちが、手書きの場合になるが、ほとんどひとしく歎くところだ。おかげで、物を書くのに以前より倍も時間がかかるようになった、と。

むずかしい漢字のことではない。あまり重い漢字は自分には分不相のこととして敬遠するようになっている。字劃が思い出せなくても驚きはしない。以前は自分もこれを楽々と書いていたものだ、と呆れるだけのことだ。若い人がワープロの御利益で重厚な漢字をひいてきたはいいが、文章がそこで串を打たれたように動きの取れなくなることがある。

むしろ、やさしい漢字が思い出せなくて苦しむ。当用漢字の部類である。ひどい時には、正しく書いておきながら、間違っているのではないかと疑う。何枚か前にすでに使ったはずのその文字に照らすために、原稿をめくり返すこともある。見馴れたはずの文字が、ふいに見馴れないものに映るのだ。

老化のしるしではあるのだろう。形象をつかねる眼の力は衰えつつある。身も蓋もないことを言えば、体力の掠れてきたせいである。緩慢となった思考と表現の運びの中で、意味の連繋がゆるんで、ひとつの漢字がふいに、異和感を帯びて孤立する。壮年の盛りでも病中病後の衰弱の中では、漢字はつかみづらくなる。ある病人は初めて朝刊を手渡された日に、その一面トップの大見出しの、首と相の二文字をまとめるのにやや間がかかったそうだ。

あるいは長年約束事を踏んできた高年者をときおり襲う、恣意への衝動、放擲の衝動も、そこにはたらいているのかもしれない。意味のつながりを放り出す。すると文中の一文字がそれに答えて、ほかの文字に構わず、ひとりではしゃぎ出す。狂い出す。書く本人も言葉の結滞に苦しみながら、狂躁の風に吹きつけられて快感を覚えている。年寄りの暴力沙汰もよく伝えられるところだ。

しかし老いのほかにも、人それぞれ事情があって、漢字は時折、見馴れぬ面相を剝くようだ。

まず世代と、漢字仮名の新旧の間のことがある。私は昭和十二年生まれであり、戦後ほとんど新字新仮名で育っている。三十過ぎでこの道に入った時には、正字で通していた文芸誌はまだあったが、私自身は新字新仮名でしか書けない者になっていた。古典や漢文を読みこんだ後で自分の原稿に向かうと一種の言葉喪失の苦痛と無力感を覚えさせられたが、これしか出来ないので、是非もない。ところがそれから十年もして、文芸同人誌の編集に関わっていた折りのこと、ある夜、もう夜半過ぎに、古色蒼然とした印刷所の出張校正室に校了待ちで詰めていて、机の上に積みあげられた用済みの校正刷を眺めるうちに、自分には読解できない、奇怪な文字がそこに氾濫しているように見えてきた。私自身の小説の校正刷もそこに混じっているのだ。

書くのはともかく、読むほうはつい近年まで、大半が旧字旧仮名に依ってきたので、この分裂もまた、是非もない、と折り合って昏乱をおさめた。しかしいま自分の使っている文字は、自分がいくら熱心を尽しても、いつなんどき現実から剥離するか知れない、というおそれは遺った。心身の衰えた時のことをやはり思った。

旧字の多くが簡略化された当初に、漢字の形象の、意味と音声の、どのような転移の手続きが取られたのか、それが教えられなかった。これは漢字の記号化へつながる。漢字は一対一の記号ではなくて、総合的な形象のはずだ。形象として痩せ細って、五十何年にもわたれば、人の読み書きが分裂に瀕する。

自分の原稿を読み返していて、信じられない宛て字に目を剝くことが近頃とみに多くなった。まるでわざと目障りな間違いをやって自身をからかっているかのようだ。

ワープロを使う人が同音声の漢字をいくつも呼び出しておいて、その中から選りも選って奇っ怪な間違いを打ち出す。同様のことが六十代すでになかばの作家にも起こるのだ。

「横文字」にたいしては、どうか。

辞書を引く。大判の一冊本に探し、四冊本にもあたるが、その単語が見つからない。自分の持っている辞書ではやはり用が足らないか、とあきらめてテキストに戻って眺めると、その単語の綴りを間違えていた。眼の悪くなったせいもあり、浅学は言うに及ばずだが、元はと言えば、その言語の音声を自分がまるで心得ていないせいらしい。音痴である。慢性気味だが、急性の時もある。

大病を患った頃から、横文字を読むことが増えた。五十代のなかばまで来ていた。病中にはもっぱら芭蕉たちの連句、退院直後には宗祇たちの連歌を読んでいたのだ。眼に染みるようだった。それがまもなくおもに横文字を読むようになるとは、自分でも思いも寄らぬことだった。これからも物を書いて暮らす人間としての、「リハビリ」の気持はあった。何をするにもまず体力を回復しなくてはならない。しかし年が年の大病だけに元の体力にはしょせん戻らないだろうと踏むと、文章を以前よりは強くしなくてはならない、文章が強ければ乏しい体力も絞りが利くだろう、と逆のようなことを考えた。それではどうして横文字を読むのかと言えば、表意文字への依存を、せっかくそこに甘味のようなものが出て来たところだが、よほど抑えないと、この体力では文章が崩れる、と感じたらしい。

あるいは、表意文字に依るならば、自分がまだ執心している表現などは、とうの昔に済んでいる、と見えたのかもしれない。

大病の後では眼が新しくなると言われる。ずいぶん綺麗な物の言い方だが、私の場合は、物事を徒労との境で見るようになった。人の熱心の業ほど徒労を際立たせる。徒労に瀕するほどに人の熱心は迫力を帯びる。表音文字から成る文章に惹かれたのはそんな病後の感覚からだった。われわれを驚嘆させる精緻な重層の構築も、徒労の淵の上へそのつど架けられるアーチのようなものではないか、と見えた。支えるものは論理であろう。論理の初めはコトバなのだろう。しかし初めのコトバが現われるのは音律としてなのではないか。深淵の上にまず音律がアーチを架けて、それに沿って論理が石を組むのではないか、と音律を聞き取ろうとするが、如何せん、耳がよくも利かない。

表意文字なら、徒労やら恣意やら虚無やらの淵へ墜落する前に、とにかく受け止めてくれる、と耳をほどくたびに思うところを見れば、表音文字による構築が絶えずしのいでいる崩壊の危機は、すこしは聞こえていたのだろう。

ある日、ヘルダーリンの長目の詩を読むうちに、もうすこしのところで音律に逃げられて、またかと思っただけで格別に落胆もしなかったが、ギリシア語をおさらいしなくてはならないな、とかりそめにつぶやいたのが、六十過ぎの男がいつかこれを真に受けて、晩すぎる事始めとなった。以来、夜な夜な、悲劇やら詩やらを細々とたどっては音痴がしきりに首を傾げ、印欧語の古典語と近代語との構造《シンタクス》の違いや、構造と音律との関係を、回らぬ頭で考えているうちはまだしも、逃げた音律をいまさら、われらの古文漢文に漠と照らそうとしているので、見られたサマではない。

昼間は相変らず小説を書いている。たいてい年のせいで、意味がほどけがちになっていくのを、この場が最後の土俵になるか、と思うこともあるが、どんなものか。

（「新潮」平成十六年一月号）

いつもそばに本が

2001

来る日も来る日も、本を読まずにすごした時期がある。たいていの職業の人なら不思議もないことなのだろうが、私のように早くから「読書渡世」に入った人間にとっては、まず異常の部類になる。

三十一歳になったばかりの秋のことだ。昭和の四十三年、一九六八年になる。まずその八月の末に引っ越しをした。当時、私は妻と一歳と少々の長女との三人暮らしで、煮炊きのにおいの中で本を読む、本を読むまわりで子供が這いまわる、とそんな今までの暮らしのほうが気楽だったが、かりにも大学の教職についていたので、書斎とまでは言わなくも仕事部屋は持ちたいものだ、これは商売柄「お店」みたいなものではないか、と考えて無理をして移った次第だった。ところが、いざ新居に落ち着いてみると、本の読めなくなっている自分がいた。

引っ越しは個人にとってなかなかの大事業であり、その後でしばしば家の主人や主婦が病むことがあると言われる。たいした気苦労もしなかったつもりだが、そんなこともあったのだろう。それに三十過ぎと言えば、青年からいよいよ中年に移る、これもひとつの更年期である。実際その秋、虫歯にひどく苦しんで、医者から初めて、「老化」という言葉を我が身のこととして聞かされた。

授業の準備はしっかりとやった。しかしあとは、せっかくのお仕事部屋はお留守であるのだ。居間のほうに寝そべっている。手元には本を用意しているが、二ページと読まぬうちに頭の中にモヤ、どころか濃霧が降りてくる。その底から行き迷う船の霧笛が哀しげに聞こえて来るような、そんな気分だった。

研究職というものに入ってから七年、少年の頃にいきなり東西の小説を読みあさるようになってから十五年、あれこれずいぶん夢中になって取り組んできたけれど、こうしてみると、身にもついていないな、と思い知らされた。大体、あの人たちの文章は、俺にとっては立派すぎる、とうらみがましい気持になることもあった。本を読むことの功徳はあんがい、知識や想念を蓄えることにあるのではなくて、心を動かされるたびに奪われる、奪われに奪われ、あげくには自分がからっぽになること、これが大事なのではないか、と悟りのようなものが開きかけることもあったが、からっぽはしょせん、からっぽ、十月になり、十一月になり、年末になり、来る日も来る日も、本を読まずにすごした。

私の本棚の片隅にボロボロの本が三冊ある。背表紙は剝がれ、表紙もセロテープでかろうじてつなぎとめられている。ハードカバーだがボール紙に近い。しかしよく見れば、簡素だが品の良い装幀がほどこされている。現代日本小説大系と題する。初版発行が昭和二十五年、一九五〇年。まる半世紀、私の引っ越しについて回って、高年の栖《すみか》に漂着した残党の三冊である。

第三十三巻は廣津和郎「神経病時代」ほか四篇。葛西善藏「哀しき父」ほか七篇。宇野浩二「苦の世界」ほか三篇。

第三十四巻は佐藤春夫「田園の憂鬱」ほか三篇。室生犀星「性に目覚める頃」ほか四篇。瀧井孝作「無限抱擁」。

第四十四巻は牧野信一「爪」ほか五篇。宇野千代「稲妻」ほか二篇。十一谷義三郎「唐人お吉」。稲垣足穂「一千一秒物語」ほか一篇。林芙美子「放浪記」。嘉村礒多「途上」ほか四篇。

このうちの一冊は本の背の内張りがのぞいて、こんな文句が読める。

——あいつは、ひょうたん沼のぬしだから、うっかり手をだすなよ。

河童らしき絵の、ほんの片端が見える。清水崑のものだろう。反故《ほご》を内張りに使ったらしい。

黒っぽいザラ紙の本である。十六、七歳の私が手にした時にもすでに古本だった。

このような本を抱えこんで、日曜の午後から二階の部屋にこもる。朝寝の床は敷きっぱなしである。寝ころがって障子の光で読む。寒い雨の日なら雨戸を閉めてスタンドをつけた。夢中に読む。

はて、これらの小説が、十六、七の少年に読んでわかるものだろうか。半分もわからなかった。読み詰まれば、寝つぶれた。覚めればまた読む。眠っている間も小説の内の気分を細々ながらたどっているようなのだ。そのうちに、まだ眠りの中で、心がほのぼのとひろがり、見たことのない境が、目の前に開きかかる。覚めてみれば何ということもないが、ときには、同じ本を手に取ると、眠る前よりもよほど読めることがあった。

後年になりしばしば思った。あのガキは、いまのオレよりも、はるかに読めていた、と。

読むということはかならずしも、わかるわからぬのことではない。魂というような言葉を使いたくなるところだが、本に触発されて自分が一時でも自分からひろがり出る、そこに妙味はある。人の成長の機縁もある。本も人の中で眠るうちに育つ。

昔見た映画をビデオでまた見ると、こんな場面があったか、と驚かされる。ストーリーが途中から、自分の記憶していたのと、食い違ってくる。先がわからない。ラストシーンにまるで覚えがないこともある。本も同様である。

とにかく、私は読んだことを忘れる。読み終えて長太息、これで自分の了見も変わるかもしれないぞ、などと思いながら立ち上がったとたんに、ふむと首をかしげる。どこにそうも心を動かされたのか、もう思い出せないのだ。感動ばかりが残る。暮れ残るとでも言うか。

読んだ内容ばかりか、読んだという事実すら忘れる。三十歳の前後に或る中世ドイツの神秘家に惹かれて、その説教集を研究室から借り出し、あちこち断片的にかじってみたが歯が立たなくて、早々に放棄した、と記憶していた。まもなく作家の道へ逸れて、遠い異国の遠い時代の神秘思想どころでなくなった。ところが二十年も経って五十の坂で、或る晩、ふいにその神秘家の名前を思い出すと何やら記憶というよりも予感のようなものが動いて、本棚を探ってみると、その本があるではないか。買ったものらしい。開けば若い手の書きこみも見える。一体、どこまで読みやがった、と若い者と張り合うような気持から始めて、結局、ひと月かかってのことだがしまいまで読むと、しまいまで、熱心な書きこみも絶えなかった。本を閉じた時、三十男と五十男と、忘却がひとつに重なった。肥沃な忘却であるような気もした。

これも記憶がおぼろなので正確なところは怪しいが、或る哲学者の言うには、知識には三通りあり、たとえてみれば、一、捕った魚を燻製にして家に貯える、二、生簀《いけす》に飼っておく、三、必要な時にはそのつど舟を漕ぎ出す。私などは、かりにも揚げた魚を保存する力が薄弱なので、心ならずも、そのつど舟を漕ぎ出す口になる。心ならずもとは言っても、忘れたことさえしばしば忘れているのだから、けちな海でも、舟を出すのはそれなりに爽快である。ただし、海に出ても魚が捕れるとは、当然、限らない。一日網を打って回っても、糸を垂れて待っても、暮れて空手でもどる日があるかただ。年の風が身に染みて、えもいわれぬ気持である。しかし空手には空手の、妙な自足があるものだ。明日こそはという期待でもない。捕れなかった魚は海の底で育っていく。揚げられないことになっても、それでいいのだ。

読んでわかったばかりが、読む面白さでない。

（「朝日新聞」平成十三年六月三日、十日、十七日）

漱石随想

2001

漱石は小説家か随筆家か。私事になるが、十年ばかり前に入院の運びになり、病中読書として数冊のなか、漱石の物を一作加わえようとして、修善寺の大患の記の「思ひ出す事など」と晩年の「硝子戸の中」と、そのどちらかにするかしばらく迷った末に、「硝子戸」のほうを鞄の中に入れた。

退屈な検査入院とぐらいに思っていたところが、自分こそ「大患」の憂き目に遭うことになり、手術後半月の完全仰臥の拘禁のそろそろ解ける頃に、ようやく文庫本を手に取って、「修善寺」のほうを持って来なかったことは虫の知らせか正解であったと安心しながら、「硝子戸の中」を読み出したところが、こちらのほうがよほど重苦しいと悟らされた。

——私は黙って座敷へ帰って、其処に敷いてある布団の上に横になった。病後の私は季節に不相当な黒八丈の襟のかかった銘仙のどてらを着ていた。私はそれを脱ぐのが面倒だから、そのまま仰向けに寝て、手を胸の上で組み合わせたなり黙って天井を見詰めていた。

秋の星の宵に雨戸をまだ開け放した縁側から、庭の生垣の下にうずくまる老犬を呼んだところが、犬は主人を忘れたかのごとく振り向きもしなかった、とあるのに続く箇所である。ひたすら卒直な文章だが、病後の私をベッドに押しつけるに十分な圧力があった。胸の上に手を組んで、同じ天井が見える気がした。

ついでながら、三つの文章から成る段落であるが、どの文章も「私は」によって導かれている。「私は」の主語から成る文章を三度重ねる、その度胸にも闊達さにも、今の作家はとぼしい。しかし反復を避けることによって、太い筋が文章から失われるおそれはある。筋が無用に椀れることにもなりかねない。また、「黙って」という言葉が最初と最後に繰り返される。これなどはいまどき、書いた者が新人作家ならば、編集者にたしなめられるところかもしれない。しかし最後の「黙って」は利いている。この際、落とせないものだ。こなれた文章の陥穽を、作家はむしろ戒めるべきだ。

病院へ随筆を持ち込んだと聞けば、漱石の作品では随筆のほうを小説よりも好む、と人は取るだろう。たしかに、読み返す頻度からすれば、私は漱石の、随筆小品を好む。幾度読み返しても、どの年齢ででも、厭きるということがない。しかし読後に残るものは毎度、「これは、作家だ」という感慨である。小説の結構を取らぬ随筆にむしろ作家の、きわめて小説的な、筆致の精粋を見るのだ。小説の形が、小説であることを避けて、結晶しているところもある。

だから漱石は何と言っても小説家である。という結論になる。大筋ではそうである。しかしまた漱石の、小説らしい小説と思われている作品を読み返すと、これがまた何と、非小説的な――と思われる――要素に満ち満ちていることだろう。「草枕」や「吾輩は猫である」は、あれは敢えて随想の態度を取り、小説であることを謝絶して、かえって節々で小説を活かしたと見るべきだろう。小説らしく成った「坊ちゃん」にしても、どれだけ、小説たらんとの意欲から発したかは疑問である。むしろ「三四郎」の場合である。ようやく小説らしい小説、と人は漱石観の内でそう思いなしている。読み返せばなるほど小説の、巧みな運びである。読ませるのだ。しかし小説にしては、「むずかしい」余論・閑話、エクス・クルスが随所に見られる。何よりも、小説的な時間にたいして、あまり義理立てしているようにも思われないのだ。作中の時間の前後にしばしば独特な混乱を平然として露呈させる秋聲のほうが、小説的時間に関して、よほど厳格である。

西洋においては正統なる散文形態からの逸脱が近代小説の萌芽だったのかもしれない。しかもその逸脱は十九世紀に近代小説が確立すると現代以前の物と後世の者には感じられる。しかしまた、「近代前」がそのまま現代文学へつながった。我が国の遅れて来た近代文学、しかも口語文体を以ってする「新しい」文学はすべて、漱石もふくめて、現代文学に属する、と私は見る者である。

それでは、「こころ」はどうか。青少年期にこの作品に厳粛の感動を覚えた人は、中高年に至って自身の内で、その体験の処遇に困惑するのではないか。いくらでも冷やかに眺められる。作品の悲劇の道筋を通そうとすれば、隙間風が吹く。しかしあまりすすまぬ気持で読み返せば、依然として厳粛の文学、しかも完璧の近代小説と読める。内容からは、その感動はかならずしも説明できない。二十世紀の初頭を近い時代と見る感覚からすれば、この作品の成立が奇跡のように、作品そのものは厳粛の感動をはらんだ幻のようにすら思われる。

作品の声に聞くべきではないか、と私は思っている。声によって成り立った、悲劇としての近代小説の、おそらく最後のひとつではないか、と。あのような「近年」に。

（『漱石を読む』佐藤泰正編、笠間書院、平成十三年）

謎の書き込み

1997

三角の戸棚があった。正しくは三角柱である。部屋の隅に置くのに都合がよい。しかし中の棚が三角になるので、いくらも物を載せられない。飾り物でもしまう用のものだったのだろう。そこに現代日本小説大系というものが三段に並べられていた。私の高校生の頃である。家は北品川の御殿山にあった。

両開きの細長い扉のついた戸棚は大きくもないので、大系と言っても全巻揃いではなかった。そのうち三冊が現在の私の本棚に残っている。第三十三巻、廣津和郎、葛西善藏、宇野浩二集、解説は片岡良一。第三十四巻、佐藤春夫、室生犀星、瀧井孝作集、解説は中村光夫。第四十四巻、牧野信一、宇野千代、十一谷義三郎、稲垣足穂、林芙美子、嘉村礒多集、解説は伊藤整。全集の監修は永井荷風、正宗白鳥、志賀直哉、谷崎潤一郎。編集は靑野季吉、片岡良一、川端康成、中野重治、中島健藏、伊藤整、中村光夫、荒正人。三冊とも初刷りは昭和二十五年、版元は河出書房である。

そのうちの二冊には表扉に某銀行の、従業員組合蔵書印と、贈呈印と、組合執行委員長印が捺してある。その銀行に姉が勤めていた。そして私の記憶では、そこの組合の図書の一部が整理されることになり、安い値段で組合員に頒たれた。昭和二十八年の頃のことだと思われる。姉は二十巻ばかり買ってきたようだった。当時、二十歳そこそこの若さである。今から十年前に亡くなった。

しかしもう一冊にはそんな印も見えなくて、かわりに、裏表紙の内側の上隅に小さな茶色の、近藤書店のシールが張ってある。これは私自身の買ったものだ。そのころ、私は品川から新橋へ、新橋から地下鉄に乗って赤坂見附の学校に通っていた。地下鉄はまだ銀座線きりの頃のことで、定期は渋谷から浅草まで全線有効だった。それだものので私はよく学校の帰りに、日本橋の丸善と銀座の近藤書店に寄った。芥川龍之介の、「人生は一行のボオドレエルにも若かない」という気取りがないでもなかった。ただし、たいてい本を買うためでなく見るためである。単行本を買うだけの小遣銭を私は常に持ち合わせなかった。

ゾッキ本のゾッキという言葉の由来を人からおしえられて、そんなに古くからある言葉なのかと感心させられたことがあるが、どんなことだったか、今ではころっと忘れている。とにかく、安売りの新本、そのゾッキ本の日本および世界文学全集で育った文学少年で私はあった。これならば、私にも買えたのだ。都心の大書店でゾッキ本のセールが大掛かりに行なわれた時期があり、私も地下鉄の定期を利用して繁く足を運んで、だいぶ買いこんだ。そして読んだ。

ところがここまで書いてきて、いましがたの芥川の言葉の、「ボオドレエル」は表記に間違いはなかったか、とにわかに記憶があやしくなり、作品集を書棚からおろして確めたついでに、ページをぱらぱらとめくるうちに、本のしまい、奥付の隣の空白のページに鉛筆で、「千九百五十三年、十二月二十四日、銀座近藤書店にて」と記されてあるのが目にとまった。この書き込みについて、不思議なことに、私にはまるで記憶がない。はて、誰の手だ、としばし眺めた。私の字にはかなりの癖があり、自分の手なら一目瞭然のはずだが、この癖は私が文学などに打ちこむにつれて追い追いその報いのように昂じてきたもので、十六、七の頃にはもっとすなおな手であった。それにしても、この書き込みは私の手ではない。生真面目な、まだ少女風の残る、若い娘の手である。

この芥川龍之介作品集は創元社から出た四冊本で、初版が昭和二十五年、解説は福田恆存、造本はあの時代のことで粗末な素材に成るが、装幀は小磯良平で、表紙が蜻蛉と蝶と蜂、カヴァーが磯を這う蟹の、清楚な図柄だった。ところが私の持っている作品集は四巻目が、ほかの三巻と体裁は同じだが、背文字が小さくなっている。奥付を見ると初めの三巻が六刷りで、四巻目だけが七刷りになっている。

私の記憶はこうである。私は乏しい小遣銭を貯めて、姉に頼んで銀行の書籍部だか出入りの書店だかから割引きでこの作品集を取り寄せてもらっていた。それが三巻まで来て、残りの一巻がしばらく品切れになった。それを姉が銀座の書店で見つけて買って来てくれたものと見える。しかもあの書き込みはどうやら、四巻目は私へのクリスマスプレゼントであったらしい。

すっかり忘れている。それにまた、姉が銀座の書店によく立ち寄っていたとすると、その書店のシールのついた日本現代小説大系の一冊も、姉が買ったものではないか、とも思われてくる。しかし、内容は廣津和郎と葛西善藏と宇野浩二である。そんなものを二十歳の娘がわざわざ書店で求めるだろうか。しかしまた、私が買ったとするのも、十六、七の少年としては好みが渋すぎる。

生前にたずねそびれた。こちらが何もかも忘れていたので、たずねようもない。それにひきかえ、三角の棚の上に本を並べる具合いの悪さは、昨日のことのように覚えている。

（「文學界」平成九年一月号）

赤い門——夏目漱石

1994

夢の中の私は眼鏡を掛けているかどうか。どうも、掛けていないようなのだ。夢の中の自分はおおよそ、幾歳ほどか。若いようなのだ。夢の場面が現在のものであっても、若い。若くて、しかも年齢は不詳だ。

人は誰でも自身を相手にした、自身についての、物語作家である、などと言えば作家の底意ありげに聞えるが、小説のことはさしあたり考えていない。この「自身物語」の製作にずいぶん熱心な人もいれば、これを嫌う人もある。事柄の挫折そのものより、物語の破綻のほうがよほどいまいましい。

生涯にわたる長大な物語は避けたほうがよい。今の世の人間の思考は我身いとおしさから発する場合ですら幾通りもの推論を並列させてしまうほどに《公正》にできているので、このひとすじしかないというような物語を紡ぎ出すことは望めない。これでは身上話として人の心を打たない。自身にも慰めとならない。

今の世の人間の自身物語が短くなっていく所以である。短ければ短いほど、目安い。

話らしい話を控えるほど、澄みやすい。それでも、短い物語の内にもいくつかの、

「だから」はある。たったひとつの「だから」が要《かなめ》になることもあり、物語の全体がひとつの「だから」を成すこともある。この「だから」に、万感とは言わず、いささかの情感がこもれば、ぎりぎりの自足は得られる。

しかしいかに時空を限定しても、この「だから」の節目には、どういう水路を通ってか、生涯の全体が流れこむ。であればこそただの辻褄合わせを超えるわけだが、これがまた剣呑な境でもあるのだ。神々と人間たちの世界の、その地底には制圧された醜怪なる巨人たちが閉じこめられ呻吟しているという神話は、あれは個人の記憶に関してもあてはまる。生まれてからこのかた、格別の恐怖の体験もなかったと安心していても、母体の中で意識の前身のようなものが形成されてから、生まれ落ち、やや育って、周囲にたいする最低限の防禦機制がはたらくまでには、およそさまざまな、絶対的な恐怖を体験しているはずである。この体験の痕跡は生涯にわたり薄められて遍在しているとしても、その源の力は、生涯のいくつもの節目において、抑えこまれていると考えられる。しかし自身物語の「だから」における宥和も、その淵の底のほうから、汲まれているようなのだ。おそらく、この「だから」の節目が、かなり遠い過去における節目のいくつかと、一直線上にかさなる。そんな境をひっそりと横切る。それが自身物語の、ターニングポイントなのではないか。長くそこに留まっていては、

あぶない。

漱石の「道草」は三十八章目から主人公の健三が幼少期の記憶をたどりはじめる。するとその《行き詰まり》に、大きな四角い家が建っている。二階家でその上も下も幼児の眼には同じように見えたとある。廊下で囲まれた中庭もまた真四角であったとある。そして、

——不思議な事に、その広い宅には人が誰も住んでいなかった。

年譜（井上百合子編、夏目漱石全集別巻、筑摩書房、昭和四十八年刊）によれば、明治四年、漱石は五歳、養父塩原昌之助は内藤新宿二丁目の旧妓楼「伊豆橋」に留守番がわりに住んだとあるが、そこにあたるらしい。私などにはよくもわからないが、妓楼なら、いかにもありそうな構えの建物である。しかし大きな四角い家で、二階も階下も同じように見えて、中庭もまた真四角とはすでに夢の光景に似て、「夢十夜」の雰囲気を思わせる。しかも、その広い宅には人が誰も住んでいなかった、とは読む者にも不思議な気持を起させる。自分らのほかには誰も住んでいなかった、ではないのだ。幼児の健三はその家を、あたかも天井の付いた町のように考えた、とある。

表二階の格子の間からは、鈴を鳴らした馬たちの通る往来が見おろせる。その路を隔てた真向いには大きな唐金の仏様が見える。蓮台の上に胡坐をかいて、太い錫杖を

担いで、頭に笠を被っている。

健三の記憶にはまた、四角な家と唐金の仏様の近所にある、赤い門の家が見えてくる。狭い往来から細い小路を二十間も折れ曲って這入った突き当りにあり、その奥は一面の高藪で蔽われている。

この狭い往来を――と続く――突き当って左へ曲ると長い下り坂がある。不規則な石段で下から上まで畳み上げられている。

坂を下り尽すとまた坂があり、小高い行手に杉の木立が蒼黒く見え、坂と坂の間の、谷になった窪地の左側に一軒の萱葺家があり、往来に面した一部分には掛茶屋のような雑な構えが拵えられ、葭簀の隙から覗くと、奥には石で囲んだ池が見える。その池で幼い健三がちょっと怖い経験をしたことが思い出される。

まことに細密な記憶像であり、今でもその辺を歩けば、おおよその地形は呑みこめる。しかし読者は四角い家の薄暗い土間を走り出る幼い健三の跡について、往来から石段へ、そして池へとたどるわけだが、赤い門の家だけはどうしてもその道すじにのりにくい。

ところが、四十一章になり、この赤い門がまたあらわれる。先の章では真四角な家に人影もなかったのに、ここでは幼少の健三はすでに人間の葛藤の真只中にある。健三の心をしつこくつなごうとする養母が、「御前はどこで生れたの」とたずねる。そのたびに健三は、高藪で蔽われた小さな赤い門の家を挙げて答えなければならなかった、とある。彼の記憶のうちに見える赤い門、とある。彼というのは当時の幼少の健三である。現在の高年の健三にとっては、記憶の内のまた記憶になる。

年譜にもう一度たよると、慶応四（明治元）年、漱石は二歳、塩原昌之助の養子となり、内藤新宿北町の塩原家に引きとられた。とすると、養母が強引に思いこませようとする《御前の生れた》家は、健三にとっての赤い門の家でなくてはならない。

大きな四角い家は、現在の健三が養父の出現により未来を遮断されたような心境から過去を振り返った、その《行き詰まり》に見えた光景であるから、いわゆる最初の記憶にあたる。ところがそこから幼少期の記憶が流れはじめてまもなく、幼児が四角い家から谷の窪地へたどる道すじをやや逸れたところから、もうひとつ古い記憶が、赤い門としてあらわれたということになる。想起ということの無気味さの感じられるところである。

（「文學界」平成六年二月号）

初めの言葉として《わたくし》――永井荷風、森鷗外、徳田秋聲、太宰治　1993

永井荷風の「濹東綺譚」が《わたくしは》で始まることを覚えている人は多いだろう。

――わたくしは殆ど活動写真を見に行ったことがない。

そして改行して映画の話がしばし続く。この出だしにあまり重い意味を置いては小説の味を損うことになるが、小説を書く心からこれを読む者としては、この一行が作品全体の有効な布石となっているように思われる。布石というのが大げさならば、思いきりと言ってもよい。この思いきりが作品の自在さを確保したのだと。とにかく、自分にはこれができない、というのが今の世の一作家の歎きである。

「濹東綺譚」は昭和十一年の作だが、昭和十九年作の「来訪者」も同様に《わたくしは》で始まる。しかもこの小説はしばらくの間、《わたくしは》で始まる段落が続出する。それから、興信所の報告書に基いて《わたくしのこしらへたもの》の中へ入る。最終章に至って、作品は《わたくしのこしらへたもの》から《わたくし》の報告にもどる形になるが、ここでは《わたくしは》で始まる文章はやはり頻繁だが序章ほどには目に立たず、《わたくし》が《こしらへたもの》から足を抜いたか、まだその内に留まっているか、どちらとも言いきれない。さらに大胆な虚構を産み落しながら、抜け出してくるという気味か。

話はいきなり横へ跳ぶようだが、たとえば森鷗外の「澀江抽斎」なども、冒頭、《わたくしは》で書き出していても不思議はない作品ではないか。そう考えると実際にそうであったような気の迷いがしてきて、テキストにあたってみると、序章、その一には《私》が一箇所、「しかし私は抽斎の不平が二十八字の底に隠されてあるのを見ずにはゐられない」とあるだけである。《わたくし》の語は第二章、その二のうちに初めて現れる。しかしその後、《わたくしは》で始まる文が頻出する。《わたくしは》で始まる章もかなり多くなる。

これは考証の文学として当然のことなのだろう。なぜなら考証にあっては、その対象ばかりでなく、その主体もまたしっかりと限定されていなくては、収拾がつかなくなるはずであるからだ。とくに文の主語となる時には、きっぱりと立てられなくてはならないのだろう。その率直さが考証の文学の骨であるように思われる。あるいは、明快に限定された対象からの返照を受けて、主体の輪郭が定まる、と言えるのかもしれない。主体の側の自己限定は、その間、もっぱら、《わたくし》という人称に堪えることにある、と。

荷風の「濹東綺譚」の《わたくし》もあきらかに考証者の姿を踏まえている。それにより、当世の俗事を語りながら文の丈と自在さを保った。この踏襲のやり方に荷風の思案があり、それをさりげなく打ち出したのが、あの冒頭の一文ではないのか。たいした指摘にもならない。私の言いたいのはつまり、このような考証者の形を仮にも取れない作家の《わたくし》はいかにも揺らぎやすく、明快にはなりにくい、ということである。

「澀江抽斎」にもう一度戻って、各章の冒頭を見ると、《わたくしは》をふくめて《誰々は》、たとえば《抽斎は》、《五百は》、《保は》と、率直に切り出す章がじつに多いのだ。ためしに数え屋になってざっと拾ってみたら、百十九章のうち、五十章近くに及んだ。これも考証の文学の特徴と言ってしまえばそれまでになるが、しかし私などは自分のいる位置から、そこまでの隔たりの大きさを、眺めさせられる。精神の隔たりと言うよりほかにない。《わたくしは》どころか、《誰々は》や《何々は》さえも、いちいち措きなやんでいるありさまである。

冒頭にこだわりながら、今度は私小説的・自然主義的な作品のほうを探ると、私のまず思い出すのが、徳田秋聲の「仮装人物」の出だしである。

——庸三はその後、ふとした事から踊り場なぞへ入ることになつて……。

続きは省略させてもらったが、クリスマスの仮装舞踏会あり、サンタクロースの仮面あり、文章も一種よじれくねる長文であり、モダニズムの色彩すらふくんで、「黴」の頃とはだいぶ雰囲気は違うが、《庸三は》で始まる文章の骨子は自然主義作家のそれである。これは昭和十三年発表の作品だが、大正末年から昭和初年にかけて書かれた短篇群の中にも、

「花が咲く」は、「磯村は朝おきると、荒れた庭をぶらぶら歩いて、すぐ机の前へ来て坐つた」

「風呂桶」は、「津島はこの頃何を見ても、長くもない自分の生命を測る尺度のやうな気がしてならないのであつた」

「折鞄」は、「融は何時からかポオトフオリオを一つ欲しいと思つてゐた」

このような、《わたくし》としてもよさそうな主人公の名前を主語として、いきなり始まる短篇が、この時期に、特に多いのだ。明治末年の、「黴」の頃にはそれほどでもない。「仮装人物」の頃になるとむしろまた少くなる。大正の末年までに、秋聲はいったん行き詰っていたと言われる。するとこのような短篇のありようは、打開をはかるための無作為の方法、無手勝流の策であったのか。そんな気合いもあったのだろうが、私はむしろ、かねてから秋聲の抱いていた《自然主義の荘厳》への希求が、行き詰まりの中で、私小説的なもののほうへ一段と追いこまれて痩せ細りながら、ひ

としきり過激になったものと取りたい。追いつめられたというのは、この時期の短篇と、たとえば「黴」とをくらべると、「黴」もまた紛れもない私小説でありながら、その登場人物は主人公もふくめて、個として現れると同時に、時代の人物風景の中へ、おのずと客観化され、描き取られている。それにひきかえ、この大正末から昭和初年にかけて短篇群は、秋聲特有の客観化の能力を以ってしても、《私》を、《私》を超えた人物風景として描出することが、困難になっていると思われる。しかも、《自然主義の荘厳》はいよいよ求められている。

私は自分のうちにも埋めこまれている自然主義的な私小説の像を、もっともあらわな形において見ようとしているのだ。典型的な私小説作家と見なされているほかの作家たちの間を眺めても、《私は》ないし《誰（主人公）は》でいきなり入る作品は少数である。そんなことをすれば不細工とされる。おなじ《私》ないし《誰（主人公）》を主語とする文章から入るにしても、その冒頭の語句には工夫が凝らされる。徒労と思われるまでに出だしの語句に苦労するのが、私小説への傾きを持つ作家の常のようである。これは技術のことばかりでなく、また趣味や美感はむろんかかわるがそれだけのことでもなく、作中の《私》をまず初めに、いわばその声を調律する苦労だと思われる。それがひとまず定まった上での、やがて始まる《私》の屈伸、屈まると伸びるとの、千差万別の運びが、私小説的なものの面白味なのだろう。自我と超自我（あるいは没自我、滅自我）との間の振れ動き、と言い換えてもよい。

しかし、それでもなお、「融は何時からかポオトフオリオを一つ欲しいと思つてゐた」というような出だしが私小説においては典型的であり、大半の私小説が実際にそのように始まっている、というイメージが私の中に揺がしがたくあるのだ。

じつはこのポオトフオリオ、当時ハイカラな折鞄がひとつ欲しい、という心がいつかついていたということは、作中の主人公に近頃起りつつあった生活と、そして心境の変化をあらわし、それが長年連れ添った妻の急死と重なることになり、作品の全体を象徴して絶妙なる出だしと言えるのだが、私はこの評価を結果論として留保したい。それよりも私はこの冒頭の文を、作品のまだ影もない虚空へ投げ出された《初めの言葉》のようなものとして取りたい。分けて言えば、《融は》こそが初めの言葉であり、ポオトフオリオ云々を呼び出し、すでに意味をはらんでいるが、おそらく作者はまだ恣意の感じに堪えていると。

自然主義だろうと何だろうと、荘厳などと言われれば、私は敬遠する。《誰は何であった》というような率直な入り方の出来る作家でもない。まわりくどいやり方でそのつど小説に接近を試みている者である。そのような者でも、小説を書き出すことに窮すると、《誰は何であった》という冒頭が、念頭に去来してひとしきり誘う。その時、私はこのような冒頭の内には、さしあたり自分にとって無縁のことなのだが、

「色即是空」というような境の心がひそんでいるように、そしてその心はおのずと荘厳を希求しているように思われてならない。

そのまた一方では、考証者としての鍛練の積み重ねから出てくる、荷風の《わたくし》の堅固さをもしきりに思う。さらにはまた、こんな冒頭を思う。

——私は、その男の写真を三葉、見たことがある。

太宰治の「人間失格」である。私小説ではない。私小説にたいして強い意識を持っていた作家である。しかし《私は》に続く、この読点は何だろうか。この読点のふくむもの、この読点の語らずにいるものを、煩雑をおそれず、述べひらいていくか、それとも、この読点を無用とするような構えを取るか、私の置かれた地点はおおよそそのようなものだと考える。


（「群像」平成五年八月号）

Ⅱ

埋もれた歳月

2012

今から一九年前の一九九二年の年末に、東京の西郊、池上線沿線の戸越銀座の駅前商店街の、ビル建築現場の地下五メートルの深さから、不発の爆弾が発見されるということがあった。二五〇キロ爆弾というからかなり大型である。通報により自衛隊の爆発物処理班が出動して、日曜日の朝、半径二五〇メートルの範囲から住人六〇〇〇人を退避させ、さいわい長い歳月の間に信管がすっかり錆び朽ちていたので、無事に撤去された。

東京があらかた焦土と化した敗戦の年から、バブルと呼ばれて地価の急騰を見た過剰景気の弾けたその翌年まで、四七年あまりも、戦後急速に復興した商店街の地下深くに、人に知られず、「空襲」が埋もれていたことになる。

着弾は昭和二〇年の四月一五日の夜半か、あるいは五月二四日の未明か、そのどちらかのはずだ。どちらも東京南西部の大空襲だった。大火災をひきおこすのが目的の、もっぱら焼夷弾による攻撃だったが、ときたま、まるで勝者の気紛れのように、爆弾が落ちてくる。あるいは、戸越あたりから爆撃機にすればわずかに南へ隔たったところに京浜工業地帯を控えているので、爆弾投下の間合いが、ふた呼吸ほど早すぎたか。

　不発に終ったとは言いながら、それほど大きな爆弾の落ちたことに、当夜、近隣の住人はどうして気がつかなかったのか。あちこちから火の手があがって、人はひろい街道のほうへ逃げた、その後のことなのだろう。同じ年の三月九日夜半から一〇日未明の、本所深川を中心として一〇万と言われる犠牲者を出した大空襲以来、人の逃げ足は早くなっていた。着弾地点の周囲はもう人っ子ひとりいなかった、と考えられる。それに、駅前ならば交通の要所にあたり、線路に沿って軒並みに、強制疎開により人家が取り壊されていたはずだ。もともとその辺が昔は水田か湿地であったとしたら、二五〇キロの爆弾がその先端の信管の作動しないままに、地下五メートルの深さまでめりこんだとしても不思議はない。

　それにしても、軽い焼夷弾ですら、頭上から空気を裂いて落ちてくる、その摩擦音の迫力にはすさまじいものがある。こちらをまっしぐらに目指してくるかに聞こえる。まして大型の爆弾である。街道をかなり遠くまで走った避難者たちにとっても、頭上からの切迫はあたり一帯、ひとしなみである。すくみこんで、路上にうずくまるか、あるいは伏せたのではないか。切迫のぎりぎりの境は、人の感受力を超える。人はそのまま死地にある。ところが、落下音がすぐ頭上から、ふっと消える。この異様な静まりは、後の記憶に影となって遺らなかったか。

そうたずねる私自身が当時、四月一五日の夜半のことにせよ、五月二四日の未明のことにせよ、その着弾地から直線にして一・五キロばかりしか隔たっていないところの、防空壕の底にいた。満で八歳にもならない小児だった。焼夷弾のザッザッザと空気を擦って落ちる音と違って、ヅンヅンヅンと空そのものがさがってくるような音を、聞いたような記憶の、そのまた影のようなものは遺っている。一・五キロほどの距離では頭上からの切迫感に変わりもなかったことだろう。四月一五日のことだとしたら、戸越のほうから我が家の防空壕へ逃げてきた知り合いの母子があり、ここもまもなくやられる、と刻々息をころして待つ時間があった。いくらの間でもなかったのだろうが、長い時間だった。五月二四日のことならまして、やがて我が家も直撃を受け、防空壕を飛び出して、あたり一面、炎上をはらんだ煙の中を走ることになった。それから疎開した先の城下町では、近づく焼夷弾の着弾に追い詰められて、壕端に女子供が円くうずくまりこんだ。戦後には、元の土地に戻らなかった。復興の成った後に、たまにその界隈を通り抜けても、わずかに道の角などに昔の面影を見るばかりだった。時間の流れにまぎれて過ぎ去るということは、ありがたいことでもある。

しかし不発弾の眠る土地に戦後もひきつづき暮らした住人の内には、何かの影がひそんだのだろう。亡くなった老父がときたまそんな噂を口にしていた、と話した人もあったそうだ。取りとめもないような噂となって近隣の人心に遺る。ありそうなことだ。重い落下音がすぐ頭上まで迫って、ふっつりと消えたことを、後々まで訝った人もあったにちがいない。怪しいことだが、もしも近くに落ちたとしたら、不発に終ったとしても、地響きは伝わってきたことだろう、いくらあたり一帯炎上の阿鼻叫喚の中でも、それがまったく聞こえないはずはない、と思いなおす。しかし何年かして夜の寝覚めにあの時の、落下の切迫ではなくて、それがふっと絶えた瞬間の、地の底へひきこまれるような、静まりを聞く。音にもならなくなった切迫が地底へまっすぐに、吸いこまれたように思われる。

その疑いを人に、空襲の恐怖の痕跡もなげな者では話にもならないので、あの夜同じように逃げ惑った仲間にもらすと、相手は思いあたるような顔をして、地へ目を落とし、あたりをうすら寒そうに見まわし、俺もそんな話をどこかで聞いた気がする、と言う。滅多なことはあるまいが、とやがてどちらからともなく取りなした時には、聞いたほうにとっても、話したほうにとっても、すでに噂となっている。

事柄が忘れられた後まで、噂のほうがかすかながら生きながらえることはあるようだ。元を知る世代から知らぬはずの世代へ通底する記憶の深層から、「養分」を吸いあげているのだろうか。

長年の末に、ある日、現実となる。

今年の十月の中頃に東京は世田谷の弦巻という町の道端から、高い放射線量が検出されて、さてはこの三月の大震災の、福島原発の水素爆発のトバッチリか、と周辺は色めき立ったところが、すぐ脇の塀の内の民家の床下に隠されたラジウムから発するものだと判明した。私の四〇何年来住まうところからいくらも離れていない界隈であり、私もその道を散歩の折りに幾度も通っている。いつか私も土地の古手になったわけだが、放射線を塀の外まで及ぼしていたその家は昭和の二六、七年頃に建てられた、建売住宅だという。築六〇年あまりにもなる。

今は空家になっていて、最後の住人は昭和の三五年頃にここに越してきて、ついこの大震災の前の二月に、ひとりになっていた老女がどこかへ移って行ったそうだ。そんなものが床下に置かれていたとはつゆ知らなかったという。亡くなった御亭主もラジウムなどというものとおよそ縁もない職業の人だったという。その一家がそこに越して来た時には、ラジウムの瓶は箱に詰められ床下に厳重に隠されていたらしい。とすれば今から五〇何年も昔のことになり、半世紀以上、放射線は床下から、来る日も来る日も四六時中、放射されつづけていたことになる。

ラジウムは夜光塗料に使われていたものと推定された。夜光塗料と聞いて私の内から甘酸っぱいような、二十歳前後の感覚が湧きあがりかけた。五〇年あまりも昔と言えば、学生の私は池上線の、例の戸越銀座よりは先、私の生まれた土地よりもまだ先のところに暮らすことになり、毎日のように、二五〇キロの不発弾の埋もれた商店街を、電車の中からすぐ鼻の先の近さに掠めて、学校へ通っていた。その腕には、アルバイトで稼いで買った、時計がはめられていた。素っ気もない安物の腕時計だった。それにひきかえ、上等の腕時計を人に見せてもらうと、いかにも精巧そうな、そして尖鋭らしい、メカニカルなデザインに、針の先端ばかりか文字盤にまで夜光塗料がたっぷりとほどこされて、暗がりの中でくっきりと青く光った。経済成長にすでに勢いがついていた頃になる。青い光に新時代のデラックスの到来を思ったから、後の世から見れば、かわいいものである。

わずか何年か後には、そんなものはありがたがられなくなった。家の内も街もすっかり明るくなった。停電の不便も忘れられた。無用となったラジウムが床下に「始末」されたのもその頃ではなかったか。その間、私はひきつづき朝夕、不発弾の埋もれたところをかすめて通学していた。朝の内は晴れていても、日が高くなるにつれて、黄色いようなスモッグが京浜工業地帯から上空まで押し出してくる。道路は至るところで渋滞だった。電力の消費量は急上昇の一途であったはずだ。そして半世紀あまりして、このたびの大震災のあおりにより、民家の床下から人知れず放射線をつねにひろげていた遺物が「発掘」された。

今から一八五年昔に亡くなったヨハン・ペーター・ヘーベルというドイツの作家があり、こんな掌篇の物語を遺している。題して「思いがけぬ再会」という。ある朝、若い鉱夫がその許婚者《いいなづけ》の窓辺を過ぎて鉱山《やま》に入ったきり、事故に遭って、帰らぬ人となった。遺体もあがらない。それから世界ではさまざまな事が起こり、戦争あり革命あり、そして五〇年という歳月の過ぎて、ある日、鉱夫たちが地底深くに、若い鉱夫の遺体を見つける。鉱水に漬されて、生前の若さのままに保たれた、あの朝の青年だった。村にはその許婚者が操を守って生きていて、杖にすがりやって来ると、すぐに見分けて、老女が青年を抱きしめる。悲痛よりは、喜びに輝いて、とある。

――大地はひとたび返したものを、闇の中に留め置くようなことはしません。

これは埋葬の了えた後、老女が墓地から立去りがてに、振り向いてつぶやいた言葉である。まもなくわたしもそばにまいります、そしてまもなく夜も明けることでしょう、という心になる。すべての墓が開くというその日を、まもなくと感じているのだろう。

しかし敬虔ならぬ耳にはなにやら、おそろしいアイロニーのように聞こえはしないか。

死者が三〇何年も、家族と同じ屋根の下の一室に置かれたまま、生きていることにされていた、とそんな事が発覚して、世人の心胆をしばし寒からしめたのは、大震災に隔てられて遠くなったように思われるが、つい昨年の夏のことではないか。

（「文學界」平成二十四年一月号）

顎の形

2014

生涯の宿命などと言われるものも、あんがい単純なところにあるのかもしれない。たとえば人それぞれに、生まれつきか、幼少期の育ちのせいか、顎の形があり、その微妙な不釣合いが歯並びに、噛み合わせに、そして消化器にすこしずつ影響をおよぼす。脳にも影響がないわけにはいかないのだろう。その「不具合い」のために、人は理由も知らず、さまざまな苦痛あるいは苦痛の翳を背負って半生、さらには一生を過ごすことになる。単純にして残酷な話である。

近頃の者はおしなべて顎がめっきり細くなった、と年寄りは言う。それにつれ顔が鼻すじから中高《なかだか》になり、顔面が狭く、まずしく見える、と。往年の美人たちの、しっかりと張って、しかも柔らかな顎の線の色っぽさを懐かしがっているようだ。

細面の美男でも昔は二十代のなかばにかかれば、顎ががっしりと張って、「土手南瓜《どてかぼちゃ》」のむくつけさが出てきたのにひきかえ、今では中年に深く入っても細い顎のままでいるのがすくなくない、と言う。近頃の男たちはいつまでも後期青年のまま、そこからいきなり、男盛りを経ないで初老、初期老人になってしまう、とこれは高年の女性の言である。苛烈なる指摘である。

かくいう私もいい年になるまで幼いような顔をしていたが、顎はよけいに張ってい る。そのために、歯には苦労させた。歯圧が強いのだそうだ。そんなに歯ぎしりして生きてきたつもりはない。辛抱も負けん気もまず人並みだと思っている。しかし仕事の難所をどうにか越して息をつく時に、疲れが顎のつけ根あたりにたまっているように感じられることがある。

年寄りの顎の太いのは、幼少期に固いものを食べていたせいだと言われる。それもそうなのだろうが、それよりも、何でもガツガツと喰っていたせいかと思われる。それにまた、子供の頃から、薪割りやら水汲みやら、力仕事をさせられた。十歳ばかりの子供の腕に掛かった一貫目の芋の重さを、今でもこの腕が覚えている。腹の減ったところに力を出さなくてはならないので、顎をゆるめているわけにいかない。

空襲の火の間を走った時にも、子供が歯を喰いしばってこらえた境はあったのだろう。本人はそんな危機のあったことを忘れても、顎のほうが覚えていて、何かにつけて、ひとりで歯を喰いしばってきたのかもしれない。心が始末しきれないものを、身体が引き受ける。

年寄りはおのれの面相を生涯の宿命のあらわれとぐらいに取るのがいいのだろう。

しかし人の顎の形は中年に深く入っても、初老になっても、まだまだ変わるようだ。苦労するたびに、顎が太くなる。おおよそ、そうである。大病をわずらった後も、顔がやつれたその分だけ、顎が強くなっている。顔の肉はそげても、顎は痩せられない。そのせいかとも思われるが、日数を重ねて顔に肉がついてきても、面立ちは以前と同じでない。いや、老年に入ってからも、面相は変わる。人の生涯の宿命が顔にくっきりあらわれるのは、息を引き取った後だとも言われる。

時代の影響もあるはずだ。時代を覆う苦が人のそれぞれの顔面に、とりわけ顎にかかる。とすると、近頃の人間は顎がめっきり細くなったと年寄りたちがあやしむその間にも、若いほうの世代からすでに、顎の太い、太くならざるを得なかった顔が出てきているのかもしれない。三十代だか四十代だか五十代だか、髭を剃ったついでだか化粧のはじめだか、鏡の中をつくづくのぞいて、これは誰なんだろう、とあやしんでいる人もあることだろう。

（「文藝春秋」平成二十六年五月号）

夏に負ける

2015

今年は夏の陣を敷くまい、夏の盛りに小説を書くことは避けよう、もう八十に近い齢なのだから、とそう思いながら、また汗水垂らして働くことになった。物事の計画を立てる際に先のことをよく考えないのが私の悪い癖で、隔月の連作の二回目が八月の中旬の締め切りにあたるように組んでしまったのだ。

六月も末になり、さすがに夏の到来をおそれて早目に仕事にかかり、梅雨時の湿気に苦しみながら書き進め、七月の下旬に至って、どうにか逃げ切れるかと思ったところが、競馬で言えば四コーナーをまわったあたりで、猛暑につかまった。それからはうちつづく真夏日の中、八月の立秋の頃にようやく、ゴールに倒れこむようにして書きあげた。

昔は二八《にっぱち》作家と称して、駆け出しの若手はとかく、雑誌の二月締め切りと八月締め切りの号を割りあてられた。二月中旬の締め切りなら仕事は厳冬の内、八月中旬の締め切りなら、まさに夏の陣になる。高年の作家なら避けるところだが、私にはどうもその二八作家の習性が染みついて残ったものらしい。

とりわけ夏の陣を敷く年がこれまで多かったようだ。九月の締め切りも劣らず夏の陣だった。これが世に出るのは十一月号、人はさぞや秋の作と思うだろうが、じつは汗まみれの苦闘の跡なのだ。別荘などというものを私はもとより持たない。

夏場には仕事部屋に冷房をきかせればよい。ところが因果なことに、私は冷房の中で机に向かっているとたちまち体調を崩して、夏ばての脱力感に苦しめられる。しかも私の仕事時間というのがもう四十年来、午後から日の暮れまでと決まっている。夏場にも変えられない。これも因果なことである。

とにかく今年の夏の陣は、勝ち負けのことはどうでも、これで済んだ。しかし猛暑は止まず続く。からだは腑抜けに近い。頭もどうかすると呆然自失のごとくになる。なるほど夏負け、猛暑には負けた。この上はさからってもしかたがない。よれよれのままに、猛暑をいっそ感じ尽くすのがよい。どうせ秋口までしばし休戦である。

腑抜けなりに腹をそう据えると、けだるい体感から、子供の頃の夏のことがさまざま思い出された。暑い日には水をあまり呑むものではない、と親にしかられたものだ。水を呑みすぎると、よけいに疲れて、食欲もなくなるから、と言う。たしかに、真夏の昼飯は、食欲が進まなかった。

敗戦直後の食糧難の頃のことで、まずしい食べ物ばかりではあったが、腹はすいているのに、ひもじいほどなのに、口にしたものが喉を通りにくい。栄養の足りないからだには、食欲も減退するものらしい。飢餓の極限にまで追いこまれると、にわかに食べ物をあたえられても、嚥み下せないとか聞く。

やはりその頃、近所のまだ若い嫁で蒲柳《ほりゅう》の質の人らしく、夏負けがひどくて手足はすっかり細り、顔も骨相を剝くほどに痩せて、食欲もなく、それでも家事のためにお腹をこしらえておかなくてはと、台所の隅に立ったきり、冷や飯に水をかけて掻きこんでいるところを見たことがある。最後の一口をようやく嚥みくだし、眉をひそめて、喉からあげてくるのを押さえこむような顔つきをしてから、すぐに仕事にかかる。麦飯の水漬けだから、つらい味ではあっただろう。

子供はまだしも、午前中は陽の射す中を平気で駆けまわっているが、食の進まぬ昼飯をいやいやながら済ますと急にぐったりと疲れて、日盛りの間、家のあちこちで寝そべって過ごす。風通しの悪い家の内にも、わずかに風の通る路はあるもので、その細い風の流れに沿って横になる。そうして蟬の声を耳にしながらしばらくまどろむうちに、汗まみれになって目を覚ます。

古畳までが汗を搔いているように感じられる。いつのまにか風が絶えている。風の流れはのべつその路を変える。そこでよろよろと起きあがり、風のわずかにでも通るところを嗅ぎ取って、また横になる。同じことをくりかえして、日の暮れを待っていた。

ある日、なさけないような恰好で寝ているところを親に見られて、まるで浮浪児じゃないの、と追い払われた。しかたなしに立ちあがり、ほかに涼しいところはないかとうろうろと探しまわった末に、やっぱりさっきのところがよいともどって来てみれば、親がそこにながながと寝そべっていた。

しかし私にとってもっともつらかったのは、敗戦の年の夏だった。まだ満で八歳にもならぬ小児のことだ。あの年は五月から梅雨のような天気になり、本格の梅雨は七月の末まで続いた。その間に東京の家を焼かれ、逃げた先の岐阜県の大垣の父の里も焼かれた。どちらも再三の空襲の末のことである。そして大垣の街がすっかり焼き払われたとたんに、梅雨が明けた。一面瓦礫の原が炎天に炙られて、透明の火災のような、陽炎をゆらめかせていた。

美濃の奥の母の里に身を寄せて、八月の十五日まではまだ恐怖の緊張で持っていたが、空襲の厄災の去ったのを境に、日々につづく炎天の午後を、小児が気息奄々として過ごすようになった。だるいからだの置きどころもない。あげくにはひとところにうずくまるようにして、涼風の立つ暮れ方をひたすら待った。年寄りみたいな子供だとまわりは言う。

あれが私の初めて見た老いであったか。

（「日本経済新聞」平成二十七年九月六日）

正月の安息

2013

　これはいつの正月か、こうしている自分はいつの自分か、と穏やかな元旦に屠蘇をかわした後で少々の清酒にほんのりと酔ったところでふっと首をかしげて、おかしなことを考えるとわれながら呆れたという、そんな人の話を聞いた。

　正月にはひとつずつ年を拾うと昔は思われていたのだが、元旦にくつろいでいると自分の年がわからないようになり、つれて来し方もおぼろに感じられるということか。いずれ高年の人の感慨であり、今年もまずは平穏な正月を迎えたしるしであるのだろう。めでたいことだ。

　しかし息災ならざる事情の中で正月を迎える人も多々あるはずで、こうしてもいられないはずなのに、世間は新年を祝っているようなので、ひとりでジタバタしようもなく、しかたなしに人並みに休息していると、なにやらそれなりにめでたいような、心とまでは言わないが、形になっている。いつの正月の自分になっているつもりなのか、とやはり自問するかもしれない。

——蓬萊に聞かばや伊勢の初便　芭蕉

戦前の新郊外に生まれて八年後に焼け出されっ子になった私は、蓬萊の飾り物の本式のには縁のない者だが、いかにもめでたい句とは思う。しかしその年の五月に江戸を捨てて西へ、最後の旅にあがることになった芭蕉は、年譜によればその前年に国内で気象異変が重なり、疫病もひろまったとあり、あるいは西のほうから厄災のおさまってくる、その便りも聞きたかったのではないか。

どんよりと曇った空に、風も静かなのに、豆凧《まめだこ》が家の軒よりも高く揚がった。あれは昭和二十年の正月だった。かわいい凧ながらツンツンと糸を引く、その手ごたえが楽しかった。まもなく東京の区内でも大空襲が始まり、月ごとにあちこちで凄惨な炎上を見て、あげくには自分の住まう郊外までひろく焼きはらわれることになるとは、子供は夢にも思わなかった。焦土作戦という観念が大人たちにもなかったようだ。

翌二十一年の正月には、餅があったのかなかったのか。おそらく元旦の膳にも正月らしいものものぼらなかったはずで、その寒々しさは子供の身に染みて後年まで持ち越されそうなものの、その正月の記憶はまるでない。いくら想い起こそうとしても、影も出て来ない。上野の地下道の辺で戦災孤児たちが多数、飢えて凍えた厳しい冬だった。特攻隊の青年たちに同世代として後年までこだわっていた人たちも今は年齢からしてさすがに数はすくなくなっているようだが、七十代のなかばを越しかけている私にとっては、寒さにうずくまる戦災孤児たちがまさに同世代になり、空襲下のあやうさを思えば、しょせんわずかな差で、その境遇をまぬがれた口である。貧しい正月にも贅沢は言えなかった。

学生の頃の話になるが、ある男、大晦日まで働いて除夜の鐘も鳴りしまう頃に下宿にもどり、敷き放しの寝床にもぐりこんで、途中幾度か手洗いに立ったついでに水を呑んだようだが、はっきりと目を覚ました時には、もう元日の陽も傾いた頃かと思ったら、二日の暮れ方だったという。聞いて呆れはしたが、当時ザラにあるような話でもあった。正月の三ケ日を下宿の部屋にこもり、炬燵に入って本を読んでいたという男もあった。眠くなればそのまま、夜昼かまわず、仰向けに返る。センベイ布団を炬燵につないである。そうして四日目に表へ買物に出ると、冬眠から起きて餌をあさる熊みたいに、足もとがヨタヨタとしたものだと話した。

そんなふうに世間の正月をやり過ごした者たちの大半がもう何年かすると、来る日も来る日も朝の七時にはね起きて、トーストとインスタントコーヒーであったか、そそくさと腹ごしらえを済ますと表へ飛び出し、団地の階段を駆けくだり、満員電車に押しこまれ、経済成長初期の先兵となって働きまくったわけだ。今では息災であればとうに老境に入っている。

しかし現在でも世間の正月にひとり背を向ける青年たちがいる、いや、むしろ増えているとか聞く。思うような職にも就けず、先の見通しも暗く、懐はさびしい。懐がさびしければ心も寒くて、新年の巷に出ても、周囲の祝いの気分からこぼれる。

祝うということはもともと、願うということへ通じるのだそうだ。今年の幸わいを願えばこそ、正月を祝う。初参りもすれば、めでたいことを言って、めでたいものを食べる。年々願って、そして年々、思うようにはならない。それでも、こうしてもいられるのだからありがたいとしなくてはならないと気を取り直し、また新年を祝う。しかし願う心も根《こん》の尽きる年はある。

そんな根はとうに尽きてますよ、と笑う人もある。自足はむずかしいと言われるけれど、人間、過ぎたことをあきらめてしまえばあんがいたやすく自足するものだ、とむしろ自分で驚いているくらいで、と言う。笑いがほがらかならば、それも悟りに近いものなのだろう。

――へだてゆく世々の面影かきくらし雪とふりぬる年の暮れかな　俊成女

年末の歌だが、これを新年に想うのは、さびしすぎるか。しかしさびしさの内に安息があるようだ。そして安息の内には、いささかのあらたまり、更新もひそむように思われる。

（「日本経済新聞」平成二十五年一月六日）

静かな新年

2011

この老眼ではいつ読み果てるとも知れぬ古い叙事詩を一行ずつなぞるうちに、海の光景がしきりに目に浮かんで、いつか年も明けかけていた。静かな大晦日の夜だった。除夜の鐘が聞こえはしないかと外に出れば、風はやんで、しんしんと冷えこんでいた。

この年末から年明けにかけては、とりわけ静かだったように思われる。すくなくとも私の住まうあたりではそうだった。通りがかりに店の内をのぞけばたいてい閑散としている。不況のせいだろうか。不況と言うなら昨年も一昨年も、年の瀬の街で、こんな不景気は今まで見たこともないとつぶやく声をしきりに耳にしたものだ。この先もまだまだ明るくなりそうにもない見通しに、人の腹も腰もようやく据わってきたのかもしれない。財布の紐はいよいよ固くなったようだ。

景気の回復を告げるような見出しにひかれてその記事を読んでいくと、三分の二を過ぎたあたりから調子がなにやら渋くなり、しまいにはかなり悲観的な留保に終る、ということがしばしばだった。見出しだけ読んでいれば、しあわせだ、と皮肉屋が笑っていた。政治家たちは揃って景気の回復を唱える。安易に約束したりもする。どこの国でもそのようだ。このデフレ基調は世界全体としてむこう十年も二十年も続くので、それを踏まえて社会を組みなおすよりほかにない、と説く声はあまり耳にしない。そんなことを言えばたちまち選挙民に背を向けられる。経済のことでは公人はあまり悲観的なことを口にすべきでないとも言える。しかし長い不況のもとにあって、人心も追い追い変わってきているのではないか。

元日から日経本紙の社会面に「ルールの変、マナーの乱」と題する特集が始まり、その一回目に「消えた『世間』」と題して、博物館の中での、展示物に無縁のおしゃべりのことを冒頭にして、日本民営鉄道協会のまとめた二〇一〇年度の「駅と電車内の迷惑行為ランキング」でも、「騒々しい会話・はしゃぎまわり等」が二年連続首位に立った、と伝えた。五年前にはまだ六位だったという。これを読んだ知人が元日の見舞いかたがた電話をかけてきて、そう指摘されれば、この二、三年で世の中が急速に、しまりがなくなったように思われると嘆息した。私もさまざま思いあたるところはあったが、これを別の方向から考えてみた。なぜ人は今になり、あたりはばからぬ騒がしさを、これほど苦にするようになったのか、と。神経質になったとは言わない。人の心の内がおしなべて、以前よりも静まりつつあるのではないか。

内が静まれば、あたりの喧騒が身にこたえる。ある人は思いがけず長年の職からはずれたそのとたんに、街を行くと人の声や車の音が、それまではさほど耳にも障《さわ》らなかったのに、内へなだれこんでくるように感じられる。気がついてみれば自身の心の内のほうが、もう半日も物を言わずにいたように、ひっそりと静まりかえっている、と言う。無念の心というものだろうか。

　――何事も無言の内はしづかなり

　芭蕉七部集の内の、「猿蓑集」におさめられた連句に見える向井去来の句である。物を言っても言ったことにならず、言わなくても言わなかったことにならない、という荘子の悟りを踏まえたことらしいが、それにしても、内に恨みの念があれば、やはり物を言わずにいたほうが心静かだ、という意に私は取る。

　そこまで行かなくても、人の間にあって仕事に追いまくられているその最中にふっと、自分は忙しいなりにすでに無用の者であるような、そして閑が余ってきているような、そんなさびしさにひきこまれそうになることが、ここ二、三年、ときどきあるのは、どういうことだろう、と首をかしげていた人もある。いずれ世の中からこぼれおちる、その予感か、とその人は苦笑していたが、そのような不安は誰にもあるものだとしても、それともまた違うのだろう。

　世の中の急流に無縁に生きる者もないものだ。この私のように若い頃からその早瀬を避けて、もっぱら勝手な筆を執って暮らしてきた者にしても、世間離れしたような悠長な文体ながら、世のテンポからまぬがれていない。おのずと、追われているわけだ。早々に脇へどいてしまっても忙しくしているその私が見るに、それでもここ十年ばかり、変化変動との声はさらに高いが、世の流れは緩まってきているように思われる。

世の中の流れが急なうちは、そこからこぼれて「疎外」をかこつことは多々あっても、全体としては、流れの方向へと、おのずと束《つか》ねられる。いっこうに結束らしくないが、なまじの結束よりも、無意識の内だけに強固か。その流れが緩まるにつれて、束ねる力も弱まる。その分だけ人はそれぞれ個別の逆境へ、孤立させられたと感じる。逆境と嘆くのも気のひけるほどのわずかな境遇の差でも、それが自身にとって必然の相を見せてくれば、人は無念の心に静まる。そのような静まりを人はいまやわずかずつ分有しているのではないか。たまたま騒いで周囲の顰蹙を買っている人も。

——里見え初《そめ》て午《うま》の貝ふく

先の去来の句に付けた芭蕉の句である。無言の道をたどって人里の見えるところまで来て、正午の法螺貝を朗々と吹き鳴らす。鬱屈した気を一度に晴らす、絶妙な取りなしではないか。

（「日本経済新聞」平成二十三年一月九日）

大年の静まり

2008

高年の人なら幼少の頃の記憶にあることと思われるが、昔は冬場でも日の暮れに家の戸窓をしばらく開け放つということがあったではないか。年末ともなれば表はもう暗い。そして寒い。炬燵や火鉢の燠《おき》も尽きた頃である。台所では夕飯の支度の煮炊きが始まっている。そのついでに火種《ひだね》のできるまでは、居間にも火の気はない。子供は身の置きどころもなくうろうろしていた。

暮れ方に家の中をさっと掃き出した後で、戸窓をそのまま開けておいた。とくに冬場には午後から半日も障子やガラス戸を閉めきりにしてすごしがちだったので、夜に入る前に空気の入れ換えが大事と感じられていたのだろう。肺病をおそれる時代でもあった。

始まった煮炊きのにおいが家の内にもろにこもるのを嫌ったということもあったかもしれない。寒さにたまりかねた子供が表のガラス戸を閉めかけると、音を聞きつけた母親に叱られる。叱られたついでに、後で雨戸を閉めさせられる。この仕事は子供には手間がかかり、やっかいである。昔も今も、主婦は家事の段取りを勝手に乱されると腹を立てるものらしい。

それにしても、と今になり思う。空っ腹のところを寒さに苦しめられた子供の恨みではないが、あの開け放しは長すぎた。空気の入れ換えならば、三分で足りるではないか。まるで家の隅々まで外気に晒らして、浄めようとしているかのようだった。朝方のもろもろの日常の行為はおのずと浄めに通じる、とこれはわかる。しかし明けの浄めがあれば、暮れの浄めというものも、古来、あるものらしい。浄めとはまた、改まりの心でもある。

一日の改まりは時計の上では午前零時だが、人はたいてい朝を始まりとして暮らしている。早起きの人なら夜明けが始まりになる。眠るのに苦しむ病人は、窓の白らむのを見て、一日がようやく改まったと安堵の息をつく。ところが、「聖書」の世界では日の暮れが一日の始まりと見なされたという。そう言われれば、「聖書」の中の一日の出来事の推移が呑みこめる箇所もある。しかし日の暮れを始まりとして生きる、その心とはどんなものか、と想像しようとすると見当もつかない。

しかしまた、かけはなれた東西の習俗でも、歴史を深くさかのぼれば共通の源に至り、お互いにけっして無縁ではない、とも考えられる。暮れの改まりということを、われわれも知っているようなのだ。たとえば祭りの当事者たちはその前日の、日の暮れを見て、心が改まるのではないか。宵祭りの賑わいをのぞきに行く客たちも日の暮れとともに、浮かれるばかりでなく、どこか改まりを感じているようだ。明日に大事を控えた人にとっても日の暮れから、その日が始まると思われる。

そして大年、大晦日は新年におとらず大事な日のように感じられる習性が、さして特別な事もなくなった近年でも、人の間に埋めこまれているようだ。大晦日の夕には家の戸窓がいつもより長く、宵の口まで開け放たれていたものだ。大掃除は二九日のうちで済んでいる。正月の飾りも三〇日には整えた。伸《の》し餅も切った。すでに改まった家の内が清浄なままに冷えこんでいく。子供は凍えながら、その日にかぎって神妙にしている。吹き通しのお宮の拝殿の、板の間に畏まって待っているような心地がした。

御商売の家ではそうは行かなかったのだろう。夜の更けかかるまで働きまわり、仕事がどうにか片づいてから、どちらが先になるのか知らないが床屋と銭湯に行き、もどって年越の蕎麦を食べる頃には、まもなく除夜の鐘が聞こえる、とそんなものであったらしい。それでも、仕事が済んでから年の明けるまでのわずかの間に、大年の心の静まりはあったのではないか。片づいて閑散となった店に坐りこんで、今年はどうにか越せたようだが、来年はどうなることか、と腕組みするうちに、除夜の鐘が鳴り出した、という話も聞いた。鐘の数をしばらく、無念無想に数えていたのだろう。それでも改まりではある。明けましておめでとう、とまだ起きている者と言葉すくなに祝うと寝床にもぐりこみ、欲も得もなく眠ってしまう。

あれは暮れの二九日のこと、陽が傾いて風も寒くなってきた時刻に、腹をすかせて町の蕎麦屋に入ると、町工場の主人《あるじ》という風態の高年の男性が蕎麦を肴になにかつくづくとした顔で酒を呑んでいて、近くに腰かけた私に、今日は朝から、金策に駆けまわっていたよ、と話しかけてきた。私のまだ学生の頃である。で、どうでした、と思わずたずねると、ま、始末がついたと言えばついた、つかなかったと言えばついていない、そんなところだ、と答えた。

それから手酌の銚子をゆっくり傾けながら、もう駆けこもうにも駆けこむところもないので、今年はこれでお仕舞い、明日は大掃除をして、一夜飾りは、このありさまではそれが正直なところだけれど、正直すぎるのも嫌でな、夜のうちには何とかなるだろう、と年越しの段取りを考えている様子になった。

やがて眼をあげて、しかし大晦日は、昼間から銭湯に行って、散髪するほどの髪もなし、それで今年はすることがもう何も、何もなくなるわけだ、八方塞がりの中で静かな大年をすごすことになったか、何十年ぶりのことだ、とつぶやいた。

（「日本経済新聞」平成二十年十二月二十八日）

年越し

2006

年の瀬は人と人との和解によい折りだと言われる。歳末のやりくりにあれこれ責められて、よんどころなく、手を打つ場合もあるだろうが、暮れの内に長いわだかまりはおろして、改まった心で年を越したいという、心の習いがはたらくのだろう。時の氏神と呼ばれる、仲裁者も取りなしやすくなる。

正月でもないのに、早目に新年を祝うということが、古くはあったらしい。世の中に疫病など、悪い事の続いた年のことになる。年をくりあげ改めてしまって、災いを払うという心なのだろう。年越しと正月の行事も踏むという。そうなるとしかし、かりに秋の彼岸頃に正月を祝ったとして、年の瀬になればまた新年の支度にかかることだろうから、その三ヵ月あまりの間に奇妙な一年が、数えられざる一年がはさまることになる。どう越したと言うべきか。

この年ばかりはとても越せない、などと言いながら越してしまうのが年らしい。そうやって人は年を積んでいく。最後までそうなのだろう。しかし後から振り返って、あの年は一体、どうして越したのだろう、と首をかしげさせられる年はある。ある人はむずかしい事情があって大晦日まで駆けずりまわり、除夜の鐘も鳴り出しそうな時刻に家にもどり、もう欲も得もなく寝床に倒れこんで、目を覚ましたら元日の暮れ方だった。ある人は押しせまった二九日にようやく仕事が済んで家に戻ると高熱を出して、一人暮らしのことで、それからは夜の明けるのを知らず、日の暮れるのも知らず、ありあわせの物を食べて眠りをつなぎ、ようやく熱も引いたので表をのぞくと、世の中は正月のもう三日だった。病院で外泊の許しが得られずに年を越す人もすくなくない。

どれも後になればつくづくと振り返られる年越しのはずである。ところが、世間並みの事を踏まずに過ごすと、年を越したという実感がどうも記憶に残らない。それにつけても、その一年のことが、何があったのかよくも思い出せぬような気持になる。日記をつける人が日付を一日飛ばしてしまったことに気がつかずに書き継いでいくうちに、何日かして、曜日の狂いを怪しむ。まさか年の数えにそんな狂いはあるまいが、それでも後年から見て、前後から飛んでしまったような、数えられざる一年のはさまることはとかくある。どうせ詰まらぬ一年だったのだろうと思いなすが、よくよく考えれば、たいそう追い詰められた年であったと分かることもある。

カウントダウンと称して、大晦日の夜半近く、新年にかかる間際に、街頭に集まって秒読みを揃って唱えるという遊びが近年我が国でもはやりつつあるようだが、同じく大晦日の夜の、残りの一時間の刻々と過ぎる中で一人眠らず、一年の終わるのを、自身の末期と感じて待っていた、そんな女性の詩もある。やがて新年を告げる鐘が鳴り出すと、神の前にひざまずいて、私の最後の時にお慈悲をおかけください、年が尽きました、と祈る。

十九世紀のドイツの、最高の閨秀詩人とたたえられたアンネッテ・フォン・ドロステ＝ヒュルスホフの、晩年の詩である。今から百五十年も昔の作になる。我が国でもかつては読まれた詩人であり、高年の文学愛好家はその名をまだ覚えておられるかもしれない。

五一歳で亡くなる、その二年前の作と推定されるそうだ。人はおのれの寿命を知らず、まして終りの年と時刻まで定めようもなく、それに、年が尽きましたとは、すでに新年を迎えたということではないか、と理屈は言える。しかし生涯という言葉があり、本来は一生の涯《はて》という意味のはずであり、多くは故人について使われるが、人はまだまだ生きるつもりの自身に関しても、過去への感慨が深くなる折りに、その言葉を口にする。生涯を振り返る時、人はおのずと、かりそめにも一生の涯に身を置く心になっている。すでに幾分か、故人になっているのかもしれない。年越しとはそんな折りのひとつである。

しかし生涯を振り返れば、過去に自身の犯した大小の、罪過を見ないわけにはいかない。これが、正直のところ、厄介である。ドロステ＝ヒュルスホフの年越しの詩にも、おのれの行なったこと、心に思ったことのすべてが見えて、その行なったこと、思ったことが今では天国の門前に番人として立っているとあり、年の末期に至って罪障感は深い。

我が国では古来、仏名会《ぶつみようえ》と称して、陰暦の十二月に寺々で、諸仏の名号を唱えて一年の罪障を懺悔する法会《ほうえ》が行なわれていたそうで、ただ仏名と呼んで歌の季語にもなっているところでは、人の生活の内でも年中行事になっていたと思われる。これも年越しのひとつか。紀貫之の、こんな歌が見える。

――年の内につもれる罪はかきくらしふる白雪とともにきえなん

歳末にあたりをかきくらして降る雪につれて年の罪も消えていくとは、やすらいで、ありがたいことだ。すこし締まりがないような、引け目がしないでもないが。さらに平兼盛の、こんな歌がある。

――人はいさおかしやすらむ冬くれば年のみつもる雪とこそみれ

これなどはありがたすぎるほどだが、それはともかく、年ばかりが降り積もるとは、実感である。

人が生涯を振り返る時、いつどこででも、年越しになる。

（「日本経済新聞」平成十八年十二月三十一日）

時「字」随想

2011–2012

危

酔っぱらいが溝《どぶ》のそばを千鳥足で行く。右に左によろけて、いまにも溝へはまりそうになっては、きわどいところでよけて、またふらりふらりと行く。それをうしろからしらふの男が、落ちるぞ落ちるぞと見ているうちに、自分のほうが溝に片足を落としてしまった。この前を行く男も、うしろから見る男も、私自身であり得る。

これを、あぶなっかしいと言う。前の男も後の男もあぶなっかしい。あぶないという言葉は本来、この意味に使われたそうだ。それにひきかえ、物や事が危険に瀕している場合には、あやういと言ったそうだが、この使い分けが混じってしまってからもすでにひさしいという。そのなごりだか、何かにつけて「あぶないあぶない」と口走るわれわれの口調にも、危機感とかさなって、なにがしかの軽さが混じるようだ。ときには浮かれたようになることもある。

漢字の「危」の字はそれ自体がすでにけわしい。実際に、高くてけわしいという意味をふくむ。かたむく、たおれかかるという意味もあるようだ。とっさの場合にあぶないと叫ぶその念頭には、「危」の字がひらめくのかもしれない。

危機と言われる。この言葉ほど風化しやすいものはない。人は危機感を日常に長くは保っていられないものらしい。それでは生きられない。しかし危機そのものは日常につねにつきまとう。考えてみればよい。大津波に吞まれた人はその直前まで日常の内にあったのだ。このたびの大災害から遠隔の地にあった人にとってもいつなんどき、日常に断層が一瞬にして走るか、知れはしない。「決定的な」などと言うもおろかな断層が。

英語なら危機はクライシスになるか。この言葉は「分かれ目」という意味の古典語から来たものらしい。これもまた決定的な分かれ目のことである。この分かれ目にさしかかると、さまざまな事象がこれまでと異なった変動を見せる。それを察知して未然に備えるのが、危機に対処するということのようだ。古来、人類は力のおよぶかぎりこれをおこなってきたのだろう。そうでなければ、人類はとうに亡びてしまっていたかもしれない。時代がすすむにつれて、この対処の能力もすすんだと思われる。しかし限界はある。人知を超えた災害は来る。その時、安全の一部が破れれば、その安全の内で社会がいよいよ高度に展開していただけに、被害はよけいに甚大になる。

ひきつづき人知を尽くさなくてはならない。それでも災害をすっかり排除することはできない。しかしまた、災害にたいして備わっている、まもられている、という信頼なしに、人は日常の心で生きられるものだろうか。苦しいところへ追いこまれたものだ。

これまでの大災害、天変地異や飢饉や疫病の歴史を年譜だけでも眺めて、その頻繁なくりかえしの中で生きた古人たちの心を思うべきなのだろう。厄災の脅威に身近から迫られながらの日常もあり、祭りや踊りもあった。生きながらえたと感じる古人たちの祭りは、現代のイベントよりも、はるかに強烈なものだったと思われる。心身の底で死者たちと通じあっていたはずだ。


（「読売新聞」平成二十三年四月二十二日）

復

「復興節《ぶし》」と題して、一九二三年（大正一二年）の、死者一〇万余人を出した、関東大震災の後で、こんな唄がはやった。

――家は焼けても江戸っ子の　意気は消えない見ておくれ　アラマ　オヤマ……。

大火災の跡にバラック暮らしをしていた被災者たちにたいそう受けたという。昭和の一二年生まれのこの私がどうしてこの唄を、歌詞さえ確かめればすぐに唄えそうなまでに、覚えているのか。

その関東大震災の二一年半後、一九四五年（昭和二〇年）の三月九日の夜半から一〇日の未明にかけて、たちまち震災の「復興」が成っていた東京の浅草本所深川を中心に下町が、北西の強風の中で大空襲を受けて広域にわたって炎上、一夜にして一〇万人を超す犠牲者を出した。その惨状は口から口へ伝わり、それを境にして、都内の人心は一変したようだ。実際にそれから順々に空襲はあちこちにおよんで、五月の末には東京は壊滅に近くなった。私も火の入った家を捨てて、煙に巻かれて走った。

三月の一〇日から五月の末にかけての、その間のことである。「復興節」が復活して、ラジオでもうあきるほど聞かされた。東京が壊滅へ傾いていく中で、復興への景気づけだか、とりわけ、「焼けたか焼けねえのか」というくだりが、子供心にもさすがにむなしく響いた。

関東大震災後に唄われた「復興節」は、もっと哀調をおびたものではなかったか。哀しみの底から唄は生まれる、とも言われる。

それからまた五〇年たって、一九九五年（平成七年）の阪神淡路大震災の後で、この「復興節」がロックバンドによって復活したという話を、最近、知らされた。その当時、私がこの唄を耳にしたとしたら、どんな顔をしたことか。あまり浮いた顔もしなかったように思われる。バブルと言われた過剰景気の崩れた後の行き詰まりをまた先送り先送りしてきた末に、金融不況にぶつかっていよいよ行き詰まる、その直前のことではなかったか。

――俺は戦後の復興がこうも速いとは思いも寄らなかった。

戦後一〇年目の頃、仕事に行き詰まった私の父親が大学生の息子に涙ながらにそう述懐したものだ。復興に置き残された迂闊者でなくても、浮足立たなくては追いつけないほどの速さだった。その後はまして経済の展開は急になり、前のめりの習性が人につき、親から子へ、子から孫へ伝えられた。足を払われて転んでも、すぐに立ち上がって駆け出す。

易経のほうの「復」は、五陰の重なったその下に一陽が復《かえ》ったかたちになり、一陽来復、先行きの吉兆とされる。しかし「復」には「復」のいましめもあるようだ。よくよくつつしんで進めということなのだろう。復るべきところへ復れということでもあるか。どこへ復ったらよいのだろう。

（「読売新聞」平成二十三年五月二十七日）

節

節電がすすめられている。これはもう必然の要請と受け止めるよりほかにない。しかし節電と言われると、私などの耳にはなにか疎《うと》い言葉のように聞こえる。おそらく敗戦の直後にのべつ停電に苦しめられて、節電どころでなかったせいだろう。

——いつもいつも停電で困りますわね。

——でも、ときどきついてくれるので、助かりますわ。

これは当時、三木鶏郎《とりろう》グループのラジオ番組「日曜娯楽版」の中で人を大いに笑わせたジョークである。それほどのものだった。冗談ではなく、電気がついている間に、主婦がそそくさと、夕飯の後片づけをしてまわることもあった。

ところでこの「節」であるが、今の世に生きる者にとって、これほど身につきにくい美徳もない。曰く節目。曰く節度。さらに礼節。そして節操。節制や節約はまあしかたなしにやっているところだ。

節という文字はいずれの場合でも、さだめ、けじめ、かぎり、という意味をふくむようだ。つまり、ほどあいを求める。人類はないものをつくり出せるがごとき、そして必然も超えられるがごとき、知恵がついてからというもの、とかく「程」というものを踏みはずしがちになった。そのために、文明の展開のさまざまな段階で、壊滅を思わせる危機を招いた。それを戒めて、漢字文化圏にかぎらず、東西で節度というものが求められたのだろうが、しきりに求められたその分だけ、またしきりに破られたようだ。

とりわけ近代に入るにつれて、物の理の大枠を踏み越えて利を無限に追求できるかのような考えが身に染みこんだ。つきつめれば幻想だが、長い時期にわたって、現実にひとしかった。そして今になり、古めかしいような、節電という文字がすぐ目の前に、すでに赤信号となって点っている。これはと驚きながら、じつはなすすべを知らない。

節を求められても、どこまで節するべきか、そのけじめが見えない。大枠をひろげることによって不利や矛盾を、そのつど解消するということをこれまでくりかえしてきた。その習性が積もって、縮小の心得がその底に埋もれてしまった。

大震災の前から夏ごとに電力危機が伝えられていた。人の生活の欲求の総量がとうに、大量の電力を要請している。人知を尽くしても、桁はずれの異変の際に安全の内に封じこめられるかどうかの、巨大なエネルギーである。それにたいして自然エネルギーということが叫ばれているが、自然から原子力に匹敵するほどのエネルギーを引き出すことは、それ自体が自然に反することではないのか。どんな危険を招くか知れない。
過ぎたる節もまた災いである、という古い教えもあるらしい。ひとまず三分の節に付いて、息をころしながら、さらに先に備えるよりほかにないのではないか。

（「読売新聞」平成二十三年六月二十四日）

安

「安全地帯」というものを高年の人ならば覚えておられることだろう。昔、広い道路の、路面電車の停留所に設けられた細いプラットフォームをそう呼んでいた。車の来る方向の端に人の腰上ほどの高さの防壁があった。これを種にして、往年の落語の名人、古今亭志ん生が高座でこんなマクラを振ったものだ。

停電の夜のことらしい。どうやら微醺《びくん》を帯びた男たちが連れだって大通りを渡っていく。と、その一人が叫ぶ。

——おい、気をつけろ、危ないぞ……安全地帯だから。

安全地帯の段差にけつまずいてころぶな、というこころである。聞いて人は頤《おとがい》をほどく。その跡に苦笑が残る。それぞれにいろいろと、思いあたる節がないでもない。

いくら敵でもこんなところまで焼き払うまい、と高を括っているうちに、ある夜、火の間を命からがら走らされた人も多々あったことだろう。

「安」という漢字は、家の内に女が静かに座っている、その象形から来るのだそうだ。そう言われれば、うむ、と男としてしばし考えさせられる。たしかに、国が乱れては、女は家の内に安閑として居られないわけだ。戦災下の母親のことを思い出した。まだ三十代だった。

しかし、とまた考えた。この象形はじつは切実な願望のあらわれであり、家の内の安泰も常には、長きにわたっては、保証されていなかったのではないか、と。

「安」の対語はどうやら、「危」であるらしい。この安と危をめぐり、古今東西の歴史は展開してきたようだ。安と危は交互にめぐり、安は危へつながり、危は安へつながり、安危一体と言えるほどのものなのかもしれない。たとえば、「安堵」という言葉がある。今では、ほっと息をつく、というぐらいの意味に使われる。堵は垣、つまり境界。安堵は垣の内にやすらうということになる。まことにあらまほしい境地である。ところがこの「安堵」が、鎌倉時代以降のことらしいが、領地の所有を幕府によって確認され保証される、という意味に用いられたそうだ。多くは係争中の土地のことだったのだろう。

こうなると安堵は安堵でも、なかなか血なまぐさいことをともなうことになる。合戦で手柄を立てて、その功により、所領を安堵されるために、命を賭けて、たった一騎の先駆けも辞さない。一身を犠牲にして、一族のために土地を守ろうとする。一所懸命の地などという。命のここに懸かった土地である。歴史はおそろしい。

また、「不安」と言う。不安は濃淡の幅が広くて、濃ければ恐怖に近く、淡ければ心配というほどになる。西洋には「不安の哲学」と称されるものがあり、神の存在あるいは不在にかかわることらしいが、われわれの「不安」は言葉としてもまだ未熟で、取りとめもないところがあり、それに近年、いささか濫用され気味ではないのか。


（「読売新聞」平成二十三年七月二十九日）

熱

熱中症という言葉はいつ頃から一般に使われるようになったのだろう。そう古いことではないように思われる。初めてこの言葉を目にだか耳にだかした時、私は胸を衝かれた思いがしたものだ。

そう血の気の多い人間ではないつもりでも、折り折りにはつい物事に熱中し過ぎて、のぼせ、たかぶり、いらだち、心身を傷めるのは、これも抜きがたい病いか、と。

何ごとかと知らされた後も、はて、子供の頃から親たちにやかましく言われた日射病と同じではないらしく、暑気あたりとも違うようで、どういうものなのか、いまひとつ腑に落ちない。というのも、私は夏の盛りにも仕事部屋に冷房を入れない人間なのだ。しかも仕事の時間は午後から日の暮れまでと決まっている。日盛りの労苦である。始める時には、この暑苦しい中で、暑苦しい仕事を、と自分の稼業を呪いたくなることもあるが、やがて難所にかかると、額の汗も忘れて、「熱中」している。我慢ではない。このほうが夏の長丁場が持つのだ。体質なのだろう。

もうかれこれ四十年あまりもそうしている。それ以前はと言えば、まだ一般家庭に冷房のゆきわたらなかった時代になる。その間に都会の夏は暑くなった。未明の最低気温が二六度と聞いて驚いたのも、もう三十年近く昔のことになる。しかし私の子供の頃も、都会の夜更けは暑苦しかった。

パタリパタリと、寝床の中で団扇《うちわ》をつかう音を、今でも夏の夜には思い出す。その音がだんだんに間遠になり、かすかになり、やがてふっと止む。寝息が伝わってくる。ところがしばらくすると、団扇がやけに動き出す。まどろんだところで、汗がもうひとしきり噴き出してきたらしい。

思春期の頃には、夏の夜に寝つかれないままに、もう小説などを読むようになっていたので文豪たちの作品の、夏の夜の濡れ場などを思いうかべて、さぞや暑かっただろうな、などといまさら心配したものだ。あれは、人がおたがいに熱ければ、そうは暑くも感じないものだ、と後年になり知らされた。人の恋情や欲望は凄いものだ、と老年に入ってからは感嘆させられる。

男女の、結びつきは酉《とり》の市の頃から師走にかけて、別れは旧盆の頃からお彼岸にかけて、と言われるが、そうとはかぎらない。

それにしても、水分をまめにとりなさい、日中は涼しいところにいなさい、外へ出る時には帽子をかぶりなさい、などと私のような年寄りのためにしきりに言われるが、これが子供の頃に親たちに言われたのとそっくりである。昔の年寄りは日盛りにも熱い番茶を所望して、ふうふう吹きながら飲んでいた。そして午睡の場所を心得ていた。どこの家でも風通しがよいというわけにいかない。それでも風のわずかに抜ける路を、年寄りは知っていた。その細い風の路に細くからだを添わせて、膝を立てて眠っていた。

（「読売新聞」平成二十三年八月二十六日）

萩

秋の彼岸の時節になり、萩餅、オハギ、ぼたもち。「萩の花」とも呼ばれるそうだ。優雅な呼び名である。しかし、オハギと聞けば思わず眉をひそめる、酒呑みたちは。近頃では女性の美容を心配して、だいぶ小さ目のオハギが市販されているようだが、あれではついもうひとつ、もうひとつと、よけいに頂いてしまうことにならないか。ぼたもちはやはり、頬張るほどの大きさでなくてはつまらない、と酒呑みは自分では手が出ないくせに、子供の頃のことを思い出している。

家族の大勢のところでは、オハギづくりは家の女たちの、半日がかりの仕事だった。出来あがったオハギが大きな皿にずらりと並んだものだ。沢山こしらえて沢山食べるのが、目出度いということか。家の内のちょっとしたお祭りでもあった。

甘口の世の中と言われるが、甘味に飢えるということを、今の世の人は忘れているようだ。いや、もともとそれを知らないほうが、いまや多数派のはずだ。あれはせつないほどのものだった。心身ともに。私などは物心のついた時にはもう世の中が戦時の窮乏に入っていたので、さほどの「禁断症状」にも苦しめられなかったが、当時の大人たちは、老若男女にかかわらず、酒呑みもふくめて、甘いもののとぼしくなったことが、つらかった、という以上に、悲しかったようだ。

窮乏時代の子どもであった私も戦後になりアメリカの、進駐軍のチューインガムやチョコレートにたまさかありついた時には、これこそまさにカルチャーショック、あらためて「敗戦」であった。

ところで、甘いと言えばセンチメンタルという連想が動く。しかし、悲惨な世にこそ、人はともすれば感傷に傾く、ということを敗戦後の子であった私はあれこれ見ている。この悲惨と感傷の共振れは、先人たちの書きのこしたものの中にも、訝りの念とともに、伝えられている。感傷などの起こる余地もなく、物を言えば皮肉になるか、投げやりになるか、とそんなけわしい境遇の中で、人はときおり思わず知らず感傷に捉えられる。まるで自身の思いのようでもなく、天から降ったか、地から涌いたか、と自分で呆れる。

取り乱した人は、とにかく甘い物を口にふくませれば、その場は落ち着くと言われる。追いつめられた心身は、甘さを求める。しかし、そんなことでは説明がつかない。敗戦直後にラジオで人気を集めたメロドラマも、大人たちは三分方、笑って聞いていた。

起こるはずもないと思っていた災難が実際に起こった。失われるはずもないと感じていた日常が一夜のうちに、一瞬のうちに、断ち切られた。その徹底した現実の破壊は、一身の思いではとても担いきれない。その喪失感の圧倒の中から、ひとりでに溢れる感傷ではないのか。

やむをえず利己心の中へ追い込まれるほどに、ときおり自他を超えて、涙ぐむこともある。

（「読売新聞」平成二十三年九月三十日）

豊

豊年という言葉はいまどきの都市人にどれだけ目出度さの情感を喚び起こすことだろう。あるいは死語になりかけているのではないか。私の青年の頃までは、豊年と言われれば、黄金《こがね》なす稲の穂波をすぐに思ったものだ。一年の安心へつながる。豊とか稔とかいう名前を親からもらった人はいまでも多いはずだ。

熟《う》れるという言葉がある。熟成のことになる。果実ばかりでなく、穀物に実のなることもそう呼んだ。野の草も秋が深くなれば熟れる。熟成にはその匂いがある。金木犀の花もすっかり散った頃、よく晴れた秋の日に、枯草の匂いが漂ってくる。かすかに甘い。枯葉も匂う。枯れていくということも、熟成であるらしい。酵素がはたらくのだろう。甘くて、すこしなやましい。

近年、その秋の熟成の匂いも都市ではめっきり薄くなった。地面のあらかたが舗装された上に、道端に生える雑草が、めずらしい野の花とともに、機械で刈り取られてしまうせいもあるのだろう。地の菌と人の身体との共棲がうまく行かなくなっているのではないか、と心配させられる。

堆肥というものを、私は都会育ちだが田園の端っこに暮らしたこともあるので、知っている。私が間近に眺めたのは、麦秋の後で仕込む堆肥だった。麦藁を短く切ったのを積みあげたその上から、肥《こえ》を播くと、それはもうなまなましい臭いとなる。それがやがて雨の日には白い湯気を立て、夏が深くなるにつれて臭気がだんだんまるくやわらいで、秋の陽気の定まる頃には、こうばしいまでになる。まさに熟成の最たるものだ。それだけですでに豊年を感じさせた。

豊年の喜びを自身の一年の成果に覚えるということは、われわれにはもうめったになくなったようだ。苦労した後でも、それだけの達成感は得られない。いっときは満足しても、やがて気がついてみれば、その成果がまた難儀を招いている。休息もなく、まして収穫の祭りの閑もなく、次の仕事にかからなくてはならない。何事もすっきりとは仕上がらない、片づかない世の中である。それにまた、自然の四季のめぐりへ根もとで通じているような暮らしをしていないことには、ささやかな満足にも、豊年などというような喜びは湧きにくいのだろう。

そうやって年を取っていく。熟年などと言われる。枯れかけたところから熟成の匂いのほのめくような、じつに良い言葉のはずなのだが、だいぶのアイロニーをふくむ。

——豊年だ！　豊年だ！

女人の乳房に触れながらそんなことを、どんな口調でだか口走る場面が、どちらかと言えば謹厳と思われている往年の文学者の名作の内に見える。暗澹たる屈折の、わずかな「晴れ間」のことなのだが、さぞやしばし豊かな心持になったことだろう。稲の穂の熟れる温《ぬく》みも伝わってきたことか。はるか後世の人間には、ふむ、うらやましい。

（「読売新聞」平成二十三年十月二十八日）

水

タイの国の大水はいまごろどうなっているのだろう。広域にわたって溢れた水が何日も何日も、いつまでもいつまでも引かない。まるで永遠のような相を呈する。たちまち押し寄せてやがて引くという洪水しか知らないわれわれにとっては、想像に余るところだ。

あれはまさに洪水伝説をまのあたりにしたようなものだった、と昔、インドであったか、そんな大水を体験してきた人が私に話したものだ。水と空ばかりになってしまう、と言う。さらに言うことには、茫然として見渡すうちに「一滴の水も大海にひとしい」と、どこぞで耳にした言葉を思い出して、柄にもない哲学をこんなところでしている、と自分で呆れたけれど、つまりは大小の差別すら消えてしまいそうな光景だった、と。

しかしわれわれのこの国も往古には、湿地や沼地が国土をひろく占めていたと聞く。その溢れんばかりの水を灌漑によって宥め馴らして、水田耕作をひろげ、それを糧《かて》として人口をふやしてきたわけだが、それでも災害の年表をたどれば、五年から十年に一度はどこかの土地で、大雨による大決壊を見ている。逆に水が掠れれば旱魃になる。どちらも後に飢饉が続く。

東京という大都市にも郊外のところどころにまだ細長い沼地が残っていて、葦のたぐいのさびしく生えている光景が見うけられたのは、一九六〇年代までのことだったろうか。ましてやそれよりはるか昔、関東大震災の頃までの小説や随筆を読むと、現在はコンクリートで固められてすっかり市街となった谷地の多くが、川か沼地であったことがわかる。今では通りがかりに以前の面影を探ろうにも、湿気のなごりもない。ところが、ある町に新居を構えた人が、雨の夜にはどうも湿気に感じやすい。それに、雨の晩に帰ってきて家の近くになると、あたり一帯うっすらと、白っぽい霧が立ちこめているように見える。気のせいだろうかと首をかしげているうちに、土地に居つきの老人から、このあたりは昔、沼だったと知らされた。

「冬の水」という言葉は俳句のほうの季語にもあるそうだが、私の眼には、どんよりとした寒空を映して淡く光り静まる水の面《おも》が浮かぶ。年末にかかり、良かったにつけ悪かったにつけ、その一年を内に納めているように感じられる。その心をあるとき友人にもらしたら、俺は鮒だな、と友人は答える。なに、フナだって？　そうさ、しんしんと冷える池の水を見ると、今年はさぞや寒鮒がうまかろうと思うのさ、と言う。

その友人の郷里では彼の子供の頃、年の瀬に村中総出で溜池の底ざらいにかかり、掬いあげた肥えた鮒を家々で分けたのだそうだ。その甘露煮はお正月のおせちにも入る。めでたい魚であるのだ。人の想うところはじつにさまざまである。しかしよい連想だ。

そういう私は冬の川で白菜を洗う光景を想う。そんな所にも住んでいたのだ。

（「読売新聞」平成二十三年十一月二十五日）

炭

年の瀬にかかると炭火のにおいが懐かしく思い出される。日の暮れのめっきり早くなった道をたどって家にもどると、炭火のにおいにほっとさせられる。暗くなった町なかでも、そのにおいがうっすらと夕霧の中に漂っていた。家に帰りたくなる。今は昔の話である。

関東大震災の大火の元は家々の火鉢だったと言われる。あの震災は残暑の頃のことだが、当時は夏でも昼間から家ごとの火鉢の灰に、火種、炭火を埋《い》けておいた。でないと、お客にお茶も出せない。震災後十四年目に私の生まれた頃には、大火災に懲りた東京には、ガスがだいぶ普及していた。災害を境にして人の暮らしは変わって行く。

それでも冬場には家々に火鉢があり炬燵があり、炭火で暖を取っていた。親の仕度した炭火に温まる。しあわせな幼年期のことだ。

その東京は震災後の都市改造の甲斐もなく、もっと凄まじい戦災の火にあらかた焼き尽くされ、そして敗戦になり、ガスも不便なら燃料も不足の時代に、小学生の私はしばしば冬の暮れ方、家の炭火をおこす役をおおせつかった。コンロを外に持ち出して、新聞紙をゆるくまるめて底に敷き、とぼしいタキギと、拾い集めた枯枝などを上にのせ、火がまわったところで炭をすこしずつくべて、破れ団扇ではじめは緩く、やがて烈しくあおぐ。

口で言うのはたやすいが、タキツケが間に合わせなので、火がまわりかけては消える。炭もまた粗悪で、おこりかけては冷める。幾度もくりかえすうちに、寒風の中で泣きたくなった。それでも、やわらか炭の場合はまだしも楽だった。これが堅炭《かたずみ》となると、おこってしまえば火力も強くて火持ちもよいのだが、なかなか火が移らない。おまけに、細長い形のまま配給されることがあり、これをまず鋸で適当な長さに挽かなくてはならない。白い粉をふく堅炭はとても冷たい。軍手をしていても指がかじかむ。

中学生になり、つい一年ほど前までは停電の絶えなかった頃だったが、銀座のさるデパートにエスカレーターというものが開設されて、友達と一緒にわざわざ乗りに行った。地階から二階あるいは中二階までのものだった。さて降りて私が、「ラクチンだけど、なくても済むものだな」と小生意気な口を叩くと、友達はエスカレーターのほうを振り返って、「あれは、どれだけ電気代がかかるのだろうか」とつぶやいた。冬にはまだ炭火の時代だった。

石油ストーブが普及したのは、私がもう二十歳に近い頃だったか。後の精巧な製品と違って、排気のにおいはよほど強かったが、そのにおいが——今の若い人は笑うなかれ——豊かなる時代の到来を想わせたものだ。

しばらく甘い夢を見させてもらったが、これでまたもとの貧乏にもどるのか、と当時年配の人が嘆息まじりになにがしかの安堵感をもらしたのは、石油ショックのため経済の前途がふさがりかけた頃、今は四十年ほど昔の話になる。まだそんな気持で生きていたのだ。

（「読売新聞」平成二十三年十二月十六日）

寒

大寒に入っている。旧暦によればこれは師走の、一年の最後の節気なのだそうだ。まもなく新春になるということになる。それはともかく、今年は本格の、寒い冬になったようだ。

落語のほうに、熊サンだか八ツァンだかのオカミサンが御隠居のところへ駆けこんで、例によって亭主のことをこぼしまくったそのあげくに、いっそもう別れます、別れさせてください、と泣きつくので、それにも聞きあきた御隠居が、ああ、それがいいだろう、別れなさい、別れなさい、と逆手《さかて》に出ると、御隠居さんは人のことだと思って気やすくそんなことをおっしゃるけど、とオカミサンはぷっとふくれて、うつむいてつぶやくには、だって、寒いんだもの。

家の内がエアコンや何やらで暖かくなったその分だけ、人の情は薄くなった、と歎いた年寄りがあり、また強引な話だが、すこしの理はある。家がどこもかしこも、廊下や手洗いはおろか居間までが寒かった昔には、冷たさを踏んで暮らす身体に、風邪でそれきりになる人もすくなくなかった世の中のことで、年齢《とし》それぞれになにがしかの「危機感」があったので、肌を寄せあうような心になったようだ。きびしい冬場には夫婦別れはすくないとも言われた。春になったら別れましょうね、と約束するのも変なものだが。

そうかと思えば早朝から、あるいは夜明け前から、寒稽古にはげむ人々があった。あれは身も心もひき締まるものらしい。ひと冬越すとめっきり力がついて技も冴えてくると聞いた。朝になり寒稽古から三々伍々ひきあげてくる姿はすがすがしいものだった。今でもやっているのだろうが、早起きをしなくなった私には、ひさしく見ぬ光景になった。わずかに、私の住まいのすぐ下の路を早朝、近くの乗馬の施設へ馬術部の学生に引かれて向かう馬たちが、蹄をカツカツと鳴らして行く。寝覚めて耳をやり、わが身の生活をかえりみる。

信心のほうの寒行もあった。夜にはその音が伝わってきた。風に吹かれて遠く近くに聞こえる。熱心さだけでなく、凄惨の気味があった。人生に行き迷って煩悩を断ち切ろうとする人もあっただろう。家族の病気の回復を、ここひとすじに掛かって祈願する人もあっただろう。冬の夜のお宮でお百度を踏む人の姿も見えた。ひしひしとした足取りだった。お滝に打たれる人もあった。あがってくると、濡れた全身から濛々と、白い湯気が立つ。そんな烈しい勤行が子供の目にも耳にも届いた。

寒天のもとに、穏やかな日常の暮らしがある。そのまた一方では武道に芸道に、さらには祈願に解脱に、身を削る人がある。その両方の伝わってくるのが、あらまほしい世の中ではないか。穏やかさと厳しさ、寛いだものと切り詰めたもの、その両者の間に、ほんとうの安らかさはあるのかもしれない。

——西念はもう寝た里を鉢たたき　蕪村

この西念サンもしばらくして、深夜の勤行の仕度に、起き出さなくてはならないか。

（「読売新聞」平成二十四年一月二十七日）

雨

雨水《うすい》の節気を過ぎて、春もようやく近づきつつあるか。季節により雨もさまざまある中で、陰暦二月、きさらぎの雨と言えば、しとしとと土をうるおして、降る音を耳にしているだけで寒さもゆるんで、ひと雨ごとに木の芽がふくらむように感じられた。近年は季節の移り方もだいぶ変わったようで、春先の雨がおしなべて冷たく、とげとげしい。

二月二十六日にはまた雪が降るのだろうか。二・二六事件は今から七十六年も昔のこと。私もまだ生まれていなかった。先年、私の母校の同窓会誌に、二・二六事件を旧制の中学生として体験した八十代の高齢者たちの談話が載っていて、その日のことをそれぞれに、つい昨日のことのように仔細に、いきいきと話していた。人は年を取っても、年を取らない日付はあるものらしい。私の叔父は当時、大学の予科生だったが、若い者の好奇心から、友だちとつれだって赤坂辺まで見物に繰り出したところが、銃剣を構えた兵隊たちに恐れをなして、退散したという。この叔父も戦地から還らなかった。

昨年の二月の下旬から三月十一日の大震災の日にかけて、天気はどうだったか。なかなか春めかなかった。曇りがちで冷たい雨がよく降り、雪に変わることもあった。私のからだはとかくこわばり、節々が痛んで、腕を満足にあげられない日もあった。後からその時期のことを思うと、奇妙なことに、悔いのようなものを覚える。まさか千年来の大震災にたいして一個の身体に予知能力があるわけもなく、天候の不順と年齢のせいに決まっているのに、それでもどこか遠く悔いへと通じる心が動く。日常の平穏が一瞬のうちに断ち切られたことにたいする、反応だろうか。腕痛をこぼすほどに無事平穏であったのに、と。

敗戦の年の五月に家も町々も一夜にして焼き払われた後で、私の母親はまだ三十代だったが、せっかく手に入れた小豆を水に漬けて台所に置いていたのに、あれも燃えてしまった、としきりに悔やんでいた。

昨年は寒の内はそれほどでもなく立春から寒くなったようだったが、今年は昨年末から本格の厳冬が続いているので、春の訪れはかえって順調なのかもしれない。きさらぎの雨には、しめやかな音もさることながら、おとらずしめやかな匂いもあった。ぬるんだ雨水を土が吸いこんでいく匂いだったのだろう。あるいは木の芽のふくらむ、草の芽ぐむ、その匂いだったか。それに感じると、あてもない人恋しさがふくらんだのは若いうちのことで、年を取るにつれて、これでまたひと冬を無事に越したか、と息をついた老人たちの気持が我が身のこととしてわかってくる。

季節の移りをそのつど蘇生のように感じて、年々繰り返すのが、この国の人間の生き方だったようにも思われる。和歌や俳句の中にも、その蘇生の安堵を詠んだものが多いようだ。

きさらぎの雨にもう蕗や竹の子やらの香りを思う、気の早い食通もいる。

（「読売新聞」平成二十四年二月二十四日）

花

昨年の春の、桜はどうだったか。三月十一日以降、悲惨な被害がつぎつぎに伝えられる。原発は危機に瀕している。停電に物資の品薄に苦しむ。そして天候も悪かった。寒さがいつまでも続いた。桜の咲き出したのは遅かった。それでもたちまち満開になったのを、こんな年にも花は咲くのだ、と眺めたものだ。

今年ばかりは墨染めに咲け、と古歌にある。哀傷歌の内に見える。しかしまた、厄災の後こそ、花の盛りを眺めれば人の心はあやしく騒いだものでもあるらしい。花の歌や花の句は古来、不幸の傷跡と深くつながったものがすくなくないように、私には思われる。

晴れ渡った正午の空に、敵の爆撃機の爆音が唸る。それを迎えて味方の高射砲があがり炸裂する。その下を七歳の子供が防空壕めがけて走った。わずかな距離なのに、駆けても駆けても、届きそうにない。死物狂いになった目の前に、桜の樹が一株、今を盛りに咲いていた。花も狂ったように咲いていた。

三月の初めから半月ばかり、病院のベッドに仰向けのままの安静を強いられたことがある。やがて立って歩けるようになり、四月に入って退院する日に、隣の病室に挨拶に行くと、私と同じ手術の後で仰臥固定中の人が、花は咲いたか、とたずねる。見れば窓の下に一株だけ咲いている。病人の枕もとには、角度を変えられる鏡のスタンドが置いてある。そこで、遠い花を鏡に映すのは無理とは思ったが角度をいろいろと調節するうちに、あっ、見えた、と病人は叫ぶ。だけど、あまり見た気もしないな、とやがてつぶやいた。二十年も昔のことになる。

花吹雪を遠くから目にしてそちらへ足を運んだ。落花の下に人は立ちたがるものだ。ところが、近づくつもりの足が何とはなく逸れて行く。やがて気がついたことに、白い落花にサリンの粉を連想していた。もう十七年も前のこと、一月の阪神淡路大震災に続いて、三月下旬に地下鉄サリン事件のあった年である。これも同じ年の春のこと、花見に行く人が電車に乗ると、まわりから乗客がだんだんに逃げる。不思議がるうちに、どうやら、花見酒の肴に買いこんできた漬け物や乾き物のひろげる臭いに、人は毒ガスを思ったものらしい、と腑に落ちたという。

四月八日は各地で花祭りがおこなわれる。同じ日、京都の今宮神社では「やすらい祭り」という祭りがある。たいそう古い由緒のある鎮花祭であるらしい。散る花を送り、そして悪疫を鎮めるという。その際歌われる「やすらい花」という歌のことばを見るに、まもなく始まる田植えにもかかわることと思われる。散る花を眺めては冬場を乗り越したことを喜びながら、あわせて夏場の息災を願い、そして秋の豊作を祈るということか。夏には夏の悪疫があり大水があり、旱魃がある。

先祖たちは年々そんな心をこめて、花を迎え、花を送ってきたようだ。

（「読売新聞」平成二十四年三月三十日）

日記

2010, 2012

二〇〇九年十二月二十四日（木） 晴

枯枝の影も穏やかな日和が続いて、冬至も過ぎた。冬至を越せば気分がもちなおすのではないか、とたのみにしていた人もある。年末に入って、目を覚ましてから起き出すまでに、めっきりぐずつくようになった。目覚めるや跳ね起きるような、そんな時期もあったものだ。別にはりきるほどのこともないのに粗忽なことだ、と当時から我ながら笑っていたが、今から見ればほとんど狂躁の沙汰に思われる。あるいは、世の中にひさしくそんな時間が流れていたか。

十二月二十五日（金） 晴

日和が続く。近所の馬事公苑の雑木林の、楢も櫟《くぬぎ》も今年はもうすっかり葉を落して、それまで日陰ものだった痩せた下生えの楓《かえで》があちこちから、いまごろになり紅葉して、空林に射す日の光に照り映える。なかなかに華やかなものだが、どこか徒労の感じがしないでもない。正午前の散歩にこれを眺めると、一年が終ったような気がする。じつは年内の仕事をあれこれ残している。さて、何を書いたものやら、まるで浮かばない。困った、とすこしく追いつめられるが、しかし考えてみれば、この道に迷いこんで四十年、仕事前の散歩の時には頭の中がまっしろけであること、いつでもそうだった。

十二月二十六日（土）曇り後晴れ

午前中はどんよりと曇って、やがて雲が低く垂れてきて冷えこむのかと思ったら、昼飯の間にまた晴れあがった。晴天の日に仕事の机に向かうのがむなしいように感じられるのは、これも四十年来のことだ。年内の最後の仕事をあと半日あれば了えるところまで押して、今日はおしまいにすると、日はもう暮れかかっている。日没を眺めるたびに、近頃、毎日を忙しくしているんだか、閑なんだか、はっきりしなくなる。夜、賀状の残りを片づける。宛先の住所を書くたびに、どの辺になるのか、と頭の内の地図に照らしてたどると、首都圏の内に限ってのことだが、どこもかしこも、冬の夜にはさびしい道ばかりに思われる。どうやら、冬の夜に自宅の窓から表通りをのぞく時にも、外出して街を歩いている時にも、電車の中でも、地下鉄の中でさえも、そこはかとなく差してくるさびしさであるらしいが、しかし自分は冬の夜にもさびしくない土地を、そもそも知っているのか。

十二月二十七日（日）晴

午前中に家を出て、世田谷のはずれから地下鉄に乗り、都心の地下を横断して、荒川を渡り、西船橋で降りてバスに乗る。いい年をして、毎年、御精勤のことだ。中山競馬場は有馬記念の日である。車窓から荒川の河口の、春の海のように霞みながら輝くのを見るたびに、命なりけり下総中山などと気取っているが、老耄の涯まで行きつけば、こんな年末の一日のあったことも忘れてしまうか。それとも、これだけが残るのか。あるいは競馬の果てた後で中山の御寺の境内の茶店で、「落魄連」のはしゃぎ立つ、酒盛りが楽しみで行くのかもしれない。

十二月二十八日（月） 曇り後晴れ

年内の仕事を片づけて、早目の夕飯を済ませ、寒風の中、忘年会に出かけた。ひろくもない酒場にけっこうな人数が集まってきた。その賑わいに自分も染まっているのに、気がついてみれば、一箇所の椅子に坐ったきり動かない。まるで老いた猫である。何年か前までは同年配の人にひさしぶりに会うたびに、鏡をのぞいたように年に驚いたものだが、今ではだいぶ年下の人の顔に歳月を見るようになったのは、こちらの老い方がここに至ってジワジワになったせいか。

十二月二十九日（火） 晴

連日の酒と歓談が喉に来て、ほんの微熱、これさいわいと終日終夜、とろとろと寝て過ごした。年に何度かはこんな日があってもよい。

十二月三十日（水）曇り後晴れ

仕事部屋の大掃除にかかる。一年の内でこれだけが自分にとって労働らしい労働だとは思うものの、さて書棚のまわりを見渡すと、そこかしこの混乱に、乱調の時期の痕跡があらわれていて、その不始末の始末を求めている。不始末の跡だけは年々変わらず横着旺盛な様子なのに、始末する本人は年々根気がかすれるのは、理不尽である。いっそその本人のいなくなった部屋を思い浮べると、無念無想、掃除もはかどる。しかしそうなると、本人の後始末に精を出しているこの本人は、一体、誰なのか。

十二月三十一日（木）曇り後晴れ

正午前にいきなり風が吹き出して、空はたちまち暗くなり、荒れる大晦日を思わせたが、午後から風を余してまた晴れあがった。風はときおり甲高いような唸りをあげて窓を打った。その風の音の中で日の傾くのに追われて大掃除を続けながら、それにしても静かな年末だ、としきりに思った。不景気のせいと言われるが、これまでは不況の年の瀬こそ巷は人出で賑わったものだ。年々の不況の熱気に駆り立てられてここまで走ってきた気もする。このたびはやや違うようだ。ようやく限界域に入ってきたことが、世人にうすうすと勘づかれているか。

夜には風も止んで、冷えこんだ大気の中をやがて、除夜の鐘の声が細く、遠方を渡ってきた。その合い間には、さらに遠方をはらんだ静まりがはさまる。じつは駅前商店街に近い寺から流れるテープの声なのだ。

鐘の声は祇園精舎だろうと駅前商店街だろうと鐘の声、いまさら、しらけるにはおよばない。

(「新潮」平成二十二年三月号)

二〇一一年一月一日(土)晴

大晦日の午前に、梅の花の咲いているのを見かけた。紅梅の若木である。近寄れば、控え目ながら、甘い香りを漂わせる。早咲きの品種らしいが、石垣に添って、北西の風から守られた日向に植えられたせいだろう。厳冬と伝えられているのに、例年より半月あまりも早い。

この老眼ではいつ読み果てるともつかぬ長い叙事詩を一行ずつたどるうちに、「葡萄酒の色をした」という不思議な形容詞の、枕詞《まくらことば》のように冠せられる海原が念頭にひろがって、年が明けかけていた。辞書を引いては単語帳に付け、少年の頃と変わりもない。これが生涯か。静かな新年だ。

一月二日(日)晴

元旦の朝刊の伝えるには、私鉄の協会がアンケートをまとめたところによると、駅および車内での迷惑行為の筆頭に「おしゃべり」と「はしゃぎまわり」が、五年前には六位であったのに、二年連続して首位にあがったという。いまさらどうして、この「連覇」なのか。あるいは世の不況の続くにつれ、人心がおしなべて、ようやく静まりつつあり、周囲の喧噪に苦しみだしたしるしか。

同じく朝刊に、昨年の死亡者の数が戦後最高になったと伝えられた。昨夏の酷暑の影響も見えるが、おもな理由は、高齢者が増えたせいだということだ。添えられたグラフを見れば、年間死亡者の数は昭和の末年あたりに底をついて、その後は微増に入り、ここ十年ばかり、右かた上がりがやや急になっている。

死者は生者にたいして圧倒的な多数派であるが、近年の死者が増えていくということは生者にとって、重しになるのか、いよいよならないのか。

一月三日（月） 晴

午後から箱根駅伝の復路の最終区の中継を見ていると、一位も二位もすでにゴールに入り、五位まで決まったその後で、六位争いの、わずかに先を行くランナーがよろけかかり、左右に振れるようで、これは悲惨なブレーキかと思ったら、よろけた脚に弾力がもどって、中距離レースのようなストライドでスパートをかける。たちまち後に差をつけてはまたよろけ、差をつめられてはスパートして、それをくりかえし、ゴールで追撃を振り切った。脚のよろけるのはおそらく睡気におそわれた瞬間なのだろう。睡気の差すほどの心身の緊張はあるものだ。これこそ限界域での緊張か。これを知る人と、知らぬ人と。

一月四日（火） 晴

校閲の抜けたカレンダーがあるそうで、なかには十一月三十一日という日付の見えるものもあるという。杜撰《ずさん》なことだ。しかし、ないはずの日があるというのも、人の後《のち》の記憶の昏迷を見るようで、なかなか現実味のあることだ。あったはずの日がない、ということも粗忽な日記にはよくあるようで、曜日の順ぐりの狂いから欠落に気がついても、どこで一日が飛んだのか、しばらくはつきとめられない。あんがい重大な事のあった日であったりする。

一月五日（水） 晴

六十六年昔のこの日、なにか怖いことがあったような気がして、内田百閒の空襲下の日録「東京焼盡」を引くと、夜の九時前に敵機が飛来して、爆弾か大型の焼夷弾か、四谷から南のほうに恐ろしい落下音が続けて聞こえたとある。当時満で八歳にもならぬ子供の、記憶には残らなかった。かわりに、家の庭で友だちと二人してお揃いの豆凧を、凧もほどよく、軒の高さまで揚げたことばかりが思い出される。子供心にもあたり一帯静かな正月だった。豆凧の揚がったその軒へ、五ヵ月足らず後には、すでに火の入った家の内から、煙が舐《なめ》るように伸びた。

一月六日（木） 晴

新年からよくはたらきますね、と自分で自分に声をかけている。年寄りをからかい気味のお愛想だが、おかげさまで、と答えておく。その腹の内では、人の気も知らないで、とつぶやいている。いつ一行も書けなくなるか、先は見えないのだから、と。しかしまた考えてみれば、この道に入ってから四十余年、いつでもそうしてきた。言葉というものには、それに仕えてきた者をいつ見捨てるかわからないところがある。

一月七日（金） 晴

寒の内に入っている。日々に冷えこんでいよいよ厳冬の気配だが、年末から晴天が続いている。日本海側ではだいぶ風雪が激しいらしい。北陸育ちの人が東京で暮らすことになったその初めての冬に、来る日も来る日も晴れあがった空を見あげて驚くうちに、これは狂っているのではないか、とやがては呆れたという。

近所に見える雑木林もすっかり枯木の林となった。しかし午前の陽が射すと、枯木なりに照って、黄葉の盛りの華やぎを思わせる。あるいは春の訪れの、芽吹きの爽やかさを思わせる。

寒の「危機感」は老年でないとわからないか。

（「新潮」平成二十四年三月号）

プロムナード

2009

身はならわしもの

生業と呼ばれる仕事のことはさて置くとして、家の内での何の変わりもない日常の一日が、朝起きてから夜寝るまで、本人はけっこうずぼらに過ごしているつもりでも、どんなにこまごまとした作業から成っているか。また、その作業の順序が、どうでもよさそうなものなのに、どんなに几帳面に守られているか、気がついて驚くことがある。

長目の入院をしたことのある人なら、身に覚えがあるだろう。とにかく退院にまで漕ぎつけて、家に落ち着いてほっと息をついたはよいが、さて病院にくらべて家の内は、物がおよそさまざまな高さに置かれていて、入用の物を取るには腰を屈めたり、しゃがみこんだり、いちいち苦労がともなう。息さえ走って、まさに山あり谷ありの暮らしである。それは仕方ないとしても、何でもない「仕事」に、じつにもう煩雑な手順を踏んでいることか。これを長年平気でやってきたとは、自分で信じられない。これからもこれに我慢できるのか、と考えて心細くなる。いつのまにかまた慣れてしまうのだが。

身は習わしもの、という言い方が古くからある。馴れ睦んだ人に去られてそのさびしさにどうにも慣れない、という歎きにもなるようだが、おおむねは、堪えがたい境遇にいつか慣れた我が身への哀しみを表わす言葉である。そんなことでなくても、習慣というものはあらゆるものを呑みこんでしまう大蛇のようなところがある。習慣があればこそ、人は生きられる、とも言える。しかし習慣は堅固なものではあるが、時に破れることがある。破れないまでも、弛む。着古した布地のように、薄くなる。

たとえば、毎日の洗面や歯磨き、男の髭剃り、女の化粧の最中に、自分はどうしてこれをこの手順でやっているのだろう、とふとこだわって手が停まりそうになる。埒もない気迷いではあるが、一瞬、自明の習慣に逃げられかけた。ささやかながら、危機ではある。心労過労の時にそんなことが起こる。老年に至れば日常の習慣はいよいよ抜き難くなると思われ、たいていそうなのだが、それでもときたま、自分が平生何《なに》心《げ》なくやっていることを、自分で不可解なもののように眺める。これはやや深刻である。

倦怠というものだろうか。勤勉や潔癖の底にも倦怠はひそんで、わずかな隙を衝いてあふれでる。自分はそんなに勤勉でも潔癖でもないと思っていても、尋常な暮らしを持続させるためには最低限の、じつは知らぬ間にかなりの程度の、緊張が日々にもとめられる。これが長きにわたれば、いくら習慣にまもられていても、時に疲れる。あるいは、疲れるのは人ばかりでなく、習慣そのものもまた、疲れるのかもしれない。金属疲労とか制度疲労とか言うではないか。その堅固さがきわまって、とうてい抜き難いと思われる頃になり、おもむろに弛んで、崩れかかる。

社会全体にも習慣の疲弊というものはあるのではないか。経済規模を拡張することによって、内在するもろもろの矛盾を解消しようとする。じつは解消にならず、先送りでしかないのだが、当面、それなりに有効である。そのことに人はもう半世紀も、三代にわたって慣れて、幾度懲りても抜き難い習性になった、かと思われたその頃に……。

（「日本経済新聞」平成二十一年七月六日）

よく見る、よく聞く

「よく見る、よく聞く」とこれは昔々、私の通っていた幼稚園の標語、モットーであった。「よく話す」がこれに続いたかどうかは、忘れた。高年に入ってこの標語をふっと思い出し、いまだに学んでいないな、と我ながら呆れた時には、もう目も耳も敏捷ではなくなり、口も用心していないととかくもつれるようになった。

動く物を捉える視力を動体視力というのだそうだが、これの衰えを感じるのはよほど早くて、中年に深く入った頃に、ある日、急行電車の中から途中通過駅の名が、あの大きく書かれた文字が読み取れなくなっているのに気がついて驚かされる。もうすこし進めば、道を早足で来て、目的の店の前を、看板は目に入っていたはずなのに、通りすぎてしまう。動体視力とは自身が動きながら物を見て取る、その視力のことでもある。

老年に入ればその衰えはさらにいちじるしくなるが、近頃ではかえって、人は動いていればこそ物の微妙なところが見える、と私は思うようになった。まさか走ったり駆けたりして見るわけでない。年相応にゆるゆると歩きながらのことである。たとえば一本の樹、あるいは通りかかった路地の光景、そんなものに新鮮な印象を受ける。新鮮なとは、めずらしいということだ。しかしめずらしいということには、矛盾するようだが、いつかどこかで、しみじみと眺めたことのあるような感じをしばしばともなう。つまり、懐かしい。思わず足を停めてその懐かしさにひきこまれることもある。しかしたいていの場合、立ち止まってしまうと、眺めから陰翳が失せてしまう。立ち止まらずに、いましがたの印象を背後に感じながら、ゆっくりと歩き続けるのがいいようだ。

耳の衰えのほうは、本人にはなかなか気づきにくい。ある人、会議の席上で白熱した議論に終始耳を傾けていたつもりが、記録のあがってきたのを見れば、全体の半分ほどしか記憶になく、耳が聞こえていなかったのではないか、と疑って愕然としたという。騒音に満ちた都市では、年来、耳をすこしずつ聾《ろう》されながら暮しているのかもしれない。また老人の難聴には、不思議な鋭聴もまじる。家の外の怪しいけはいに最初に気がついたのは年寄りだった、という話も聞いた。

当地のこの夏は例年になく涼しくて、雷も鳴りません、とこれは江戸時代の老文人が遠隔の地の知人に送った手紙の内のことだが、この言葉に続いて、もっとも、雷は鳴りましても、近頃めっきり耳が遠くなってますので、聞こえていないのかもしれません、とある。なかなか壮大また爽快なる、自己諧謔ではないか。どうせ老いの愚痴なら、こう行きたいものだ。

同じ老文人が別の手紙の中で、話し出してから、何を話すつもりであったか、忘れてしまいます、とこぼしている。これなどは近頃、私も少し身につまされる。また、静かな夜に家の内で人と話をしている。そこに表を一陣の風が渡る。言葉を途切り、風の音に耳をやる。そしてあたりがまた静まると、いままで何を話していたのか、しばし思い出せない。そんな情景の見える古歌もあった。どんな歌だったか、もう忘れた。

年寄りはその見え方も聞こえ方も、そしてその話も、狭まっただけでなく、時に尋常の境を超えてひろがる、とも取れる。

（「日本経済新聞」平成二十一年七月十三日）

一寸の針

個性とはしょせん、まずしいものだ、とある人がふっともらした。当時すでに高齢の人だった。私はまだ若かった。

そうつぶやいた本人が、どう見ても個性の豊かな、豊かすぎるほどの人だったので、私は聞いて首をかしげながら、何かにつけて自身の個性の奔放さに苦しめられてきた末の、私などにはわかるわけもない生涯の逆説かと取って、その「まずしい」の意味もたずねなかった。

そのうちに、世にはやる個性という言葉に私は辟易するようになった。個性を唱えるほどに没個性になっていく世の中である。個性の喧伝《けんでん》の内にすでに、人を平らたくおしなべていこうとする用意がふくまれているのではないか、とまで疑われる。それよりも個別性という言葉を重く用いるべきだと思った。

人の生涯は大きな目でみれば、それぞれ大差もないものに違いない。生老病死の四苦と仏教のほうでは言われるようだが、根本では同じ必然に支配される。それでもそれぞれに個別の事情はある。生涯の事情もあれば、結果として生涯のものとなった事情もある。人生の必然の全体からすればわずかな個別だが、そこから人それぞれの、他人とは取り換えも取り交わしもならぬ苦は来る。あるいは喜びもそこに由来するのかもしれない。奪われるわけにもいかないものだ。

平安の昔、書写山に性空《しょうくう》上人という人がいた。和泉式部が「くらきよりくらき道にぞ入りぬべきはるかに照らせ山の端の月」と仰いだその人である。生涯、純真一途であった。聖人を聖人とまず取らないことには説話は読めない。この聖人、死期の近づいた頃、長年書写し置いた経典をこの際まとめて供養することを思立って、親しい僧侶を比叡山から招く。

さて供養も済んで、僧侶に贈った布施のうちに、紙につつんだ一寸ばかりの、針があった。僧侶が訝ってたずねると、これは自分が生まれた時に左の手に握っていた針だと聖人は答える。これまで大事に取っておいたが、捨てるのも何だと思って、形見にさし上げることにした、と言う。今はもう無用になったので、ということなのだろう。

僧侶は得心してその針をいただき、この話を聞かずに終っていたなら、聖人の一生はわからなかったところだった、と喜んで聖人と別れて、山を降りると、人が追いかけてきて聖人の死を告げたという。

生涯ひそかにしまっておいて、おそらく銹びた針を、ようやく無用になったものとして、捨てるのも何だからと人に贈る、そのさりげなさが尊い。しかし出生の事情にまつわるものらしく、一寸といえども、針は針である。聖人の生涯の苦であり、しかも純真一途の秘訣でもあった、と僧侶も取ったようだ。

個性とはしょせん、まずしいものだ、とこれもまた、人をおしなべて支配する生老病死の必然に比べれば、わずか一寸ばかりの、いや、一寸にも足りぬ、個別の針のことを言ったものか。これがために人は苦しむだけでなく、時には天にまで昇る。かと思えばたちまち、地の底まで叩き墜とされる。しかし悔恨もあれば、寒いながらに自足もある言葉であったように、今からは聞こえる。

若い私にたいしては、個性に誇れば、やがてはまずしくなるぞ、という戒めであったのかもしれない。

（「日本経済新聞」平成二十一年七月二十七日）

歯をくいしばる

人の口もとから顎を見れば、その人のことがいろいろとわかる、と知人の歯科医が酒の席で言った。さすが本職《プロ》の眼は違う、と私は早くも感嘆して、その、僕の場合は、どうです、とよけいなことをたずねた。知人は私の顎のあたりを眺めて、ああ言われるな、と私が思うとはたして、歯のすりきれ方が人よりもはげしいでしょう、歯圧が強いようなので、と答えた。まだ五十手前のことだ。

歯圧とは歯をかみ合わせる力のことである。それまでにも歯の治療に通うたびに、あなたの歯の琺瑯質《ほうろう》は固くて良いのだが、なにぶん歯圧が強すぎる、と医師に言われたものだ。私の顎はたしかに太い。おそらく重いのだろう。しかし、辛抱するほうだとは思うが、事ある毎に歯をくいしばるような性分でもない。緊張や忿懣はなるだけ出し抜き出し抜き生きてきた。寝ている間に歯ぎしりする癖はない、と家の者も言う。

しかしまた考えてみれば、歯をくいしばることの多かった幼少期であったようにも思われる。空襲の恐怖のきわまった時に、子供が歯をくいしばって堪えるということはあっただろう。戦争の終った後も、子供は勉強をしていればよいというものではなくて、あれこれ力仕事を親に言いつけられた。手にさげた芋一貫目の重さを今でも覚えている。誰しも栄養不良の時世だった。一貫の重荷に振りまわされるように足をよろよろと運んで、坂道にかかる時、思わず歯をくいしばっていたかもしれない。

薪割りの仕事があり、あれは野球と一緒で、インパクトの瞬間に力を集中させるのがコツなのに、子供の腕ではそうすっぱりとは行かない。斧やら鉈やらの刃が半端に材の内にくいこんで、文字どおり抜き差しならなくなり、どうにかしようとムキになればなるほどよけいな力がこもって、「事態」をいよいよ悪くする。

釘を打つ。あれも始めの打ちこみがまともに利けば、あとは澄んだ音が立って、釘はすなおに入っていく。金槌だか釘の頭だかが、鳥ではないが、さえずる、とこれを言うらしい。歯をくいしばっているようでは、なかなか鳴いてくれない。

高年に入ってからも、自分が歯をくいしばっているその現場を、自分で押さえてあきれる折りがある。よりによって、仕事の最中である。と言えばいかにも苦闘しているかに聞こえるが、そうではない。むしろすっかり行き詰まり、筆も投げ出して、溜息ばかりをついている、と自分では思っている時に、気がついてみれば、歯をくいしばっている。茫然として歯をくいしばるとは、いかにすぐれた役者でもこの演技は難しかろう。

構想どおりに筆が運ぶなどということは、私の場合、絶無、たえてない。感興に乗って筆がはかどるということも、まれにあることはあるが、後で読み返すと、どうもよろしくない。いずれ行きつ戻りつ、とにもかくにも前に進んでいることが不思議なぐらいなものである。とりわけ、短い作品でも途中三度ばかりは、先の道が見えなくなるばかりか、ここまで来た道すらたどれなくなる。力を抜いて、次の言葉を待つよりほかにない。待つのが仕事だと思っている。

ところで、対局中の棋士は、長考の間、思わず歯をくいしばることも、あるのだろうか。

（「日本経済新聞」平成二十一年八月二日）

夏の夜

市中《まちなか》は物のにほひや夏の月　凡兆

あつしあつしと門《かど》々の聲　芭蕉

夏の夜の暑苦しさにつくづく悩まされた人なら、これを一読するだけで、その夜の感触が肌に返ってくることだろう。あつしあつしの声を句中に聞いて、あらためて夏の月が目に浮かび、物の匂いが流れる。赤い月であるか、いたずらに青く澄んだ月であるか、それは人それぞれ、自身の体験から思い出すところによる。物の匂いとは、暑さとともに町中に淀むさまざまな匂いのひとつに融けあったものなのだろうが、その中からとりわけどんな匂いが際立って感じられるか、これも人により、思うところはまちまちなのだろう。

この芭蕉の付句《つけく》は凡兆の発句に添えて、風もなく蒸しかえる夜に、ふっとひと吹きの涼風の渡った、その境を見定めたものではないか、と言った人がある。つまり、音も立てずにいた軒の風鈴がチリンと鳴る、あの境だ、と言う。私もどちらかと言えばその感じ方である。それまでげんなりとして物も言えずにいた人たちが、涼風に撫でられて、ようやく我に返ったように、あついあついと口々にこぼしはじめる。その声が家々から聞こえる。詰まったようだった汗がどっと噴き出す。

寝苦しい夜には縁台とか涼み台と言われたものを家の外に出して、そこで噂話をしたり将棋を指したり、蚊を払いながら夜が更けて涼風が通るまで過ごす。さて、どうにかしのぎやすくなり、きりがないのでそろそろ寝るか、と家に入る頃、とかく風がまたぱったりと止んで、いよいよ蒸してくる。

寝床に仰向けになって、みぞおちのあたりでパタリパタリと、団扇を使う。その音が停まると、寝息が伝ってくる。早く眠ったほうが勝ちである。寝そびれると人のいきれに苦しむ。夜半過ぎまで幾度も起きあがり、戸を開けたり閉めたり、家の者の眠りの、お守りの役をさせられるのにひとしい。あついあついと一人でこぼしても、誰も答えてくれないのは、腹立たしいものだ。

蚊帳《かや》というものも、あれは見てくればかりが、そして匂いばかりが涼しくて、中に入れば暑苦しいものだ。戸窓から入る風に蚊帳そのものは涼しげにさやぐが、その涼しさをほとんど内へ通さない。子供は親に蚊帳の中へ追い込まれるまで逃げまわっていた。蚊帳の中で騒いでいると、早く寝ないと雨戸を閉めるよ、とおどされた。

ある人、蚊帳というものがとうにすっかりすたれた頃に、ややお高い旅館に泊まって、寝間の青畳に寝そべって天井を眺めるうちに、天井の四隅からさがっているのは、どう見ても蚊帳の吊り輪らしい。はて、こんな冷房完備の、蚊も入りそうにもない部屋に、と首をかしげ、やって来た仲居さんにたずねると、ぜひ蚊帳を吊ってほしいとおっしゃって、それが楽しみでいらっしゃるお客さまがあるんですよ、と答える。いまどき酔狂な人があるものだと感心させられたが、また考えてみれば、冷房の利いた部屋では蚊帳の内がいちばんの、極楽なのかもしれない、と思ったという。

蚊帳の外にすっと立つ女性の姿は、この世ならぬ幽《かそ》けさに見えるものだ、とつぶやいた人に、間違いの元、とたちどころに答えた年寄りがいた。

暗がりの中で蚊帳はほのかに光りはしないか。

（「日本経済新聞」平成二十一年八月十日）

時間をたずねて

ようやくこれきりの停年を見て閑暇の生活に入った人が、はじめはいささか苦痛でなくもなかったその閑暇ともおいおい折りあって、毎日のように朝早く起きて仕事に向かっていたとは、長年慣れたことであったとは言いながら、今から見ればよく耐えたものだ、とつくづく思われる頃になり、ある日、たとえば歯を磨くというようなささいなことの最中に、時間や日程に追われているわけでもないのに、気がついてみれば、手がおのずと急いでいる。

日常であった習慣は抜きがたいということになるのだろうが、しかしかならずしも、一身のこととばかりは言えない。現在の自身の境遇はどうあれ、世間一般では今日も朝から時間に追われて働いていれば、その忙しさはどうしても、閑なはずの身にも乗り移ってくる。じつにこの国は戦争に敗れて裸一貫同然になってからもう六十四年も、働きづめで来たのだ。はじめのうちは取りもあえず生きながらえるために是非もなく、そのうちに、これでいいのかとだんだんに首をかしげながら、しかし豊かになったかと思われる頃にかならず現われる危機にまた尻を叩かれて、今に至る。

——緊急の絶える閑なき平和かな

この緊急事態を社員一丸となって乗り切ろう、などという訓示を幾度聞いたか知れない、と近頃停年になった人が振り返って苦笑していた。世間全体としては平和ボケのように見えても、個々の職場の内をのぞけば、おおかたそうなのだろう。

ところで職場と言えば、人が日々、一定の時刻に一定の場所に出勤して、一定の時間働くという、制度が固まりかけたのは、昭和も十年代に入ってからだ、とその道の学者が指摘するのを読んで、そんなに新しいことなのか、と驚いたことがある。それを読んだのはたしか昭和六十年頃のこと、十二年生まれの私が十年代のことを新しいと思う、もうそれだけの年齢の眼となっていた。しかしそうなるとまた、小説やら随筆やらを通して知ったつもりの、昭和十年代以前の人の暮らす心が、じつはまるでわかっていなかったのではないか、と考えさせられた。それからは大正や明治のものをすこしずつ注意して読むと、わずか五十年と言われた人生の無常迅速のことはそれとして、日々の暮らしの時間の流れは現在のわれわれにとってよりも、よほどゆるやかであったらしいことがやや見えてきた。時計の時刻に追われるよりも、陽差しの移りに従っている様子である。晴天の日と曇天雨天の日とでは、時間の過ぎ方が同じではない。

陽の移りを見て暮らすのと、もっぱら時計を見て暮らすのとでは、生きる心地がよほど違ってくるのだろう。いま何時だろう、とふっと思う時、昔の人ならまず空を見あげた。家の内にいるとすれば、軒の翳りを眺める。どちらにしても、ああ、もうこんな時刻になったか、とわずか一日の内のことながら感慨めいたものが伴う。それにひきかえわれわれは、時間をたずねて空を見あげる習慣をすっかり失った。見あげようにも、空の見えない場所に身を置いていることが多い。

東はどっちだ、と子供にたずねたら、わからないと答える。太陽の昇るほう、とたずねなおしてもやはり、わからないと言う。自分の生まれて暮らす土地のことである。

(「日本経済新聞」平成二十一年八月十七日)

年月の昏乱

足掛けという年月の数え方を、人はもうしなくなったのだろうか。たとえば一昨年の秋風の立つ頃に身に痛切な事のあったのを、今は春の花の咲きそめる頃に振り返って、あれからもう、足掛け三年になる、と年月の過ぎた感慨にしばし耽る。なか一年の両側の何カ月かをそれぞれ一年として数え入れる。つまり、両端に足を掛ける。じつは一年半ほどにしかならない。

じつに大雑把な数え方になるが、あれほどの出来事の後でも年月の過ぎることに、それが速く感じられるにせよ、遅く感じられるにせよ、いまさら驚く心には、あれからもう一年と六カ月とすこしなどと言うよりは、むしろ実感なのではないか。間のまる一年と、その両端のそれぞれ何カ月とが、三者ひとしく長く感じられることはある。

——去年兄貴が死んでから、今年でちょうど、三年目。

芝居の舞台の上で役者がそう思い入れをして見せると、客はしばしば矛盾に気がつかないという。むろん笑い話である。足掛け三年よりも、さらに飛んでいる。しかしかりにこれを真に受けて考えてみるに、兄貴分を亡くしてから、一年と少々経っている場合もあり得る。あの季節をふたたび迎えたかと思うと、年もやがて改まった。となると、あるいは三年という感慨が、足掛けにしても一年足りないけれど、しきりに湧くのかもしれない。まるまる一年、悲痛やら悔恨やらを汲み尽した身は、つぎにただちに三年目に入るか。

ここで会ったが百年目というのも、生涯を賭けて探し求めてきたということの誇張法には違いないが、理屈で考えればおかしなものだ。どこから数えるのだか知らないけれど、百年も経てば、敵《かたき》を求める者もその敵も、生きてはいない。これでは御先祖のための仇討《あだう》ちを、その敵の子孫にたいして果たそうとしているかのようではないか。もっとも、深い怨念にはそういうところがあるものらしい。

男女の出会い、大恋愛の始まりも、ここで会ったが百年目の事柄か。おいそれと分別のきかぬわけだ。百年を待つ恋という話が夏目漱石の「夢十夜」の内に見える。百年待ってください、と女は言う。「百年、私の墓の傍に坐って待っていてください。きっと逢いに来ますから」と約束する。その百年がやがて満ちたらしく、明け方、石の下から百合の茎が伸びてきて、その揺らぐ茎の天辺《てっぺん》に、心持首を傾けていた細長い一輪の蕾がふっくらとはなびらをひらく。

百年の恋という言葉は今でものこっている。ただしもっぱら、百年の恋もさめる、という使い方をされる。そちらの「百年目」のほうが多いので、是非もない。

年を取るにつれ、人に過去のことをたずねられて、いささか思い出すこともあり、答えようとするが、それが十年前のことか、もう二十年にもなるか、あるいはもっと昔のことか、わからなくなることがある。後でよくよく数えてみたら、わずか五年ばかりの前であったりする。もう三十何年も前のことになるか、と答えて相手の顔を眺め、この人はその頃まだ生まれてなかったのだ、と思えば妙な心持になる。そういう本人こそ、わずか三年後にはこの世にあるかどうかわかりはしないのに、安閑として先のことを話している。

年の昏乱も、老年の一興ではある。

(「日本経済新聞」平成二十一年八月二十四日)

六十五年目

今年は昭和にすれば八十四年になるか。敗戦からはすでに六十四年経って、六十五年目にはいったわけだ。しかしどこかで計算を間違えていはしないか。戦前生まれの人間はしばしばそんな風に、数えては数えなおす。そのうちにそんな計算もできなくなるのではないか、と心細くなる。自身の年齢についても、生年月日から数えておきながら、どこかに間違いが忍びこんでいるように思われて、首をかしげることになるのかもしれない。

学生の頃にアルバイトの日当がいくらであったとか、就職して初任給がいくらであったとか、結婚して住まった所の家賃がいくらであって、これでは先々暮らしていけるのかと思ったとか、そのたぐいのことはずいぶんはっきりと覚えている。「国電」の運賃が五反田から目白まで十円だったとか、十円区間の切符で済ますためにひと駅歩いたことがあるとか、些細なことも忘れていない。もっとも、蕎麦屋のもりとかけが二十五円から三十円の頃だったので、けっして些細なことでもなかったのだが。

しかしその後、経済成長に行き脚がついてからは、中年、初老、そして老年に至る間、あれこれの価格はどうであったかということになると、三日見ぬ間の桜かなと言うけれど、三年経てば昔のお値段、と折々に驚いた覚えはあるが、値上がりの跡をつぶさにはたどれない。変動にはそのつど追われて、是非もなく対処してきたはずなのに、それにしても経過や経緯の意識の追いつきかねるほどの、急激な変わり方であったらしい。なにやら変動に節々で素通りされたような空白感すら後にのこる。素通りされながら、侵蝕はされているようなので、割りに合わぬ気もする。

つい昨日まで選挙中のこととて、「変化」なる言葉がしきりに叫ばれた。アメリカの「チェンジ」がどんな悪路に行き悩んでいるかも知らぬげに。もう半年も経てばその言葉が、眉をひそめて振り返られることになるかもしれない。変化に変化を重ねてきたそのあげくの、この現在の世界的な行き詰まりではないのか。何をなしてきたか、来し方を問い返すべき時ではないか。未来像という言葉にも私は疑問を抱く。その言葉で以《も》ってたいていは、輝しき未来、豊かな未来を思い浮かべるのが、もう何十年来の人の習い性となっている。いま提示されるべき未来は、節度と抑制、そして市場からかろうじて自己を取り戻す未来のはずだ。かならずしも人好きのする未来ではない。

すくなくとも半世紀にわたるこの国の経済成長も、もうひとつの戦争であった、と私は見る者である。武器弾薬こそ使わなかったが、あらゆる「大量《マス》」の方法と技術を挙げての、総動員戦であった、と。戦死者もすくなからず、心身の負傷者に至っては数知れぬことだろう。初めは踵《きびす》に迫る貧困が敵であったが、そのうちに敵の正体もはっきりしなくなり、くりかえし襲ってくる不況からの脱出がそのつど危急の要請となった。「景気回復」がかつての「聖戦」にひとしい合言葉となって叫ばれる。いよいよ戦死者負傷者が出る。

初期には先兵、中期には下士官、後期には古参の「功労者」としてそろそろ隅のほうへ押しやられたのが、今の老年である。「お年寄り」などと呼ばずに、その体験と今の感想を、虚心に聞くべきなのだろう。

（「日本経済新聞」平成二十一年八月三十一日）

撫子正月

今日九月七日は古来の二十四節気の内の、「白露《はくろ》」にあたるらしい。野の草に白露のたわわに置くのが目に立つ時節である。あの澄んだ水玉の光を、白露とはよく言ったものだ。「白」はまた秋に通じる。草木ばかりでなく土も晴天の朝には一面しっとりと濡れたものだ。日が暮れかかるともう露の降りることもあった。今では露というものを知らない人もある。深窓の姫君ではない。

秋風が立って物の味がついてきた、というような句が古い俳諧の中に見える。夏の間、わずらっていた人の感慨である。涼しくなってようやく食べ物の味がしてきたということだ。重い病いならば、生きながらえたかという安堵の心がともなう。とは言いながら、日盛りの残暑はまだまだきびしく、からだの回復もまだ緒についたばかり、という心でもあるのだろう。

夏は病人でなくても人はそれぞれ、わずらう。それぞれのわずらい方をする。私の場合は、色気もない話だが、原稿を書く時に、原稿用紙が湿りを含んで、困るのだ。私の全身から滲む汗に感応するものらしい。じつは冷房を嫌う体質なのだ。しかも仕事は白昼、午《ひる》さがりに取りかかる。さらに湿度がひどくなれば、原稿用紙のほうがひとりでにゲンナリと、たるんでくる。気も萎えることだ。それが、書く手も原稿用紙もサラッとしてくると、もう秋の訪れである。

さいわいなことに、今年はおしなべて冷夏と言われ、私にとってそのわずらいはすくなかった。しかし、ほんとうにさいわいなのかどうか。夏にはたっぷり汗を掻いたほうが、秋から冬にかけて身体好調、風邪を引きにくい、という説もある。

撫子正月、というものがあったそうだ。たとえば春から夏にかけて、疾病が猛威をふるう。大勢の犠牲者を出す。そして秋に入り、どうにかおさまっていくように見える。すると縁起を改めるために、年も改める。秋に正月を祝うわけだ。そこへ撫子の花を供える。季節の花はさまざまある中で、なぜ撫子なのか、知らない。疾病にはとりわけ子供が犠牲になりがちなので、幼い者をいとおしんで、その息災を願う心のあらわれか。

どんな「正月」で、どんな「新年」の、光景だったのだろう。よほど簡素なものだったのだろうが、どうやら厄災の過ぎたらしいことへの感謝と、それでも先行きの不安から、年並みの正月よりも、神妙なものではなかったか。あるいは家々の門口に撫子の花を飾るだけであったのかもしれない。しかし道で行き会う人ごとに、あけましておめでとうございます、と控え目に祝いあったのではないか。

それにしてもこの撫子の新年は師走の晦日に尽きるので、わずか四ヵ月ばかりの一年になる。天下の改元でもないので、年にも数え入れられない。年代から隠された一年となる。しかし撫子を飾って新年を祝った人たちにとっては、日々に無事息災を痛切に願った、長い一年であったはずだ。はるか後年から振り返り、来し方を指折り数えて、どうも一年足りない、と首をかしげる。

人にもおのおの、そんな隠れた年があるのかもしれない。ずいぶん長かったように思われたが、わずか三月の間のことだったと呆れても、内なる年輪には堅い一年がしっかりと刻みこまれている。

（「日本経済新聞」平成二十一年九月七日）

虫の声

夜更けに蟋蟀《こおろぎ》の鳴きしきる季節となった。私の住まう集合住宅は築四十一年になり、建った当初に中庭に植えた樹々がその間に大きく育って、夜目にはその繁りがうっそうとしたほどになり、いささか林の様相を呈するその下から一面に鳴く虫の声を聞いていると、ありもしない秋の野を想わせる。じつは中庭の半分ほどは駐車場に取られているのだ。

七月、野ニ在リ、八月、宇ニ在リ、九月、戸ニ在リ、十月、蟋蟀《しつしゆつ》我ガ牀《しよう》ノ下ニ入ル、とは秋の更けるにつれて虫の声が人の住まいの領分に入り込んでくる次第を歌ったものである。古代中国の詩経の内に見える。宇とは軒端《のきば》のことだそうだ。牀は寝床である。中国ならベッドか。月の数え方は今の世の暦とどう対応するのか、私は知らない。

我が国でも古来文人たちが、秋の更けるにつれて細々となり家の内まであがってくる虫の声の哀しみを歌に留めているようだ。私も子供の頃を思い出す。風呂場で鳴いている。そのうちに台所で鳴いている。やがて箪笥の蔭で鳴いている。夜寒になれば、寝床のあたりから、電灯を消すと、鳴き出す。

つい先日、永井荷風の作品を読むうちに、狭斜《きようしや》の巷の、夜更けの路地のゴミ箱の中から、蟋蟀が鳴きしきるという、「耳の情景」にさしかかった時、私の耳の内からもその虫の声がくっきりと立った。私の思い出すのは、色気もない塀の外に置かれた木の箱、防腐用のコールタールを塗った蓋つきの黒いゴミ箱だが、その中から虫の声が、道でよりも庭でよりも繁く鳴く、そんな秋の一時期があったものだ。やがて家の内にまで入ってくる。

寝床の近くまで来て虫が鳴く。枕辺から聞こえるようでもあり、床の下から訴えられているようでもある。それにつけても夜寒を知り、虫の短い命を思い、ひいては自身の老と病をそれにひきくらべる。虫は声をかぎりに鳴いて、交尾のつとめを果たし、子孫へつないで、すぐに地の肥やしとなるのに、人間の生涯はじつに思いきりが悪い、と恥じる心がないでもない。それにしても夜寒を人家に避けて、こんな細々とした声になっても鳴き止まぬところでは、まだ生涯のつとめを果たしていないのか、それとも、果たした後でも命のあるかぎり鳴き続けるものなのか、などと考えればよけいにさびしくなる。縁の下というもののなくなった今の世の住まいには、それこそ、縁もない話か。床下からあがる湿気は万病の元と言われたほどなので、ありがたいと思わなくてはならない。

詩経の「十月、蟋蟀我ガ牀ノ下ニ入ル」の後に、畏れは多いことだが、「ヤガテ、我ガ耳ノ内ニ鳴ク」と継ぎ足したら、どうだろうか。耳の内でまで虫が鳴くようではな、と老人が苦笑してこぼすのを、若い頃に聞いた。高血圧から来る耳鳴りのことを言っていたのだろう。しかし虫たちの声がひとたび絶唱のような境に入ると、我が身の内からも、なにやら、それに応えて細々と鳴き交わすものがあるようだ。内聴というものもある。

表では吹き降りの秋の夜更けに、部屋の隅から蟋蟀がたえだえに鳴き、暗い灯の下で老いた友人どうしが酒を酌み交わしている。鳴き出すごとに細くなるな、虫の声が、と一人がつぶやく。虫の声なのか、あれは、と相手は訝る。俺はまた、季節はずれの、遠い雷かと聞いていたよ、と言う。

（「日本経済新聞」平成二十一年九月十四日）

お彼岸過ぎ

「彼岸過迄」という題名の小説が夏目漱石にある。これを私は若い頃に読んで、この表題はどんな意味をふくんでいるのだろう、と考えた。きわめて深刻なものを暗示しているように思われたのだ。後年になって人に聞けば、何ということもない。新年から新聞に連載を始めるにあたって、この連載は春の彼岸過ぎまでは続くだろうということで、この表題をつけたのだそうだ。飄逸《ひょういつ》たる命名である。

しかしまた考えれば、「お彼岸過ぎまでには……」とは、人のよく口にしたところでもあった。冬の盛りなら春の彼岸を、夏の盛りなら秋の彼岸を思っている。事情もさまざま、心情もいろいろ、とりわけ病人や老人や重い苦を背負った人には、複雑な思いがともなう。まさに深刻な感慨をふくむこともある。

彼岸花が都会でもちらほらと見うけられる。あれは不思議な花だ。日陰で育ったように白っぽくひょろりと伸びた茎の天辺に、照るような紅い花がひらく。童女の髪を想う人もあるだろう。遊芸の女人の顔を想う人もあるだろう。華やかにして幽《かすか》。ゆうれい花とも呼ばれるらしい。

彼岸花の咲くのを見てまもなく、金木犀の香《か》がただよってくる。あれは香りと言うべきか、匂いと言うべきか。とにかくどこかの家の門の内に木犀の樹が一株、花をつければ、あたり近所がその香に染まる。あれはいけない、あの匂いに触れると気が弱くなって、泣いて家に帰りたくなる、ともらした男があった。どこからどう見ても気の強そうな男だった。

東京ではもう郊外でも木犀は花を咲かせやしませんや、と言われたことがある。前世紀――この言葉はどうも、私のような老年には使いづらい――の、六〇年代のことである。ところが七〇年代に入って、ある日、その香に感じてあたりを見渡すと、木犀の樹は近くに見当たらなかったが、空が何年か前と変わって青く澄んでいた。以前はよく晴れた日でも、陽の高くなる頃には工業地帯からスモッグが押し出してきて、正午過ぎには空が一面に黄色っぽくなったものだ。産業排気を抑えることでは早くから努力を積み重ねてきたわけだ。

彼岸を過ぎて秋晴れの日に、さわやかに照り渡る陽の光の中をほのかに、枯草の匂いが伝わってくる。草がその穂先から枯れ染める、その匂いか。あれも、かんばしいものだ。葉の色もやや赤味らしいものを帯るところを見ると、酵素のようなものがはたらいているらしい。ところが、ここ何年か、その匂いが感じられなくなった。

気象が変わって、天へ抜けるような秋晴れの日がすくなくなったせいか。いや、町に雑草というものがほとんどなくなったのだ。旺盛に繁って穂先の熟れはじめるその前に、機械で刈り取られてしまう。可憐な花をつけていようと容赦されない。草一本生えぬ、とは荒涼の地のことだが、あらわな園芸種のほかは、野の花も見えぬのは、環境整備の行き着く先だ。この清潔《クリーン》もまた、もうひとつの荒涼か。

こんな夢の話を聞いた。環境の完璧な新しい町が、ほどなく廃墟となった。なぜだか住人がつぎつぎに、心身の不調を訴えて去った。やがて人の姿も見えなくなった広場に、破れかけた一枚のポスターが荒い風に吹かれている。見れば、「チェンジ！」

とあった。

（「日本経済新聞」平成二十一年九月二十八日）

齧りかけの林檎

一昨日の十月三日は旧暦では八月の十五日になるそうで、中秋の名月にあたる。十五夜サン、三五は十五というわけで三五夜《さんご》の月、また芋名月とも呼ばれる。彼岸からこの頃にかけて、里芋のうまい季節である。キヌカツギで一杯が最高、などと言う人はよほどの酒好きである。

——こんにゃくばかりのこる名月

俳諧「炭俵」の中に見える芭蕉の付句で、名月の宴の果てた後の様子だが、余った蒟蒻のほかに、どんな献立だったのか。御精進のようなものだったのだろう。美食の名月というのは、どうも思い浮かべにくい。

十月五日。記憶力の良くない私だが、この日付は今でも覚えている。敗戦の秋、ようやく父親が迎えに来て、避難先の岐阜県の美濃の町から東京へ帰った日である。帰ると言っても東京の私の家は焼かれて、無縁の所となっていた。大都市には食糧難をはじめとしてどんな災難が待ちうけているか知れない。途中の交通がすでに難儀である。それでも一日千秋の思いで待った日だった。

ドイツのハンブルクは空爆により徹底して破壊された街だった。大空襲の跡を日本では焼野原とか瓦礫の原とか呼んだが、西洋の家屋は日本のそれのようにひらたくは焼け落ちずに瓦礫を高く積むようで、同じ焼跡でも山あり谷あり、瓦礫の山に登れば見渡すかぎりの廃墟、瓦礫の谷に入れば見通しは利かず、ここが何処で、いまが何時だかも、わからなくなったという。それほどの破壊であるから、爆風や猛火をかろうじてまぬかれた市民は市内から郊外へ、さらに近郊の田園へ、群れをなして奔《はし》った。死物狂いというものだったのだろう。ところが何日かすると、その避難者の群れがまた死物狂いのように、市内へ押し戻ってくる。

市内の混乱をおそれた当局が再流入を禁じても、止められなかったという。近郊としても大量の避難者をとうてい受け容れきれるものではない。避難者たちはおそらく、落ちのびた先で行きづまって、同じ飢えるなら、同じ死ぬのなら、住み馴れた所に帰りたい、とその一心になったのだろう。一所懸命、一つの所に命を懸けるとは、まさにこのことだ。

日本でも敗戦の八月に、首都への再流入が禁じられたとか、まもなく禁じられるとか、そんな噂のひろまったことは、永井荷風の「罹災日録」からうかがえる。岡山の辺にあって行き場を失いかけた荷風はその禁令の隙をつくような気持で思い切って、八月の三十日に岡山を発った。その時の荷風の「帰郷」の心の躁《さわ》ぎは日録の中からも伝わってくる。道中、苦労をきわめて、翌朝ようやく品川に着き、その足で代々木の、身を寄せるつもりの家に来てみれば、よそへ越した後で、雨のいよいよ降りまさる中、しばし今夜の宿のあてもない。

その十月、私のほうはいつ来るとも知れぬ汽車をまず岐阜の駅で、つぎに名古屋の駅で長いこと待たされた末に復員兵でいっぱいの夜行に乗りこみ、翌早朝、閑散とした東京駅の地下道をたどっていると、向かいからジャンパーを着たアメリカ兵が、大股の歩みで、林檎を囓りながら近づいて来て、すれ違いざまにひょいと、その林檎を子供の私の手に渡した。物のはずみについ受け取ってしまった囓りかけの林檎をぼんやり眺めていた子供に、棄てろ、と親は言った。

「赤いリンゴに　口びるよせて」、と始まる歌がまもなく流行り出す。

（「日本経済新聞」平成二十一年十月五日）

空白の一日

一日一行ほどの、メモ代わりの日記をつけている人があり、もう長年続いているが、ときたま、日記の日付が実際よりも、一日遅れていることがあるという。たどり返すと、十日ほども前に、一日が飛んでいる。一日分をうっかり書き忘れて、忘れたことにも気が付かず、日付をそのまま先へ送ってしまうということはありそうな間違いで、別に怪しむほどのことでもないけれど、長年そうしてきたように日付に曜日を添えておけば、ズレには早く気がつきそうなものなのに、ぽっかり落とした一日を境に、曜日が記されなくなっていたのは、怪しいと言えば怪しい、とその人は首をかしげていた。

空白の一日か、と私はその話を聞いて思った。どの日を落としたかはやがて割り出せても、その日に何があったかは、もう思い出せない。そんな日はざらにあることだ。空白と言うにもおよばない。しかし、もしもまたしばらくして、それがいささか重大な事のあった日だったと思い出したとしたら、さぞや気味の悪いことだろう。自分で自分が怖くなる。

なまじ日記など付けるから、そんな日にあうのだ、とも言える。人はとかく我ながら信じられないような記憶の昏迷を内にかかえこむものだ。あるいは、自分にいいようにしか覚えていない。記憶とは自分を相手にした八百長みたいなものだ、と言う人さえある。生涯忘れられそうにもない痛恨事と思っていても、何年も経って人の話と照らし合わせてみれば、事の内実がよほど違っているばかりか、その事のあった時期が記憶していたよりもだいぶずれているとわかったりする。

おのれを知れ、とは古来の教訓だが、自分を知ることほどむずかしいことはない。それまでのさまざまな体験の積み重ねの上に現在の自分はあるはずなのに、記憶がこうも空白をふくむ、いや、空白だらけのようでは、踏まえるにも足もとがこころもとない。頭がカラッポなどと人は笑うけれど、頭は空白がすくないとはたらかない、と言われる。それと同じことで、記憶に空白がすくないと、おそらく何事にも動きが取れなくなる。頭をかかえこむよりほかない。それにしても、空白のあまりにも多いことを思えば、行為するということは、おそろしい。決断ということはさらに、そらおそろしい。

知らざるを知れ、知らないということを知れ、とはこれも古来の教訓だが、知らないということを知るとは、そもそもできることなのだろうか、知らなければ、知るも知らぬも、判別がつかないのではないか、と考えてしまう時がある。さらに、知らないことはほんとうに知らないのだろうか、とも疑いたくなる。記憶にないとは忘れたということであり、忘れたことなら思い出す時もあるだろうから、知らないということとはおのずから違うのだろうが、しかし記憶の空白はその現在においてほとんど、知らないにひとしい。しかもその知らぬも同然の空白がやはりその現在において、人の思考や感情や行為におのずと影響をあたえるらしいこと、あたかも記憶を踏んでいるのに、つまり知っているのに、これもほとんどひとしい。

人は覚えていることよりも忘れていることのほうに、知っていることよりも知らないことのほうに、支配されて生きていて、ときどきはっと驚く。

（「日本経済新聞」平成二十一年十月十九日）

後の月

十月二十六日は旧暦の九月九日、陽の極まった数とされる九が重なって、重陽《ちようよう》の節と呼ばれる。菊の節供《せつく》とも呼ばれ、重陽の宴には酒の盃に菊の花を浮かべて、長寿を祝いあったそうだ。若い人なら息災を祝いあうのだろう。なごやかな宴のはずだが、

――重陽獨酌盃中酒（重陽、ひとり酌《く》む、盃中の酒）

流亡中の杜甫の、重陽の日に寄せた詩の冒頭である。京《みやこ》に帰るあてはなく、すでに病身だった。めでたい日にも、人の境遇はさまざまである。

晴れた日に、割ったばかりの薪の、陽向の壁に並べて立てかけられているのが見られたのも、こんな季節だったか。冬仕度である。あの薪も陽に照らされて乾くにつれて独特な香りをひろげたものだ。老人が長い斧を揮って薪を割っているその手際に、目を惹きつけられ、立ち停まって眺めていたことがある。ちょうど日の沈みかかる頃で、老人が斧を振りかぶるたびに、斧の刃が夕日を浴びて輝き、振りおろせば、澄ん

だ音をあたりの山林に谺させて、薪が真っ二つに裂けて左右に飛ぶ。その壮健さに舌を巻くうちに、老人は手を休めて登山姿の若い私に目をやり、そこの吊り橋から奥には、もう十年も足を踏み入れてないな、とつぶやいた。若い脚では十分ほどの距離にある橋のことだった。年を取るとは、そんなものか、と不思議がったものだ。そんなところが、あるな、と今では自分で答えている。

つぎの金曜日、十月三十日は旧暦の九月十三日にあたり、これも古来、十三夜の月として、珍重されたらしい。月齢十三夜なら満月の直前になる。とりわけ旧暦九月十三夜の月が、八月十五夜の月に次いで、後《のち》の名月と称され、月見の宴もひらかれたという。盈虚《えいきょ》の思想とかいって、満ちれば欠けるという考え方があり、満ちきる前の月こそむしろ豊かと感じられたか。

いや、そんなことを考えなくても、まだほんのわずかに欠けた月は、見ようによって満月よりもやわらかにふくらんでいるようで、艶なるものではないか。これに思いを入れた昔の人たちも色っぽかった。それにしても後の月の、月見の宴はさぞや肌寒かったことだろう。肌寒ければ、人恋しくなる。

中秋の名月は芋名月と呼ばれ、十三夜の月は豆名月と呼ばれる。栗名月とも言うそうだ。栗と言えば、昔はふんだんに手に入ったシバグリの、茹でて子供たちに食べさせても余る分を、数珠のように紐につなげて、晴れた日の軒に釣していた。正月の御節料理に使う。栗と並んで柿の皮も釣してある。これも御節用である。また並んで、サツマイモの茹でたのが、やはり紐に刺されて干してある。秋には芋に喰い飽きても、冬場になって夜更けなどに口さびしくなれば、これを取り出して、火にあぶってかじったものだ。今から考えれば、昭和期に深く入っても、人は冬場になれば食材がなくなるような気持で、冬仕度を急いだようだ。

秋が深くなると、老人たちはすぐに厚着になる。年寄りはやっぱり寒がりか、と思えば、そうとも言えない。冬が来ても老人はそのままで、いつのまにか若い者のほうが厚着になっている。風邪で倒れた家の者たちの、世話してまわるのが、年寄りだったり。

（「日本経済新聞」平成二十一年十月二十六日）

土の上に

「文化の日」という言葉が私の耳にはどうもなじまない。おそらく敗戦後ほどなく、私のまだ小学生の頃に、国民の祝日が定められて、その内にこの日も入っていたはずなので、以来半世紀あまりも経って、この違和感は何なのか。明治節のほうに思い出の深い世代の者でもないのだ。

どうやら制定の当初に、おおくの大人たちのもらした苦笑が子供の私にも移って、いまだに抜けずにいるものと見える。米もろくに喰えない時世に、変なものを「配給」されたような困惑であった。ラジオの諷刺番組で当世流行《はやり》の「文化」を茶化して、呼びこみや触れまわしの、太鼓やらラッパやらから成る楽隊をジンタと呼んでいたが、そのジンタ風の調子の良い歌に、ブンカブンカブンカ、と合いの手を入れていた。そう言えば文化鍋とか文化コンロとか文化ローソクとか称するものが闇市で売られていた。

後年になり、文化なる漢語は古来、文徳をもって民を教化する為政を意味するということを知って、相手の顔を見るような気持から、いえ、おかまいなく、と尻ごみさせられた。

それでも、十月の末から十一月の中頃にかけては、凋落の秋などと言われるが、これはこれで華やかな季節である。黄葉紅葉の照り映える景観もある。昔の遠足や運動会の思い出もある。しかし私にとっては何よりも、子供の頃に遊びに熱中するとかく下駄を脱いで走り回った、その素足にあたる土の感触である。土地により季節はさまざまなのだろうが、私の育った東京では、秋の日和の続くこの時期に、土はふくよかになった。ほどよく湿りをふくんで足の裏にしっくりと付き、心地良い弾力で答えて、しかも肌理《きめ》こまやか、子供がそんな言葉を知っていれば、色っぽいと言ったかもしれない。

短くなった日の暮れきるまで遊び惚けた。肌寒くなれば、狭い空地で相撲を取った。何日かすると、土俵の内にあたるところの土が踏み固められてなめらかになり、黒く脂びかりしてくる。ただし、暗くなって家に帰り、親の目を盗んで、泥足をどう始末するか、ひと工夫、要する。

中年になり都会の生活を切り上げ、何年も修業の末に陶芸家になり、土の暮らしに馴れた知人が、都会で個展を開けるまでになったはよいが、その期間中街に滞在していると、コンクリートばかり踏んでいるので、膝が痛くなって困る、とこぼしていた。もう昔の話になる。そんなものかと聞いていた私も老年になった。そう言われればそうだ、といまさら思う。公園などを歩いていて、舗装された道から土の上に踏みこむと、安堵を覚えるものだ。膝から腰がとたんに楽になる。それにつれて頭の内もほぐれてくる。

さて、土を踏んで頭の内までほぐれるとなると、自分は日頃、そして年来、どんな暮らしをしていることになるのか、と考えさせられる。古人たちの遺した文物に触れるたびに、自分にはどうしてもつかみきれぬものがあることを感じさせられる。これはおそらく、古人たちの内に流れる時間が現代の人間のそれと、およそ質を異にしているせいか、とかねがね思っていたが、ひょっとして単純に、土の上で暮らしているかどうかの違いと取れるのかもしれない。家屋の内もまた、土から隔たること、いくらもなかった。

（「日本経済新聞」平成二十一年十一月二日）

晩秋の匂い

一昨日の七日が立冬かと思ったら、十二日がもう一ノ酉になる。この時期になると、空になりかけた器を傾けたように、一年の残りがサラサラと、流れ落ちていく。酉の市の噂を耳にすれば商売の家々ではもう師走の気分になる。動物の冬籠もりの頃になり、街の人間はかえって忙しくなる。

北国ではそろそろ雪の訪れが吹く風に聞こえているのだろう。もう雪の降り出した土地もあるだろうか。私が三年ほど暮らした北陸の地では、十一月にやや深く入って、霙や霰《あられ》を降らす乱雲に雷が鳴れば、これを蟹起こしとか鰤《ぶり》起こしとか呼んだ。冬の漁の始まりを告げる声であり、何日かすれば魚市場が賑やかになり、それ自体は景気の良いことなのだが、街にはどことなく、冬籠もりに急ぐ雰囲気があったように思われる。今からもう何十年も昔のことだが。

早い日が暮れて家々で夕飯の仕度にかかる時刻に、独特な匂いが空気に漂うのも、こんな季節のことだったか。夕霧の匂いだが、薪を焚く、そして炭火をおこす、その匂いがまじる。おそらく炊事の煙の、細かい粒子を核として、冷えた空中の蒸気が水滴を結んで、夕霧となるのだろう。ひとり暮らしの者をとかくやるせない心にさせる匂いであった。

薪や炭が電気やガスや石油ストーブに取ってかわられた後にも、晩秋から初冬にかけての夕霧の匂いは残った。あれはどうやら、車の排気と、家々から出す石油ストーブの排気の、粒子を核として結んだ霧のようだった。悪臭とも感じていなかった。まだまだ車の交通量が、幹線道路でないかぎり、はげしくはなかった時代だった。

石油ストーブにしても後のものにくらべればよほどの臭気を立てていたはずだが、その頃から十何年もして、そんな旧式のストーブの焚かれた部屋に入った時、一人の青年が、ああ、子供のころの、冬の匂いがする、と懐かしそうにしていた。さらに時代が下って、外国旅行の、古い宿にたどり着くと、やはり当時青年だった一人が立ち止まって深い息をつき、ああ、何ともまろやかに熟した匂いの、香が薫《た》き染めてありますね、と感嘆した。これは香を薫いた匂いではなく、その出所の見当が私にはすぐついたが、さすがに黙っていた。私の育った家屋にも、その底にこもっていた匂いだった。

炭焼きの煙の誘うガード下、とそんな即興の句をよんだ人がある。炭焼きとは駄句ながら季語らしくはあるけれど、これは炙られた肉の脂が炭火に落ちて盛んに立てる煙、ヤキトリ屋のことである。寒くなる頃の気持にふさわしいので、やはり季語のはたらきはする。ガード下に屋台が並んでいるとはかぎらないが、近くの飲食街が流す匂いのこもりやすい場所である。そこを通り抜けて、どこぞの横丁へ吸いこまれる。酔漢がガード下にかかると煤けた壁に向かって小用を足すという、まだ不作法の時代であったので、もうひとつの「匂い」も盛んであった。食欲のさまたげにはならなかった。

戦後日本人の食欲の原点は何辺《なへん》にあるか、とたいそうな問いかけを耳にしたことがあるが、食欲とかぎらずもろもろの欲求と、そして嫌厭とに、密接につながるはずの嗅覚が、時代につれ世代につれ、どう変質してきたことか、たどりかえすのも興味深い。

（「日本経済新聞」平成二十一年十一月九日）

人も年寄れ

朝から暗く曇って、雨の降り出しそうな様子はなく、風もほとんど吹かぬままに、ただしんしんと冷えこむ日がこの季節にはある。人通りはすくなく、車の列は相変わらずだが、その騒音が厚い雲に吸いこまれるせいだがあまり耳にさわらない。静かだなと思ってあたりを見わたすと、街の中でもあちこちから紅葉や黄葉の、曇天のもとでよけいに濃く燃えるのが目について、やがてしきりに鳴く鳥の声が落ちてくる。

こんな日には、風邪でもひきかけたように、心身が物憂い。いっそ家にひきこもって、昼間から暗い障子やらカーテンやらがそのまま暮れていくまで、ぼんやりと眺めすごしたいものだ、とは思うが、年末へ向けて、たいてい、忙しくなる時期である。近頃は風邪気があっても熱が出ないので困る、とこぼしていた人がある。熱が出れば気がねなく休めるのに、というこころだが、こんなところで熱でも出されたらたまったものではない、ともおそれている。

しかしまた、こんな日には急ぎの用事で出かけている道でふっと、ひさしく会っていない友人の家を訪ねようとしているような、気ままな足取りになっている自分に気がついて、驚くことがある、と言った人もある。それどころではない忙しさはともかくとして、平日の昼間からいきなり訪ねても喜んで迎えてくれそうな、そんな旧友はいやしないのだ、と自分で呆れた。おそらく、午後になっても変わらぬ暗さの、時刻の移らぬような天気の中で、歳月が滞おり、昔もそこに淀むような、気分にしばしなるせいなのだろう。

ここで静かに垂れていた雲が乱れて風が起こり、枯葉が舞って、冷たい雨が走れば、折りしも旧暦の神無月にかかる頃なので、初時雨ということになる。私の住まう大都市《メガポリス》では、よほど見晴らしのよいところか、あるいは土と樹木に近いところかにいないかぎり、時雨を時雨とも知らず、密閉ぎみの家屋の内からは表を走る雨の音すら聞こえないが、時雨というものが通りかかると、人は知らずに、年寄りのようになる。

——けふばかり人も年よれ初時雨

これは芭蕉の発句で、気鋭にすぎる門弟をいささかたしなめる意をふくむものだそうだ。私などは芭蕉翁の享年を二十年も越えてしまって、いまさら「年寄れ」と言われても詮ないが、この季節にこの句を思い出せば、時雨が降っていようといまいと、気鋭とやらの切先《きつさき》もとうに鈍《なま》っているのに、やはりたしなめられた気がするものだ。

頭の中から足腰までが重いと思ったら、案の定、降りやがった、と雨天を罵る。晴れあがったら晴れあがったで、こんな暗い気持でいる時に限って、人の気も知らずに照り渡りやがって、と恨む。まことに年の取り甲斐もないことだ。暑さにつけ寒さにつけ、お天道さまに文句をつけるという罰当たりをやる。過ぎた歳月についても、あの頃にあれをやっておけばよかった、としおらしく悔むそのそばから、莫迦言ってはいけない、実際にやらなかったのだから、かりに生まれかわってきても、やるわけはない、と自分にあたる。

それにしても、今日ばかり人も年寄れとは、佳い言葉だ。若い人の内にも老いの境地はある。鉄道の引き込み線みたいなもので、無用のようで、なければ窮する。

（「日本経済新聞」平成二十一年十一月十六日）

年の瀬の奇遇

明日からはもう十二月、師走に入る。こうも早く月日に経たれてはかなわない、とは大方の年配者のこぼすところだが、長い一年だ、まだひと月もある、と溜息をつく人もある。苦しい一年の明けるのを待つ心である。

年末に入ると早々に、まず風邪をひく人もある。水っ洟がしきりに出て、からだの節々がかったるく、ときおり寒むけも覚えて、熱っぽさに苦しめられるが、体温計をあててみれば平熱をいくらも超えていない。夜には梅干を入れた熱い番茶を呑んで、早寝を心がけて三日もすればたいていおさまり、大晦日まで体力はもつという。なんだか、いよいよ忙しくなる前に、風邪の神にとりあえずお賽銭をおさめておくようで、律義なものだ。

風邪と言えば江戸の昔にも、インフルエンザらしく、大流行をくりかえし見たようだが、年々の風邪に世人は、お駒風《かぜ》だとか、谷風だとか、お七風だとか、ネンコロ風だとか、ダンホ風だとか、津軽風だとか、アメリカ風だとか、当時流行した小唄やら今様やら、あるいは評判の出来事やらになずらえた名前をつけたらしい。細菌の存在も知らず、ましてワクチンも抗生物質もない世の中にあって、大流行のたびに大勢の犠牲者が出るというのに、まるで楽しんでいるみたいな命名ではないか、と人のしぶとさに感心させられるが、あるいは疫病の陰気に対しては、陽気を以ってするよりほかにない、と思うまでに追いつめられていたのかもしれない。

あるいはまた、世上の流行や評判と、疫病の流行とは、なにかのつながりがあるらしい、という機微のことか。

年末になると、往来を歩いていて消息の久しく絶えていた人にぱったりと出会うことがかさなるのは、不思議なことだ、と首をかしげていた人もある。師走、謹厳なお師匠さんも走ると言われるだけあって、何かと急用があって人なかへ出ることが多いということもあるだろう。ひたむきに急ぐ人は知らずに素顔を剝き出しにしているのかもしれない。それに、冬至に近くなる日々の薄い光は人の顔に陰翳をつくり、かえってその人の容貌を、昔の面影とともに、きわだたせるものではないか。薄明の遠近法と、人の記憶の遠近法とが、答えあうとも言えるか。

人通りの中でお互いに、それぞれすぐにまた先を急ぎそうな半端な恰好で立ちどまりながら、いつまでもしみじみ話しこんでいる姿はたしかに年末の街でよく見かけられた。用を済ませてもどり、時計を眺めて、あんなに急いで行ってきたのに、どうしてこんなに暇がかかったのかしら、と自分で不思議がったりする。それはまだしも、帰るなり人をつかまえて、さっき道でぱったり出会ったのは、誰だと思う、あの何さんなの、すっかり老けこんでしまって、どうのこうの、とひとしきり息せききって話したら、相手は顔を見て、で、用はぜんぶ片づけたか、とたずねる。気がつけば、大事な用をひとつ落としてきていた。

こんなのも今は昔の話になるのだろう。しかしコンピューターに向かうことの多い仕事の人が年末に入り、この押せ押せの時期にもしもミスをやらかしたら大変だと細心の注意を払うほどに、一瞬ねむたいようになり、昔の人のことを考えていたりして、おそろしくなる、と話すのを聞いたことがある。

（「日本経済新聞」平成二十一年十一月三十日）

小春日和

「大雪《たいせつ》」の節らしく、雪はまだ来ないようだが、枯葉はあらかた散ってしまった。木枯らしと言えば、一日一夜のうちに落葉樹を裸にしてしまうように、語感からして思われるが、枯葉のほうもあれでなかなかしぶとく、風に耐えて枝にのこるようだ。そこへ小春日和と称して、季節にしては暖かく、風も穏やかな晴れた日がはさまると、とうに散ったと思われた紅葉や黄葉が澄んだ陽ざしを受けて照り輝く。気がついて見渡すにつれてあちこちの落葉樹が順々に、すこしずつ違った色調をくりひろげるようで、順々に異なった音色を楽器がかなでる、交響曲の始まりを思わせる。

　こんな日和の午前には、風もほとんどないのにはらはらと散る樹の下を、歩き染めてからまだいくらの歳月もたっていない幼い子供たちが、舞い落ちてくる葉へ手をさしのべて、嬉々として駆けるのが見受けられる。こうやって生命があらたまっていくのだから、よくしたものだ、と年寄りは眺めて自身の年になごむ。路上に散り敷いた落葉と遊ぶのも子供には楽しいらしい。ちんまりとしゃがみこんで葉を掻き集め、小さな両手に持てるだけつかんで、立ちあがって宙へ放りあげては、歓声をあげる。その甲高い叫びに、遠くから鳥が鳴きかわす。

　いやあ、去年の暮れが最低かと思ったら、今年はもっとひどいな、と夜の仕事の人が憮然としていた。四十年もこの商売を続けてきたけれど、これほどの不景気はなかった、と言う。私もかれこれ四十年、同じ稼業をやってきて、その間おしなべて、世の景気不景気の外へ置かれてしまったような身だが、振り返ってみれば、これまで幾度となく年末の街で、こんな不景気な年は見たことがない、とこぼす声を耳にした。なんだか毎年のことだったような気もする。この国は私のまだ若い頃から、半世紀あまりにもわたたって、つねに不景気に追いかけられて、ときおりの好況も不況の先送りか、あるいは不況の変型であったのではないかと思われるほどだ。しかしこの年末の不景気をかこつ人の声は、これまでの年末の愚痴と、口調がひとつ異なるようにも聞こえる。

こぼすようでもなく、うらむようでもなく、さりとて淡々としているわけでもないが、どこか妙に静まった口調なのだ。暮らしを考えれば、あきらめて済むことでもなく、ことさら悲観にふけりもしないが、しかし甘い約束やら観測やらをおのずと受けつけないところがある。これまでの年末のぼやきには、ぼやきなりにはしゃぎのようなものが伴ったものなのに、このたびのはそれがない、と言ったらよいか。

年が押し詰まれば、それどころではないはずなのに、心はどこかしら浮かれる。それと同様に、窮地に追い込まれるにつれてとかく、かえって気楽なように浮き足立ち、つまらぬ思いつきに振りまわされ、人の話に乗せられやすくなる。私自身もこれまでかずかず、にがい思いはある。古い小説を読むと、古人たちもそう変わりはない。目の前にあらわれた必然を、避けられぬものを、見ないようにするらしい。

しかし必然から目をそらせば、必然のほうがこちらを見る。お前はここで何をしているのか、というこころである。そんな目で見られるのは、寒いことだ。

（「日本経済新聞」平成二十一年十二月七日）

討入り

東京は高輪の泉岳寺の、赤穂浪士たちの、義士祭の日であったらしい。昔で言えば在所にあたる郊外の暮らしにもうひさしくなるが私も子供の頃に、白金台から高輪台にかけて、やたらに坂と、そして寺の多い地元を、歩きまわった者である。討入りの事は中学校の社会科の先生が、新入学の最初の授業をまるまる一時間つぶして、つぶさに話してくれた。民間の「講談」の伝授とは、まさにゆとりの教育ではないか。ついでに古典落語の、噺しをあれこれ教えてくれていたなら、少年たちの「教養」はもっと豊かになっていたのに。

その学校は高輪台のはずれの崖下にあり、すぐ崖の上には首洗場というものがあった。戦後四年目ほどに高松宮家の敷地の一部を拝領して急造された区立の新制中学であり、さらにさかのぼれば、赤穂浪士が切腹を遂げた、細川藩の屋敷の領内でもあったらしく、その縁によるようだ。子供の眼には変なところに置き残された庭石にしか見えなかった。

その首洗場の背後にはすでに、のちに「団地」と呼ばれた式のはしりの、四階建てのコンクリートの住宅が幾棟も並んでいた。廊下というもののない不思議な「アパート」と表から眺めていたが、ある晴れた午前に人に案内されてその屋上にあがったら、品川の海が青く澄んで、かすかにけぶり、夢の光景のように美しかった。じつは泳ぐに堪えぬほど汚れている、と知らされていたのだが。

少年は日曜日などによく歩き回った。小づかい銭がお話しにもならなかったので、遊びに行くあてもない。ただ足まかせである。高輪台や白金台の内はおろか、池田山や島津山や御殿山、あるいは伊皿子から魚藍へ、さらに三田や麻布のほうまで足を伸ばした。坂をのぼり、坂をくだり、お寺も道のうち、平気で山門をくぐって墓場を抜けた。知らぬ道に入るとその先からほのぼのと、言葉はやや大げさになるが、未来がのぞくように感じていたらしい。いまどきの若者には恵まれない幸せだった。

ところで高輪泉岳寺のことは、ほっつき歩きの圏内には楽に入っているのに、記憶にとぼしい。あそこの境内は裏へ通り抜けられなかったようにも思われるが、幾度かは迷いこんでいるはずである。おそらく、ずらりと並んだ四十七士の墓の、石に刻まれた「剣」だか「刃」だかの文字が、眺めていると恐ろしくなって、早々に立ち去ったのだろう。

しかし年の瀬の、表では雪でも降っているかのようにしんしんと冷えこむ夜には、遠くから陣太鼓の音が聞こえて、例の装束の志士たちがこの界隈の、坂を駆けのぼり、駆けくだり、寺の山門に梯子をかけて猿《ましら》のごとく乗り越え、いよいよ急を告げる山鹿の太鼓の連打に従って、墓場の中を走り抜けて行く。討入りの吉良邸はもっと都心のほう、深川あたりにあったと聞かされていたので、芝のはずれを志士が走るとは奇っ怪な想像である。

それでもその後ではさすがに思った。仇討ちとは、切腹とは、どんな心のことなのか、と。考えても考えても、考えきれぬことだった。もしもこの自分がいつか、同じ立場に置かれたとしたら、とかりにも踏みこむと、恐ろしい夢を見ることになりそうで、早々に想像を打ち払って床に就いた。

大勢の人間が無念の死を遂げた、あの戦争の終ってから、幾年も経っていない頃のことだった。

（「日本経済新聞」平成二十一年十二月十四日）

穏やかな冬至

十二月二十二日は冬至、北半球では昼間の最も短い日になる。北欧の冬を私は知らないが、十年ほど前の秋の彼岸過ぎの頃に、ユトランド半島の西岸の、北海に浮かぶ島を訪ねて、ちょうど日の暮れ時に、古代の墳墓と言われる小山の上に立ち、暗くなりかけた牧草地の彼方の、水平線に落ちかかる太陽を、たちまち沈むかと眺めていたら、水平線に添ってじわじわと右のほうへ移りながら、なかなか沈まない。

夏場だとあの太陽がそのまま北から東のほうへ進んだところで、やがて昇り出すという。これからは寒い季節に向かうにつれて、太陽は日ごとにより早い午後の時刻に海に落ちて、朝も遅い時刻にしか昇らなくなる。冬の深まりかける頃には、馴れた地元の人でもさぞや心細いことだろう、と思いやったが、しかし冬至にもなれば、日もこれからおいおい長くなるので、遠い春を望んで、気持はむしろ改まるのかもしれない。

冬至と言えば私にとってはまず柚子湯である。湯上がりに肌が、まるで蘇ったように、すべすべになる。冬至の南瓜も、これから厳冬期に向かう身体にとって、良い薬にちがいない。夏場からこの日のために取り分けておいたのだろう。冬至の小豆粥のことは、私に物心のついた頃には戦時にかかり、小豆も手に入りにくかったようで、あまり覚えがない。

五十歳過ぎの春先に大病に捕まり、さいわい手術は順調に済んだが、あとの回復は本人の役目、せいぜい運動につとめて、日を追って体力がついてくるようでも、気持からすれば三歩前進二歩後退、時には一進一退、そんなふうに春から夏へ、秋から冬まで来て、ちょうど冬至の日の、穏やかな暮れ方、路に散り敷く枯葉を見て歩くうちにふっと、身体がすっかり改まっているように感じられたものだ。古来の、死して蘇るという冬至の心が、末代の私の内にも埋め込まれていたものか。

冬至の日は、晴れていても曇っていても、穏やかに暮れてほしいものだ、とそれからは思うようになった。

そう言えば冬至の前後に、お店の売り子をしていた。まだ二十歳前のことで、詰襟の学生服に、「見習生」と記した腕章をつけていた。日本橋にあったデパートの、ジャンパーの特売場だった。私にも毎朝タイムカードを押す一週間があったのだ。

布地のことはその当時も今も私には一向に心得がないが、スフと言うような、ボサボサと分厚い素材のジャンパーだった。一日中売り場に立ちづめなのは若いので苦にもならなかったけれど、なにぶん学生には、お客さまの注文を聞いて、お店の「お姉さん」たちに取り継ぐよりほかに、あまり能もない。それでも一着売れれば、そのつど嬉しかった。

そのうちに、見まわりに来た主任さんが、「君たちはまわりに目を配っていてくれればありがたい」といたわってくれた。万引きや置引きに注意してほしい、と言う。そんなもの、見分けられるわけがない。ところがしばらくして買い物に気を取られているお客さんをひとりひとり鋭い目つきで睨んで通る男がいる。そこでさっそく注進したら、主任さんはそちらへちらりと目をやり、「ああ、あれは刑事あがりの、うちの警備員さん」と答えた。

早く暮れる表は日本橋から京橋、銀座の一丁目から七丁目まで、歳の市の人出だった。私たちの日当は、四百円にもならなかった。

（「日本経済新聞」平成二十一年十二月二十一日）

御用納め

「御用、納めかな」の上に五文字と四文字をのせれば、五・七・五、年の瀬の淡い苦さのあらわれた俳句がよめるかな、と朝方に思っていたところが、その日も忙しく過ごして、宵に少々のお酒を飲んで、家に帰って寝床に入ったところで、ああ、すっかり忘れていた、と気がついた。そう笑って話していた人がいる。まあ、来年の暮れまで持ち越すか、しかし一年後にはどうなっているか、「御用」はあるのかないのか、わからないけれど、とつぶやいて眠ってしまったと言う。

中山参りとは競馬のほうの有馬記念、これが私にとってはさしづめ、御用納めである。銭失い納め、と言うなかれ。これでも年越しのお札を馬頭観音に納める心で行くのだから。今年もまた中山まで杖もつかずに足を運べることになったと思うだけでも、この一年のまずまずの息災がありがたい。「命なりけり」などと気取って出かけるが、しかし帰ってくれば、翌日にまだ、年内の仕事が半端に残っている。これぐらいのことはさっさと片づけておけば、心置きなく、馬券は取れたんだ、と自分に腹を立てても、間に合わない。

仕事部屋の大掃除が私の御用納めになる。掃除にかかる前に、まず書棚を見渡す。いつか腕組みをして、途方に暮れている。本と本との隙間に入った埃を払うには、本をすこしずつ動かさなくてはならない。本というものはなにぶんにも重い。それに、書棚の縁に雑然と積んだままの本もある。所定の位置に戻すのを面倒がったところを見れば、どうやら疲れた時期に手に取った本らしい。今では二重の手間をかける。

うんざりして眺めているると、「今年もよくやったと言ってやりな、よくやったと」とオタメゴカシのような声がどこからともなく聞こえてくる。「そんな甘いことを」といよいよ苦りきりながら、こうしていても埒が明かないので、しぶしぶ腰をあげて、本を動かしにかかる。そのうちに、大晦日にもう近い冬の日の傾くのに追われて、無念無想になっている。肉体労働のありがたさである。しかしこれだけ無念無想に机に向かっていたなら、もっとよいものが書けたはずだがな、とボヤキがまたもれる。

仏頂面をして掃除につとめるその頭の中を、無念無想ながらに、しきりに雑念やら雑像やらが通る。スイスイと通り抜けて、こちらを振り返りもしないので、神経にはさわらない。見えもしない往来を行く人の姿が見える。この年の瀬の寒い日に、なぜだか年寄りの通るのがしきりに目につく。半日閑な窓の内から表をぼんやり眺めているような心になる。子供の頃の年末風景を思い出しているらしい。もう押し詰まろうという時期に、年寄りはよく出かけたようだ。この忙しい時に家にいて家の者の邪魔になるまい、との気づかいからか。それとも、なまじ終日家にいれば、家の内々の仔細は誰よりも心得ているので、あれこれ使いまわされることを、おそれたものか。

老年の小股の歩みながら、早い日の暮れに追われるように、さっさと行く。義理のある人の家まで、玄関先だけのつもりで、わざわざお歳暮を届けにいくような、街も狭ければ、人も律儀な時代のことだ。日頃から願を掛けているお宮やお寺へ、半日でひとめぐり、年末の御挨拶にまわるとも聞いた。子たちのため、孫たちのため。家のため——。

（「日本経済新聞」平成二十一年十二月二十八日）

楽天の日々

2008–2010

「閉店休業」のかなしみおかしみ

悲観に付くほどには、物事をきびしく見る人間ではない。楽天に付くほどには、腹のすわった人間でもない。いずれ中途半端に生きてきた。それでも、年を取るにつれて、楽天を自身に許すようになった。理由は単純、老齢に深く入れば来年のことすら、ほんとうのところ、生きているものやら、わからないのだ。この春も、また自分にめぐってくるものやら、知れない。だからこその楽天である。

しかしまた、楽天という言葉の意味をたずねれば、私などには及びもつかぬ境地のことであるらしい。楽天とは、天命を楽しむ、あるいは、天の理を楽しむことなのだそうだ。天ヲ楽シミテ、命ヲ知ル、故ニ憂ヘズ、と中国の古典にはある。とてもそこまでは、とあやまるほかにない。

まだ五十の坂を越したばかりの頃、こんなことがあった。私の住まいの最寄りの駅前の商店街に、宵の口に通りかかると一軒の店がもうシャッターをおろしていて、そのシャッターに白いペンキで、「全品売りつくしましたので閉店休業させていただきます」と書いてある。ああ、店じまいか、と見て私は通り過ぎた。この近辺も世代の交替が進んでいる。それにしても、シャッターはあちこち錆ついているが、閉店休業の挨拶の文字も長年の風雨にさらされているように見えた。何日か後、昼間にそこを通りかかると、シャッターは閉店の挨拶もろともすっきりと巻きあげられて、お店はそれなりに繁盛の様子だった。

やるなあ、と感心させられた。毎日、夜になれば店を閉めて休むのだから、閉店休業にはちがいない。「全品売りつくしましたので」とは、可笑しみもあり、また哀しみもある口上ではないか。これを夜に表からちらっと眺めて通り過ぎる人は、やはり店じまいを思って、その哀しみと可笑しみに心がしばし染まることだろう。店の内で休んでいる主人の心はどんなだろう。芭蕉翁の句を思い出した。

——門しめてだまってねたる面白さ

そんな店じまいのような口上を表に出して黙って寝るのは、偏屈でもなければ、べつに面白いことでもなかろうが、あと何年この店は続けられるだろうかと気に病むよりは、やすらかである。それに、朝になればシャッターをあげて、また一日、せっせと働くのだから、勤勉とも折りあう。

ひょっとして私自身も近頃、似たようなことをやっているのではないか、と五十男が思ったものだ。「私儀、長年にわたり皆様の御愛顧をたまわりましたが、やるべきことはやりつくし、在庫も底をつきましたので、閉店休業させていただきます」と、これを張り出すような表もない住まいだけれど、夜の寝床の中でそんなことをひとりつぶやいては、気持がいくらか楽になり、それで気力を明日へつないでいるのではないか。「本日限り」とすれば嘘になる。「本日に限って」とすれば、今日だけとも、これっきりとも、どちらとも取れる。いや、どちらへ転ぶか、ほんとうのところ、わかりはしないのだ。しかし翌日目を覚ませば、相も変わらぬ一日を迎えたようで、何かがわずかに改まっている。

これが私の楽天である。しまらないことのようだが、ほかにしかたがない。以来、二十年近く、我ながらずいぶん仕事をしてきた。外から見れば、営々と働いてきたように見えるだろう。そうにはちがいないが、内には夜々閉店休業の男がいる。朝になり、懲りずにシャッターをあげるのが、楽天だと思っている。


（「毎日新聞」平成二十年四月九日）

閑と忙のあわいで

村から川に沿って最寄りの街まで、二里の道を往復している。毎日のことなので、荷物はほどほどにしても、急げば疲れが翌日へ持ち越されるのでゆっくりと歩いて片道で二時間はかかる。朝に出かけて、街で荷物の始末をして、昼の弁当をつかい、あれこれ入り用の物を買いこんで担いで家まで半里あたりまでもどると、冬場にはもう日が暮れかかる。

そんなことを繰り返して、一生が尽きていく。

昔、年寄りから聞いた話である。今では私自身、これがしょせん人生の実相ではないか、と思っている。

忙しいですか、と人にたずねられることがある。いや、閑でしてね、そして忙しい、と妙な答え方をしている。正直なところではある。仕事の量はすくなくなったが、手のほうがめっきり遅くなったので、時間がおいおい詰まってくる。それにしても、この高齢に至って、忙しいですかなどと人にたずねられるのも、よっぽどゆとりのない顔をしているようで、年の取り甲斐のない気がする。あるいは、今の世の習いから、年寄りにもそうたずねているだけのことかもしれない。

十年一日と称して、今の世ではたいてい誇《そし》りか、揶揄《からかい》の言葉になる。私どもの作家の分野《はたけ》では、マンネリズムの烙印となる。しかし十年を一日のごとく踏まなくては、技という技、芸という芸は、ほんとうには成り立たないのではないか、と私はいつごろからか考えるようになった。創造とは、十年一日の反復の上にようやくあらわれる、わずかな展開のことなのではないか。古い工芸品を見ると、百年一日を思わせる。それどころか、二百年三百年一日を思わせる作品もあり、製作とは一代の成果ではないらしい。一代の技にも足らぬ自分の仕事がつくづく厭になる。

しかし歎いても詮ないところだ。新規新規に追いまくられてきた世の中である。それまでの体験の積み重ねが一度に御破算になり無効になるような、そんな境を人はいくつも越えてきた。私などはその本流から早目に脇へ退いてしまったほうで、見たところ十年一日の作業に年を取ってきたが、やはり時代のうながすところからまぬがれていない。あくまでも不用不急、閑暇の事に従いながら、心は忙がわしい。年の残りがすくなくなっても、つい先を急ぐ癖はなかなか抜けない。

それでもここ十年ばかりは、仕事の最中に顔をあげて、あらぬ見当のことを呑気そうに思っている自分を、だんだんに許すようになった。仕事が難所や急場にかかっていて、それどころではないはずの時に、よけいな雑念に遊ぶ。窓の翳りへ目をやって、もう日が傾きかけたか、はて、昼飯には何か喰ったっけ、などと大まじめに首をかしげている。

畑の中で腰を伸ばして、立てた鍬にもたれ、長い影を土の上に流して息を入れている農家の老主人の姿が、何十年も隔てて、目に浮かぶこともある。春先のやはり日の傾きかける時刻だった。老主人と言うが、今の私よりもよっぽど若かったはずだ。通りかかった私と、畑の内と外とで立ち話になる。

今日はもうしまいにしようかと思うけれど、半端に残すのもなあ、と老人は畑を見まわす。その区画の畑は四分の三まで丁寧に耕やされて、掘り起こされた土が肌理こまかに黒く潤《うるお》っている。

ひろいですね、と私は残りの四分の一を見渡して言った。

うん、ひろいな、と老人は溜め息をついた。


（「毎日新聞」平成二十年五月十四日）

『断腸亭日乗』を読む

生年は明治十二年、一八七九年だから、もはや前々世紀に入る。しかし没年は昭和三十四年、一九五九年と聞けば、私などにはよほど近年のように感じられる。享年は八十、ずいぶん長命の人と思ってきたが、今では男の平均寿命を超えたばかりのところだ。永井荷風のことである。

その永井荷風に『断腸亭日乗』と題する長年の日記がある。大正年間の、四十の手前から始まって、昭和三十四年の四月二十九日の、「祭日。陰《くもり》」の一行まで続いている。その二十九日の夜の内に亡くなったらしい。ひとり暮らしだったので、翌朝になって人の知るところになったという。

この日記には今でも高年の愛読者が多いことだろう。いかにかけはなれた人生のことだろうと、それなりに我が身に、ゆっくりと照らし合わせて読む。これが高年の読書の味である。むずかしいことは思わずに、記されたことに添っていくうちに、身に覚えのあることがさまざま出てくる。五十の坂とか六十の坂とか言われて、人生には十年ほどを刻みに、節目というものがあるようで、そこにその人の性分や境遇から来る惑乱が集まる。惑乱でありながら、解脱のようでもある。解脱のようであって、いよいよ惑乱である。分裂しているようで、惑乱も解脱もひとつのことであるらしい。日記は年を重ねる。読むほうも年を重ねる。読み返すたびに、以前は見えなかったことが見えてくる。読むほうの自己認識が深くなったしるしである。自己認識が渋くなった、とむしろ言うべきか。

ところが、読み従って荷風の最晩年に踏み入ると、ほとんど毎日が、日に一行ばかりの記と細っていく。

一月四日。日曜。雨。後に陰。正午浅草。
一月五日。陰。後に晴。正午浅草。
一月六日。晴。正午浅草。帰宅後菅野湯。

こんな記の繰り返しになる。急ぐ読者はここまでくれば、用は済んだとばかりに読みとばすことだろう。私は一日一行ごとに惹きこまれる。行外の意を読み取ろうとするのでもない。ただ日記の主《ぬし》の、姿がいまにも見えそうになる。銭湯にも行く。来客もある。風邪にふせりもする。しかし、つねに歩いている姿を私は思う。

三月に入れば外出は、「大黒屋」で昼食を摂る、その行き帰りだけになるようだ。《三月廿六日。晴。正午大黒屋食事。午後より雨。三月廿七日。晴。病臥。正午大黒屋。三月廿八日。晴。正午大黒屋》と反復するような、それぞれ孤立するような記をたどれば、物を食べることの切実さが読む身にせまる。

大黒屋までいくらの道のりでもなかったのだろう。しかし高年まで足の達者だった荷風散人にしても、一歩一歩、すでに長い道と感じられたのではないか。人生の涯はまさに生涯であり、人はそこで日々、わずかな道の行き帰りにも、それまで一生の道をおのずとたどるようだ。先のことは思わずに歩くうちに、老年の今に、壮年も青年も少年も、今となって添ってくる。

人間は生きているかぎり、永遠を思うことはあっても、見ることはできない。死ねば、永遠となった自分を、知る自分もない。そう考えるのが分相応のところなのだろうが、しかし寿命が満ちる間際に、生涯が今この時に集まって、もしも瞬時でも自足が生じるなら、それは人間に許されるかぎりの、永遠なのかもしれない。

（「毎日新聞」平成二十年六月十一日）

夜眠れなくなる商売

夏目漱石の「修善寺の大患」と言われて、療養に来た修善寺の温泉で大吐血を見る。その吐血の際のこと、漱石は胃の重苦しさにたまりかねて寝返りを打とうとしたその次の瞬間、枕もとの金だらいに散った鮮血を目にした、と自分ではそう覚えていたところが、その間三十分ほども人事不省であったことを後に聞かされる。生と死との間を往復したにひとしいこれほどの異変に、記憶はおろか、時間の経過感すら残らなかったことに、四十三歳の漱石はそれまでの死生観も揺らぐほどに驚いている。

全身麻酔を受けた人なら覚えのあることだろう。「それでは点滴をします」と言われて、さて、何の点滴だろうと思うまもなく、睡気もささないうちに、意識が切れる。つぎに目を覚ませば、手術は終っている。その間、何時間か経っているはずなのに、まったくの空白である。身体のほうはメスを入れられ骨をけずられ苦しんでいたその間、意識は時間の経つのも知らなかった。知らぬがホトケで、ありがたいとは思うものの、自分というものがどうも、はかないような気もする。生死の境を身体にまかせて、正体もなく眠って過ごしてきたにしては、偉そうな顔をしているようで、うしろめたくもある。

しかしまた考えてみれば、人は日々に八時間ほども眠っている。夜が遅くて朝が早かったり、寝つきに手間取ったり寝覚めをしたり、なかなか思うにまかせないが、長きにわたって平均すれば、そんなところに落ち着くのだろう。と言うことは、一日二四時間の内の三分の一、いまどき人生八十年として、生涯の内、二五年あまり眠っている計算になる。いつもいつも覚めているような顔をするな、と自分を笑いたくなる。自分の寝ている時の顔も自分で知らないくせに、と。

現代の人間の眠りはあまり質がよろしくないようだ。昔の人の眠りとくらべて、おそらく、深くない。商売に精を出すことは神の心にかなうことだが、夜眠れなくなるような商売には手を出すな、という意味の標語が北ドイツの由緒ある商会の門口に掛かっていたそうだ。父祖伝来の家訓であったらしい。夜眠れなくなるとはこの場合、かならずしもうしろ暗い取引きのことではなく、投機的な商売のことと読める。

さて、その投機的なものが経済社会の先導の役を占める今の世にあるわれわれは、個人としては夜も眠れぬほどの投機には手を染めていなくても、夜も眠れぬ社会に生きる者なのだ。一日の労働の成否も、明日の相場にゆだねられる。自足して眠ろうにも、その足元が定まりない。ちなみに、その標語を掲げた商会は、その家訓をまもったために、新興の同業者たちに追い越されて、破産の憂き目を見た。そんな呑気なことを言っているから、そんなことになるのだ、と笑えるところかどうか。

しかし眠れぬ世の中にあっても、人は眠る。不眠に苦しむ人間ほど、短い間ながら、昏々と眠る。苦境に陥った人間は、事態よりも、不眠に追いつめられると言われるが、もはや絶望に瀕した頃に、ある朝、自分が正体もなく眠っていたことに気がつく。寝入ったことも知らなければ、覚めるまでの時間の経過も知らない。ようやく眠れたか、と安堵する一方で、絶望するまで苦しんだのは、あれは一体、何だったのか、とむなしいように思われる。この徒労感がよけいに悪いほうへ振れるおそれはある。

自分を笑うに越したことはない。人は自身の「睡眠生活」を、じつは何も知らないのだ。


（「毎日新聞」平成二十年七月九日）

夏の精勤と軒の蔭

二・八、ニッパチ。ニッパチ作家、と昔は若手新人の作家のことをそう呼んだものだ。二月と八月の締切りは厳寒と酷暑の季節柄、高年高名の作家たちが執筆を控えるので、若手のほうに登場の機会がまわってくる。締切りが二月と八月ならば、雑誌の発行は三月と九月、号で言えば四月号と十月号になるので、花の春、稔りの秋、新人の舞台としてまことにふさわしいことになるのだが、じつは凍えながらの、茹《うだ》りながらの、苦行の所産であった。

九月締切りの場合も、長目の作品であると、七月八月が働き詰めになるので、まさに「南洋場所」である。これが十一月号の雑誌に載れば、「芸術の秋」らしき香りがしないでもない。書いた本人はその頃になり、夏の疲れがこたえてきて、腑抜けみたいに日を暮らしている。

しかし文学や芸術にかぎらず、科学技術あるいは営業のほうでも、新しい企画の開発は、人から見れば「手隙《てすき》」と思われる夏の間に、集中して準備促進されることが多いと聞く。この国の経済発展の秘訣は、夏の勤勉さにあったのかもしれない。しかもこの夏の精勤には、職務と言いながら、どこか自発の気味がともなうようだ。追い追い、変わってきてはいるのだろう。

若い頃についた癖は高年になってもなかなか抜けないものだ。老年と言われる域に入っても、私は毎年のように、今年からはもう、夏は閑に過ごそうと固く思っていたのに、どういう計算の間違いからか、またしても八月締切りとか、九月締切りとか、夏の陣を布《し》く仕儀になっている。夏になるとむやみにはりきる年配の上司がいて、つきあっていられないよ、と若い部下たちがつぶやいている、という話を聞いたことがある。私だってそんな自分の日程のヘマに、ほんとうのところ、つきあっていられない。夏の盛《も》りあがりにこたえて、心身も盛りあがってくるというような、そんなことは私にはもうひさしくないのだ。

ところで、人が年を取るのは、夏の内か、冬の内か、とつまらぬことを考えた。暖房のとぼしかった時代には、老体にこたえたのは冬場だった。しかし、ああ、あの人も年を取ったな、と端から眺めて感じさせられるのは、むしろ夏場ではなかったか。朝曇り、早朝の内の暑苦しい曇天は、昔から日照りの前触れとされていた。そんな時刻に肌着のまま家の前に立って、ゆるゆると腰を屈めては伸ばし、鉢植えなどの手入れをする老人の姿が今でも私の目の内にのこる。朝食を済ませると、もう晴れあがった町へ出かける。油照りと言われた炎天下を、片端の家並の軒の落とす細い蔭をたどって、ゆっくりゆっくり、はずれの角につくのはいつのことやら、と思わせる足取りで行く。夏の盛りにも、年寄りがちょっと顔を出しておけば、折り入った話はしなくても、それだけで穏便に済む、そんな物事はあれこれあったものらしい。家にもどると冷たい水で汗を拭って、浅い昼食をしたためた後、家の内のわずかに風の通る所を選んで横になり、涼風の立つのを待つ。

その姿を見てはなにかうらやましいように思っていた私がいつかその年になり、朝曇りの時刻に、風もないのに鉢植えの葉があちこち順々にふるえて、あるかなきかの涼しさの通るのに感じ入っている。

今日もまた人は年寄る朝曇り

（「毎日新聞」平成二十年八月十三日）

風に吹き抜けられる

人類が直立、つまり二本の後肢《うしろあし》で立ちあがったのが、文明の端緒と言われているようだが、あるいは間違いの元でもあったか。直立したおかげで両の手、つまり二本の前肢が歩行の役から解放されて、さまざまな工夫が「手の内」に入り、つれて大脳も発達して、生存の闘いがよほど有利になり、ほかの動物たちの上へ栄えに栄え、繁殖に繁殖を重ねて現在に至るわけだが、さて、年が老いるか、大病を患うかすると、この直立の難に苦しむことになる。高年の膝や腰の病みは言うに及ばず。

春秋にまだ富んだ人でも、重い病に捕まって、十日も寝たきりでいた末に、立って歩きはじめると、直立歩行ということがいかに不自然な、あやうい平衡に一歩ごとに支えられた行動であるか、思い知らされる。頭がずいぶん高いところにあり、足もとを見れば心細くなるほど遠い。竹馬に乗っているようなものだ。膝も腰も、直立には本来、馴染まないもので、と泣きを入れそうに頼りない。直立の歩行とは、一歩ずつ、倒れることの先送りにほかならぬと見えた。

重病から生還した人がある日、猫の歩くのをつくづくと眺めて、彼らから見れば、人間はじつに無理な、グロテスクな恰好をして動きまわっているのだろうな、とつぶやいたものだ。この自然破りの変異の結果、人間は道具を使うことを覚え、刀や槍や弓矢を取って人を殺し、文字や数字を使って、遠いことを居ながらに算出するようになった。時折、立ち止まってあたりを見渡し、風物に感じたり、来し方行く末を思ったりする、心のひろがりも得た。しかし動物は立ちあがって見渡さなくても、人間にあっては知力の発達につれて衰えた聴覚やら嗅覚やら、風覚とも呼ぶべきか、わずかな空気の流れにも反応する感覚やらを身のまわりにひろげて、人間よりもはるかに繊細な、周囲との交感の内につねにあるのではないか。

後を振り返ったり先を望んだりしなくても、動物はつねに来し方と行く末の境目にあり、その境目を持ち運んで移動しているように見える。そのままの足取りで、有限の世界を歩み抜けて行きそうである。最期には前肢を折って地にうずくまりこんだ身体が遺る。人間も同じことだと言っても、そうは行かない。

北国の晩夏の牧場に、風に向かってじっと立っている老馬がいた。もう昔のことだ。痩せて肋骨が浮き出て、首も細り、そればかりが大きく見える頭を、草をなびかせて寄せる風と、草の穂先を赤く染めて射す夕日とに、あずけるようにのべて、足の踏みかえもしない。ときたま、かすかに身をゆするのが、風の伝える何かの声に答えているふうに見えた。

まもなく亡くなったと聞いた時、その姿があらためてまのあたりに浮かんで、ああ、風に吹き抜けられている、風になびく草の穂に変わりもない、それでいて、寄せる風を分けて彼方へ、立ちながらに入っていく、とうらやんだ。それにひきかえ人間は最後の間際まで、一個の内に閉じこめられる、と思って堪えがたくなった。これも直立したむくいになるのだろうか。

しかし思い出してみれば、暮れ方に家の門口に膝を屈めて立ちつくし、やはり風に吹き抜けられるようにしていた老人の姿は見うけられたものだ。あるいは道端の石に、まる一日歩いてきたように、いつまでも腰をおろして息をついている。ときおり、ようやくほどけたふうに、身をゆする。

老衰を悲惨とばかり見るのは、世の中をさらに生きにくくする。

（「毎日新聞」平成二十年九月十日）

遁世出離への「経済」

長目の旅行の、日程も残りすくなくなる頃に、懐勘定が怪しくなる。怪しくなるとはまず、旅費の残高が掠れてきた心細さのことだが、それよりもさらに怪しいのは、心細がりながら、どうかすると、その残高を数えなくなっていることだ。それに気がついて、限られた予算の内の旅とよくよくいましめてここまで来たのに、と我ながら驚く。驚きながらその後も、浪費というほどのことはしないが、けっこうな綱渡りをしている。旅が済んでから、いい度胸だ、と他人事のようにあきれる。

人生の旅にもそれと似たようなことがある。ただしこちらの旅のほうは、いつ日程が尽きるとも、それこそ、数えられない。もしも人生が済んでから振り返ることができるものなら、いい度胸だった、と事につけやはりあきれることだろう。知らぬが仏とはよく言ったものだ、とつい口をすべらせて、近くを通った仏さまに、にらまれるかもしれない。

隠遁とか遁世とか言われて、俗世を離れることへの願望は古来、大勢の人が心に抱いて、果たせずに終ったところらしいが、世間から離れて生きるには、世間に交わって生きるのに増して、「経済」の用意が求められる、と引導でも渡されるように私が思い知らされたのは、うかつにも五十の坂にかかる頃のことである。中世の説話の伝えるところによれば、さる貧しき宮仕えの老人、年来遁世を願っていたが、かりに勝手に法師の身となったとしても、たちまち日々の斎料《ときりょう》、つまり自前の食費にも事欠くことになるありさまで、しょせん叶わぬ望みとあきらめて過ごしてきたところが、ある日、生涯にただ一度、賭博に手を染めることになり、きっぱりと打ち、きっぱりと退《ひ》いて、少々まとまった銭を手に入れ、これを基手《もとで》に遁世を決意したという。遁世出離を賭け取ったわけだ。私なら手がふるえる。心もおののいて、かならず見さかいを失うだろう。

しかし、それで事が済んだわけではない。出離を維持するにも、考えてみれば当然のこと、それなりの「経営」が求められる。寺院の庇護にあずからぬこの俄《にわか》法師、好運によって得た基手を惜しまず、またつぎこんだ。ぜんぶで三十貫になった銭のうち、十貫を老妻に別れのつぐないに渡し、残り二十貫のうち、十貫をおそらく灯心のようなものにつらぬいて首に掛け、京は四条の繁華の巷に至り、一軒の小さな店の主人に銭をまるまるあずけて頼みこみ、屋根の上にあがって念仏三昧に入る。店と言っても仮小屋みたいなものだったはずで、その小さな屋根に人間一人が坐りこんで念仏を唱えるとは、奇っ怪な図であったに違いない。

そうして十五日が過ぎると七条の巷へ移り、同じようにその辺の店に頼んで屋根にあがる。四条と七条とで交互に十五日ずつ、屋上の念仏にふける。それぞれ十貫ずつあずけた銭が、日々の食費をそこから差し引いて、すべて尽きたら、そこまで、という約束である。さて、その時はどうする。遠からぬ将来のことではないか。

そこは説話である。奇譚である。やがて往来の人々が屋上の念仏をありがたがり、結縁のために、競って喜捨をほどこすようになる、とそういうことになる。

投資が当たったか、とつぶやくのは現代人の不謹慎というものだ。「リスク」を踏むその老人の、虚心を思うべきなのだろう。虚心に願う時、それはすでに成就か。

（「毎日新聞」平成二十年十月八日）

深くは解そうとせず

いくらためこんでも、あの世まで持って行けるものじゃなし、と高年に至っても蓄財に熱心な人のことを噂したものだ。まことに、そのとおりである。しかし、あの世まで持って行けるものじゃないと何事につけても悟らされる頃になり、面白さやら味わいやらの出てくるいとなみもある。六十の手習いと言う。いまどきは七十の手習いも多いのだろう。あれとてもたいてい、その成果を後年に活かそうというようなつもりのものではない。そんな了見もないので、くつろいで楽しめる。

　老年の読書こそ、あの世までどころか、本を閉じてしばらくすると、読んでいたその内容を忘れてしまう。いまさっきまで読みながら感心しきり、長大息までしていたのに、と我ながら呆れる。どうも、感じ入った時ほど、そうなるようだ。先日読んだ本の、思いをいろいろとそそられた、その箇所をもう一度確めたくなり、その本を棚からおろして、ページをあちこち繰ってみるが、その箇所に限って、どうしても見あたらない。そんなことがある。手になじんでいた道具を、用が済んだのでその辺に置いたら、また急に必要になって探しても、どこからも出て来ない。用もなくなった頃に、目のすぐ届くところに見つかる。それにも似ている。

　どうせいい加減に読んでいたせいだ、と自分で思いなして止むことになるが、はたしてそうか。

　書は読むが、しかし深くは解そうとしない、という意味の言葉がたしか陶淵明の詩の中に見える。これを私は高年に入ってから座右の銘としている。半分は自身の怠惰への言いわけに借りるために。もう半分は、ただちに深く理解しようとするとかえって明白なことも読み取れなくなる事柄は多々ある、と年を取るにつれおいおい悟らされたせいである。昔は子供でも薪割りということをさせられたものだが、あれは鉈なり斧なりをむやみに深く打ちこむと、いやな反動が手に返ってきて、刃が半端に材の中へ喰いこんで、容易なことでは抜けなくなる。さんざんに泣かされた子供は、これは間合いのことらしいけれど、薪には薪の呼吸があるはずで、それとこちらの間が合わなければ、刃は通らない、とそんな突飛なことを考えて、振りあげて打ちおろすまでに、相手の様子を見るような、遊びを少々持たせると、手答えはだんだんに良くなった。

たとえば古典と評価される書物なら、これはもうしっかりと築かれて揺ぎもない存在とまずは取るべきなのだろう。そうでないと読書は始まらない。あやふやな物を苦労して読まされるのはもう御免だ、と高年者なら思うだろう。しかし、いくら古典でも、静止した書物というものは、ないものだ。流動するものを流動するままに、相反するものは相反するままに、留めるのが書物である。まして、獲得やら蓄積やらの欲を去って読む者にとって、当人の心の動きに照らされて書物はさまざまな姿を現わす。それぞれ一時の触れ合い、あるいは振れ合い、ひょっとしたら一期一会のことかとも考えられる。その機が過ぎれば、よくも思い出せなくなる。

また、深みは表面にあらわれる、とも言われる。言葉はしょせん表面を流れるものなのかもしれない。しかし時折、深みへ惹きこむ。惹きこまれたからと言っても、ただちに龍宮のようなところへ送りこまれるわけでなく、すぐにまた表面へ浮きあがるが、知らぬものを一瞬見たことにはなる。知った覚えはないのに、よくよく知っているような気持にさせるものはある。

（「毎日新聞」平成二十年十一月十二日）

「照る葉」に荘厳を思う

晴耕雨読という境地があるそうだが、いまだに作家業を続ける私の場合、耕とはさしずめ、物を書く仕事のことになるのだろう。日々に作業を積み重ねていかないことには、収穫に至らない。しばらくの間でも畑の手入れを怠れば、草茫々の荒地に返って、手のつけようもなくなる。営々と耕して、停年も退職もない。まかせて隠居しようにも、その後継ぎもいない生業である。

漁業に似ているところもある。舟を出しても、魚が揚がるとはかぎらない。手ぶらで帰る日もすくなくない。

晴れれば仕事はいくらかはかどる。坐業も肉体労働のひとつである。頭も身体の内である。身体は晴れればいずれ爽快になる。それでは雨の日はどうしているかと言えば、やはり仕事を続けなくては間に合わないので、つまりは晴耕雨耕。お話しにもならない。暗い雨の日のほうが、精神が集中して、いいでしょう、と言う人もある。そんなこともあるにはあるけれど、たいていは頭の内にも雲が垂れこめて雨が降り、しきりに沈思黙考するようで、思案はおよそ取りとめもない。いっそ何もせずに雨の音をぼんやり聞いているほうが、「雨読」の境地に近いのではないか、と考えることもある。

しかし「晴耕」とは言っても、あまり美しく晴れると、一日の仕事に就くのが厭になる。こんなに好い日和に、ああ、今日もまた仕事か、とこれは誰の口からも時にもれる朝のつぶやきなのだろう。仕事を放り出して、どこかへ行ってしまいたくなる。そう言えば、ほんものの農耕の人たちも、あまり天気のよい日にはかえってのろのろと、いまにもやめてしまいそうにして、働いていたように思われる。けっして、やめはしないのだが。

春の花の盛りになると連絡の取れなくなる、西行さんみたいな同業者がいたものだ。ただし、花見の賑わいを避けて隠れた西行さんとは違って、自身、花見の客に立ち混ってあちこち浮かれ歩いていたらしい。ケータイなどを持たなかった時代のことである。所かまわず用件に飛びこまれるようでは、花の下《もと》のそぞろ歩きも興ざめである。もっと悠長な時代には、朝方に花、暮れ方に花、夜は夜桜と、家に落ち着いていなかった花見好きがいたそうだ。昼食は遅目に家に帰ってきて、酢漬けのものか何かで、冷や飯をあっさり掻きこんで済ます。夕食は、花見の宴の間をうろつくうちに、どこかしらで顔見知りに声をかけられて、ようよう、いいところに来た。まあ一杯、というようなことになり、酒食の御馳走にあずかる。

しかし、今日も仕事を継がなくてはならぬ身にとって、春の花の盛りよりも困るのは、晩秋の紅葉の、盛りをまわりかける頃である。あれは冬枯れの前触れながら、春の花よりも華やかなものだ。秋の晴天に輝く美しさもさることながら、どんよりと曇って、風もなく冷えこむ日に、まるで内側から照るような紅葉はまさに「照る葉」であり、仏教のほうで言う、荘厳を思わせる。年の晩期に、よくもまあ、あれだけの光彩と艶を押し出せるものだ、と讃歎させられる。それはよいとして、こちらは何分にも、一日の仕事に取りかかる前のことなのだ。これから仕事場にこもって、半日苦労しようと、それがあと何年積み重なろうと、しょせん、あの照る葉の荘厳の、ほんの一片すら、掠め取ることはできない。すべて空しいと感じさせられるのが、楽天の始まりなのかもしれない、とうなだれて家に帰る。

(「毎日新聞」平成二十年十二月十日)

風に埃の走る日には

好天に恵まれた正月の日向ぼっこ、還暦もとうに過ぎてまた年男となった私などには、それがふさわしい。老いた丑男らしくてよい。とは言っても、縁側のあるような住まいではない。庭もない。暖かい壁にもたれるでもない。風の吹きつけていないのを見定めてから、コンクリートのテラスに持ち出した椅子に、膝掛けを尻に敷いて腰かける。あまり寛いだ恰好にもならない。それでもこの快楽は、何ものにも替えがたい。

二日が初荷、五日が小寒の入り、七日が七草、十一日が鏡開き、と古めかしいことを数えるうちに、日はずんずんと経っていく。冬至からいくらも隔たっていないのに空は晴れればめっきり明るくなり、日の光だけを見ていれば春めいてさえいるのに、吹きつける風は刺々《とげとげ》しく、埃もあがり、日向ぼっこを楽しんでいた午さがりのテラスの椅子にいつか人は見えなくなり、部屋に閉じこもって、年明けに出遅れた仕事を追っつけるべく、苦吟している。

門松《まつ》が取れましたら、なんとか目鼻をつけますので、とこれは昔の年末の掛け取り、つまり借金取りにたいする言い訳であるが、考えてみれば、年末に払えなかったものの始末が正月明けにつくわけは、たいていないのだ。松の内はたいした商《あきな》いもなし、正月早々金を借りに行く先もない。それでも、松が取れましたらと言えば、すべてがすっかり改まって良くなるようで、言い訳として通りやすかったのだろう。掛け取りのほうとしては、そう言われると、これは当分取れないな、とあきらめたのかもしれない。

目鼻をつけるというのも、近頃めったに聞かないが、考えてみれば、おもしろい言い方である。おおよそ形をつけるという意味になるが、この場合、借りたお金の半分ほど入れますということか。あるいは三分の一ばかり、いや、やはり一文も入れられないというこころなのだろう。

年末はあわただしくても心の静まるところもあり、来し方をつくづく振り返る折りもあるのにひきかえて、年が明けて七日も過ぎると、懐ばかりか胸の内まで寒々と吹き通されるようで厭だ、とこぼす人がいる。とりわけ関東の、乾いた風の走りがちな天候は、つらい気持にさせる。表をしばらく歩けば、用心していても、髪がぱさぱさに乱れる。風が強ければ髪が立つ。毛糸の帽子をかぶってきたはよいが、室内に入って帽子を脱いだとたんに、静電気がはたらいたか、人前で髪がざわざわと逆立ったという話も聞く。女性は化粧をしてきても、風と埃にまともに吹きつけられて、顔肌がかさかさに、ひび割れしたように感じられるとか。相思相愛というほどにまだ至らぬ男女は、この季節の空っ風の吹く日には、表で逢うことを控えたほうがよろしい。時期尚早に、お互いに気持の冷えるおそれがあるので。何事であれ、むずかしい話は避けたほうがよい、とも言われる。お互いに気が立ちやすいので、と。

年が明ければ物事もいくらかは改まるだろう、と思っていたところが、いっこうに変わり映えもなく、よけいに悪くなっていくように見える。そんな気落が人の心を寒くさせてもいるのだろう。しかし葉のすっかり落ちた枯枝を見あげれば、春の芽がすでに兆している。寒風に揉まれながら、日々にふくらんでいく。

一陽来復の間がいちばん寒いのだ。私のような年寄りにはたいした来復もないが、日々少々の、改まりはないでもないようだ。

（「毎日新聞」平成二十一年一月十四日）

降り積む雪の

雪ほど始末に負えないものはない。東京で生まれ育って二十五になる歳に北陸の金沢の街で職に就いた青年が、翌冬にさっそく、土地でも未曾有の大豪雪に遭って、雪の苦しみを初めて思い知らされた。今から四十六年も昔になる。

一月のなかばを過ぎると来る日も来る日も、深夜に降りしきる雪を窓からのぞいて寝床に就き、朝に起き出して軒から見あげれば、昨夜とすこしも変わらぬいきおいで降っている。初めは物珍しがっていた。そのうちに、戸窓や障子の開け閉てが手に重くなってくる。窓のガラスが反っているように見えて、指先で弾《はじ》くと甲高い音が立つ。階段を昇り降りする足に、踏み板のひずみが感じられる。どうやら、屋根に積もった雪の重みが家の隅々にまでかかっているらしい。重みに堪えず天井の梁が落ちることもある、と下宿の主人に聞かされて、その日から、自分も雪おろしに屋根へあがることになった。

大屋根の雪をおろすのに一日半、小屋根を済ますのに半日、離れの納戸の雪をおろすのにまる一日、そして四日目の朝にはもう大屋根が厚い雪をかぶっている。大屋根の上に登れば、ふだんなら足のすくむところだが、あたり一面、見渡すかぎり白い世界に、恐怖感がまぎれる。時々、濃い霧につつまれて雪が一段と降りしきり、小路をはさんでむかいの家並みも見えなくなると、家々の屋根で雪をおろす男たちの息づかいが近く伝わってくる。小路に立たされて人の通りかかるたびに、「ストォープ」と屋根の上へ呼びかける子供の声も冴えて、可憐に聞こえる。

ある日、雪はいっこうに衰えていないのに、近隣の動きがぱったり停まった。人は屋根にあがるばっかりの身仕度を済ませながら、温かいところについすわりこんだきり、腰があがらない。連日の疲れもさることながら、徒労感にいっとき負けた様子だった。交通が途絶したおかげで、さいわい駅の倉庫に寝かせてあった米も、そろそろ尽きてきたそうな、とそんな噂をのどかな声で話している。それにつれて表では雪がいよいよしんしんと、昼夜分かたず、百年でも降りつづくように見えた。

五十年近く隔たった今でも私はときたま、東京の西郊外の冬の夜に寝覚めして、どういう間合いだか表が静まり返ると、雪のひたすらに降り積むけはいに耳をやっているようなつもりに、しばしなることがある。そしてその錯覚のひいていく時に、どうして自分はいま、こんなところで寝ているのだろう、と訝る。何十年も住まってきて、「どうしていま、こんなところに」もないものだ。

旧植民地に生まれ育って内地に引き揚げてきた人が戦後十年も経って、夜中に寝覚めすると、自分がどこにいるのか、しばらくわからなくなる、ともらしていた。大都市に居を定めて何十年にもなる人が外国に旅行して、暮れ方にホテルのフロントで宿泊の手続きをする際に、どうかして、自分の住所がにわかには思い出せなくなることがあると聞いた。ある人は夜更けの新宿駅の地下鉄で、家に帰るつもりが気がついたら、だいぶ昔に暮らしていた沿線の改札口のほうへ、足がひとりでに向いていたという。

身はならわしもの、と古来言われるが、長年の生活の習慣もあんがい、はかないものであるらしい。人の心には、現在につなぎ止められず、風が野を渡っていくように、はるかにひろがり出るものが、あるのかもしれない。

（「毎日新聞」平成二十一年二月十一日）

日々に薄氷をふむ

玄関先に出迎えた私の足もとを見て驚く来客があるらしい。真冬にも私は家の中では裸足でいる。スリッパもはかない。多血質でもないのだが、そのほうがすごしやすい。外出からもどるとまず靴下を脱ぐほうである。もっとも、いまどきの家は暖房がきいているおかげだが。

子供の頃には、裸足で暮らしていなくても、二月にもなれば足の裏が厚く硬く、まるで象の皮膚のようになったものだ。それが三月に入って暖かになるにつれて痒くなり、そしてある晩、風呂に入って足の裏を軽石でこすると、白くふやけた象の皮がよれてはがれて、その下から、生まれたてのような、柔らかな肌があらわれる。まさに再生だった。年々の驚きだった。

冷めたい床《ゆか》を踏んで暮らす感覚を、人はおそらくもうひさしく忘れている。お屋敷だろうと庶民の家だろうと、畳も板敷もふくめて、床は今よりもよほど寒かった。その寒さ冷めたさを踏んで、人の立ち居にはおのずと、切り詰まったものがあった。足もとからの冷えこみは、膝から腰へあがって、腹にもまわって、病いの元と感じられていた。かりそめの感冒から命を落とすことになった例もすくなくはなかった。つきつめれば、一足の運びごとに、危機をわずかずつ踏んでいたのにひとしい。

戦々兢々、深キ淵ニ臨ムガゴトシ、薄キ氷ヲ履ムガゴトシとは、臣下の作法の基《もとい》となるものなのだろうが、そんな公《おおやけ》への恐れ畏まりを離れても、日常の立ち居のうちにひそんでいたのではないかと思われる。生命の危機がつねに身近に、足もとからの冷えこみとして、寄せていた。それにたいしてまず、冷気との接触面をできるだけ節約しようとして、動作がつましくなる。しかしそれでは満足に働けない。そこで立ち居の節目には気合いを入れて、あらためて冷えこみが足もとから伝わってくるのを受け止め、しばし息を詰めて、しっかりとこらえてから、つぎの動作へ移る。そう思えば、古人たちの物腰が浮かぶではないか。男も女も一緒である。女人の気の入れ方と、息の詰め方は、いささか趣きを異にするようだけれど……。

夏の盛りにも、冬場におとらず、冷えこみには用心したものだ。感冒のかわりに腹の病い、赤痢や疫痢へのおそれがあった。すべては腹を冷やすところから来ると思われていた。午さがりの日盛りに寝そべっていても、腹だけは庇っていた。しどけない寝相にも、ちょっと切り詰まったところが見えた。

くらべれば今は楽になった。家の内にあるかぎり、立ち居に節目をつけることも無用になった。冷えきった床をそろりそろりと踏むこともない。敗戦の年の春に、東京の下町から始まった大空襲が日を追って私の住まう西南郊外に近づき、明日は我が身かと思われた頃に、その緊張とはうらはらに、日常の生活の規律が万端ゆるんできたのを、子供の私は安易安楽に感じた。その名残りがその後四十年も五十年も、何かにつけて、心地良いようなけだるさとなって背中のあたりつきまとい、まさに「うしろめたい」気持にさせられる。

——旅人の虱《しらみ》掻き行く春暮れて　曲水

寛《くつろ》ぎの句である。長い冬をしのいで、とかく花寒になりがちの頃もすごして、ようやく陽気の定まったところの、安堵なのだろう。やがて夏場の病いの始まる頃でもある。

寛ぎとは、危機と危機との間にあるのか。

（「毎日新聞」平成二十一年三月十一日）

来し方の花の消息

今年もまた桜の花が咲き出した。世の中がどうあれ、春が来ればかならず咲くものだ、とあたり前のことにいまさら感嘆して眺めた人が古来、たくさんいたはずだ。人生のはかなさを思うにつけても。

人はいさ心も知らず古里は、と古歌の上の句が浮かぶ。来春はいさ、と眺める年寄りのひとりに私もなった。

「ふるさと」という言葉もよほど意味がひろかったようだ。かつてはしげしげと通っていたところ、旅先から見た留守宅、これも古里であるらしい。さらに、人から忘れられた現在の自分の境遇、侘び住まいのことも古里と呼ぶこともあったようで、そうなるといささか、身につまされる。

花ぞ昔の香ににほひける、と下の句は受ける。これもまたどうかすると心に染みる句ではあるが、はて、昔とは何時《いつ》のことか、と我が身にひき寄せて首をかしげさせられる。あの春この春、あの人この人、と思い出す折りはある。しかし年を取るにつれて、花の咲き盛るのを見れば、来し方の春がすべて、遠いも近いも、ひとつに融けあってしまう。そんな花の咲き方である。来し方どころか、花を見ている今がすでに昔のように感じられることもある。来春は花を見られるだろうかと惜しむ心と、百年後も変わらず花を見ているかのように寛ぐ心とは、じつは同じ根につながっているのか。

しかし桜とて、そんなに長大な寿命に恵まれているわけではない。歳月による花の栄枯盛衰には、四十年も同じ所に住まっていれば、ふだんは気がつかずにいるけれど、春になると驚かされる。往年は春爛漫の精のごとく光を放っていた桜がいつか老いて、それから十年ほどの間は老いの幽玄の艶を見せていたが、雪折れのあった年を境にめっきり衰えて、やがては人の邪魔にもされ、低く垂れた大枝を無惨にも切られ、今では皺々の幹から小粒の花を吐いて、名残りの華やぎをひそかに訴えている。かと思えば、マンションの二階になる拙宅の南のテラスのすぐ外から、春ともなれば間口いっぱいに、豪勢な花の屏風をひろげて、部屋の内を花の色に染めていた桜が、まだ壮年期でいよいよ盛んなのはいいけれど、丈が伸びて、花屏風は三階へ押しあげられてしまった。貧相な若木だった頃のことを、知っているんだ、と年寄りはつぶやく。

あの桜の木はいまごろどうしているのだろう、と古い知人の消息をたずねるように思うことがある。四月の晴れあがった正午の空に、警報のサイレンが鳴り渡ったかと思うと、敵機を迎え討つ高射砲の音が炸裂しはじめ、あわてて防空壕へ駆けこもうとする子供の、すぐ目の先にいまや満開の花がひろがり、子供があせればあせるほど、のどかに風にさやぐように見えた。六十何年も昔のあの桜は、焼け残ったとしたら、どうしているのか。

親の寝ている病院へ通った時期がある。そういう境遇にある人間の常として、うつむいて歩く。それが、一斉に発進する車の音に耳を聾されてふっと目をあげると、交差点の角に、大枝を詰められた桜が、ひょろりと伸ばした小枝に、花をいっぱいに咲かせている。あれもその後の整理をまぬがれたとしたら、いまごろどうしているだろう。

遠くで夕日に霞む花を電車の窓から目にとめて、あれは桜かい、と一人がたずねる。

いや、あれは桜だよ、と一人が答える。そうか、桜かと思った、と一人が首をかしげる。落語のような三人の問答を、実際に聞いたことがある。三人ともに仕事に疲れた様子だった。

（「毎日新聞」平成二十一年四月八日）

悪疫退散の願い

昔、梅錦に桜錦と、それぞれはなやかな四股名の力士があり、この両者の取り組みの時には、行司がうっかり名を呼び違えはしまいかと、子供ごころにも心配されたものだが、その私がこの老年に至り、梅と桜とを取り違えるという、大しくじりをしでかした。

前回、桜の花の盛りの頃にこの欄で引用した古歌、「人はいさ心もしらずふるさとは花ぞ昔の香ににほひける」の花は、あれは梅である。古今集あたりでは梅が桜にまさるともおとらず重んじられていたのに、時代がくだるにつれて桜がさらにめでられて、やがては花と言えばまず桜を思うようになったのは、どういう人心の推移か、それとも気象がやや変わったのか、と考えていたばかりのところだったので、我ながら呆れた粗忽さである。おおかた、桜の花に見とれて足もとがお留守になったのだろう、とぐらいに取って御容赦願いたい。

間違い勘違いにたいしては、年を取るにつれて、いよいよ用心しなくてはならない。しかし間違いというものには、やるぞ、いまにやるぞ、と自分でつぶやいていると、かえってやってしまう、とどうもそんなところがある。酔漢がドブのそばをふらりふらりと歩いているのを、落ちるぞ、いまに落ちるぞ、と見ていたほうが落っこちてしまったという話があるが、自分自身にたいしても、同じようなことが起こりがちである。自分自身を見る眼にもあれでなかなか、底意地の悪いものがひそんでいるらしい。

さて、その花も散りはてて、新緑の候となった。往古の歌の勅撰集を読むと、春の別れをつくづくと惜しんでいたかと思えば、夏歌へ改まって早々に、郭公《ほととぎす》の鳴き出しを待ち受ける歌が見える。気の早いようなことだが、しかし考えてみれば、花の咲くにつけ、散るにつけ、郭公の初音を待つにつけ、季節の順調な移りを願う心が底に流れているのではないか。一年の農耕、とくに水田耕作の成否にかかわるのだろう。そして疫病も、天候が不順であれば、とかく猛威をふるう、とおそれられていたらしい。

古来、花の散る頃に鎮花祭、花を鎮める祭りがあり、現在でもこれを引き継いでおこなっている神社があるそうだ。疫病神を鎮める祭りでもあるらしい。散る花と疫病がどう結びつくのか、散る花に冬場の疫病のようやく去ったのを見てよろこぶのか、それとも夏場の疫病の到来を思っておそれるのか、私は知らないが、それでも、一年の平穏を願って、散る花をなだめようと祭る心は、何となくわかるような気がする。

端午の節句の菖蒲湯こそ、あの香りからするに、悪疫退散の願いのこもったものに違いない。昭和二十年、敗戦の年の五月は、陰暦の五月にふさわしいような梅雨めいた天候だったが、菖蒲など手に入れる余裕もない時世だった。風呂だってめったにわかせない。そしてその月末に、私の住まう地域にも悪疫ならぬ大空襲が追いかけてきて、あたり一帯を焼き尽した。今でも菖蒲湯の日をつい忘れると、間違いでも犯したような気持になる。

早寝早起きにつとめ、暴飲暴食をつつしみ、無用の外出を避け、家の内を清潔にして静かに暮らせ――病原菌すら発見されていなかった近世の西洋の都市の、ペスト流行中の布令である。そしてその要《かなめ》として、すべては神の怒りであるから、おのおの悔い改めよ、と。信仰のことはおくとしても、やましいところだ。

（「毎日新聞」平成二十一年五月十三日）

水のおそれと住居

ある人、梅雨時の、さみだれの名にふさわしい雨の降りしきる夜に、その音を耳にしながら眠りについたのが、未明に一段と激しく降る音に寝覚めして、家の周辺があたり一帯、沼のようになっている夢を見ていたことに気がついて首をかしげた。しかし、家の庭にまで水が入って、生垣も水に洗われた。床下も浸水したらしい。しかし、ここはマンションの五階である。床下もなければ、庭も生垣もない。近隣は高台になり、地面はあらかた鋪装され、知るかぎり、川も流れていない。しかも夢の中では、見わたすかぎり水がひろがり、それなのにどの家も寝静まっていて、折りしも空に一羽の鳥が鋭く叫びながら水の上を渡っていくのを、あれは時鳥《ほととぎす》か、などと思っていた。

どうもおかしな夢を見るものだと呆れていたところが、それから十日もして、やはり夜来の雨のあがったばかりの朝に、最寄りの駅へ向かってゆるい坂をくだるうちに、道に沿って水の流れる音が足もとから昇ってくる。雨のなごりを集めて暗渠の水が走っているらしい。なるほど、地下に埋められても川は生きているわけで、いくすじもの流れが合わさって鋪装の下をくぐり、大雨の夜には天から降る音にこたえて、地下からも激しく鳴り響き、五階で眠る人間の耳にまでおのずと届いて、やがて地を覆う水の、夢を結んだか、と得心したような気になった。

その人は幼い頃に三年ばかり、水の出やすい土地で暮らしたことがあり、その夢のことを話したついでに、水のおそれのある土地にいたことのある人間は、その後どこに住もうと、何十年経とうと、生きる心地が、水のおそれを知らぬ人間とはすこしばかり違うのでないか、と言ったものだ。聞いていた私自身は出水のおそれのない土地で暮らしてきたほうだが、やはり幼い頃に、空襲で東京の家を焼かれて湿潤の地、水豊かなる城下町に難を避けたことがある。

炊事場の土間の水槽に四六時中、掘り抜きの井戸から水の落ちるような土地だが、ちょうど梅雨時のこと、越してきてまもなくデキモノ、腫れ物に苦しめられた。関節に近いところの皮膚につぎつぎに飛ぶ。痛みもさることながら、そのつど熱が出て、血が濁ったようなだるさを覚える。水が合わないのだ、と人に言われて、水というものをなにか重く粘りつくものに感じた。その町も洪水ならぬ、空襲の火に焼き尽くされた。

湿ったところと乾いたところが一緒におさまっている、と驚いて眺めたのは、「団地」と後に呼ばれることになった、あの式の集合住宅の中へ初めて入った時のことだった。たしか昭和二十五年頃だったかと思われる。「団地」のハシリだったのだろう。湿ったところとは台所と風呂場と手洗いである。それが居間や寝間と同じ平面で、行け行けにつながっている。「行け行け」という言葉の昔の意味を今の人は知るだろうか。

その当時の一般の木造家居はどんなに狭くても、湿ったところと乾いたところが廊下や段差などでたがいに隔てられていた。しかし形の上では隅のほうへ隔離された台所や手洗いの湿気が、そのにおいが、じつは家全体を支配していた。そして床下からの湿気——そうなんだ、この新式の建物には床下という厄介なものがないのだ、と外へ出てからいまさらまた驚いた。

その子供が後年、その新式の建物に住みなれて、住まいと言えばそれしか思い浮かべられないまでになり、そして老いて行く。

（「毎日新聞」平成二十一年六月十日）

赤ん坊はなぜ笑うか

双生児のための二人乗りの乳母車があり、近頃、私の住まう界隈でもよく見かける。面白いことは、行きずりにそれを眺める人の目がそろって嬉しそうにゆるむことだ。祝福の目と言える。むろん、親の苦労を察しての上のことだ。二人一緒の手間だからかえって世話はない、などと言う人もあるけれど、乳母車の内をのぞけば、一人が白い顔をしてすやすやと眠っているのに、もう一人が真っ赤になって怒っていることもある。二人一緒というわけにはいかないのだろう。しかしそんな光景を見るにつけても、人の性格の違いに散々に苦しめられてきたはずの高年者の、心は微笑む。

めでたい、と言ったほうがふさわしい。二人並んだ赤子を見て、思わずめでたがる。五穀の豊饒を祝う、あるいは先取りして願う、古来の心に通じるものか。子宝、などとも言った。子を育てる苦労を踏まえて、それでも喜ぶ。子の育ちにくかった時代のことだ。私の生まれた昭和の初期などはもうよほど近代医学の発達していた頃になり、私のところは四人兄弟ですべて育っているが、子供が四、五人もあればそのうち一人は幼少のうちに亡くなっている家がすくなくなかった。

それよりも昔はなおさらのことであったらしい。留吉などという名前があり、子供はこれで打ち留めにしようという心になるが、まもなくもう一人生まれて、これを捨吉と名づける。ところが成人してみれば、留吉が一家の総領になり、捨吉が分家の後継ぎになっていたとか。

そうかと思えば、長男なのに何次郎とか何次とか、さらにもうひとつさげて、何三郎とか何三とか、そんな名前をつける。これはその前に乳呑児のうちに亡くなった子を数に入れてのこともあったが、そんなことがなくても、初めのほうの子はとかく育ちにくいので、名前だけは次男あるいは三男にしたものらしい。代々にわたってそれが決まりの家もあったようだ。私などはほんものの「三郎」であるのに、呼吸もせずに生まれきて、医者に両足をつかまれて吊りさげられ、ピシャリピシャリと叩かれてようやく産声をあげたほうで、これが育つものか、と親も首をかしげたらしいが、少年期から可愛げもなく元気になり、この高齢に至っている。これは、おめでたいと言うべきか。

赤ん坊が生まれてさほど日ならずして、人が顔を近づけると、笑うかのように見える。じつは笑っているのではない、と言われる。笑っているのかいないのか、誰も赤ん坊の頃の覚えはないわけだが、まだ人の顔を見分けるほどの視力もなく、また笑って答えるほどのコミュニケーションもないということなのだろう。そのことについて、あれはウブスナさまがやってきて、あやしているのだ、という見方が古くからある、と人に教えられた。なるほど、そばに人がいない時でも、一人で笑っていることがある。

ウブスナさまとは産土神《うぶすな》、土地の守護神である。産婦や乳児にはとりわけやさしいのだろう。話を聞けばなにやら自分もあやされたことがあるような気がしてくる。しかしもう二十何年も前のこと、ある入江の村の、これは子安神社だったが、大昔に先祖たちの犯した悪業に怒る神の心を宥める祭りを見学した。どう宥めるかと言うと、先祖の犯した悪業を神前の庭で、まことにおおらか、優雅とも言える形ではあるが、女人たちへの殺戮に至るまで、演じてみせるのだ。これも安産を願ってのことなのだろう。

（「毎日新聞」平成二十一年七月八日）

蟬時雨と皆既日蝕

この夏は蟬の鳴き出しが妙だった。まず七月の中頃に初めて声を聞いた。これが油蟬ではなくて、ミンミン蟬だった。ミンミンは通常、夏の盛りから鳴き出すものではないか。首をかしげていたらついでにカナカナ、蜩《ひぐらし》も声を立てた。

その翌日に関東地方では梅雨明けが宣言され、それから数日はなるほど夏日となったが、油蟬はまだ声をひそめ、ミンミンも鳴くことは鳴くが、声は続かない。カナカナは二声ばかりで止む。七月の二十二日、日蝕の日は曇り、それを境に天気は崩れた。西のほうでは集中豪雨がかさなり、多数の犠牲者を出した。これでは梅雨の本格化ではないか、と暗澹たる空を仰げば、しかしわずかな晴れ間には、淡い光の中に鰯雲が浮かんで、赤蜻蛉の群れも飛んでいる。まるで夏の終りの光景である。

昔の人は季節の移りの不順を見るにつけ、天変地異の到来を思っておそれたようだ。先人たちの日記や手紙を読むとしばしば、そんな危惧が記されている。危惧と同時に、慎みの念もふくまれる。身を慎んだところで、天災ばかりはどうにもなるまいことなのだろうが、祖先から代々送られて埋めこまれた畏怖がおのずと洩れて出るのだろう。

皆既日蝕の直下の「暗夜」の中で、泥水にひとしい河に身をひたして、一心に祈るインドの善男善女の姿を映像で見た。月が日を犯すということを、おそろしい天の意志と感じる心がなお濃くのこっているのだろう。それが、隠れた太陽がわずかに片端をのぞかせ、あたりの夜が明けはじめた時、一斉に喜んで、声を挙げたものだ。あれはほんものの歓喜、ほんものの歓声である。われわれの周辺からは跡を払ったものだ。

あの河中の人々の光景を見るに、歓喜とは本来、畏怖のきわまったところで光明の見えそめた時に自然にわきあがるものだと思われる。歓喜と畏怖とはおそらく表裏一体のものであり、畏怖がなければ歓喜もない、と言えるほどのものなのだろう。歌い囃し、舞い踊り、宴を張る——遊びもまた同様か。それにくらべればわれわれの喜びも遊びも、まがいものに思われてくる。かと言って、何かの目的のためにしくまれた畏怖、しくまれた歓喜はおぞましい。あとに荒涼を遺すばかりだ。

話はもどるが、蟬の声と言われて午睡《ひるね》を連想するのは、もう年寄りと呼ばれる世代ばかりなのだろう。夏場でも人の忙しく働く時代がもう久しく、半世紀あまりも続いている。ある人に言わせれば理由は簡単、一年を十月《とつき》半の働きでは商売がとても成り立たぬ世の中になったせいだということだ。なるほど、七十歳を越えたこの私ですら、振り返ってみれば、気ままなはずの自由業に長年身を置きながら、夏場の苦行をほとんどまぬがれていない。夏の日盛りの午睡の習慣も忘れている。

それでも時には、蟬の声を耳にしながら、午睡の至福に恵まれることもある。油蟬の鳴きしきるその中からミンミン蟬の声が立つと、まさに蟬時雨の盛り、やがてツクツク法師も鳴き出して、もう秋かと思わせ、カナカナの声を聞いて、日が暮れかけたのに気づく頃、半日にも足りぬ午睡の夢のうちに生涯を見つくしたという、邯鄲《かんたん》の夢の、覚め際に似ている。

——おじいちゃん、起きてくださいな。そろそろお盆の、お迎えの火を焚きますから。

——いいから。こうして蟬の声を聞いてトロトロしているのが、いちばんのお迎えだ。

（「毎日新聞」平成二十一年八月十二日）

闇の中で白く光る

江戸期を主とした時代小説の作家がつくづくと、今の世の大半の読者にもっとも伝わりにくいのは闇夜、月も星もない夜の暗さだ、とこぼしていた。鼻をつままれてもわからぬような、と形容されるのもけっして大袈裟ではないあの闇を想像してもらえないことには、通らない細部の描写が多々あり、その行き違いが作品の大筋にまでおよびかねない、と。

同じ作家として身につまされることだ。私のほうはもっぱら近頃の世を話の場にしている者だがそれでも、たとえば男女の事になると、おのずと昔の闇を前提にしていることがある。途中で気がついて、困ったものだと思う。

昭和の十年代に入ってからの、東京の新興住宅地に生まれた私がどうして、昔の夜の闇を知っているのか。色気も何もない。戦時の空襲の夜のお蔭である。警報のサイレンが鳴れば家々の灯はすべて消される。防空壕へ向かう時には、わずかに懐中電灯の細い光を下へ向けて、足もとを照らす。まもなく敵機の接近を告げるサイレンが鳴ると、懐中電灯も消されて、壕の中へもぐりこむ前から、あたりは闇になる。星の夜もあり、銀河の白く流れる夜もあり、欠けた月が妙な方角に浮かぶ夜もあったが、なまじの空の明るさはかえって地面の暗さを深くする。野や山や里の闇と異なって、大勢の人間がその底でそれぞれ息をひそめている闇である。

野山の闇のことは若い頃の山歩きで知った。あれも不思議なものだ。闇夜に野中の一本道をひとりで歩いていた。野の果てに家の灯が点々と見えるが、その光がすこしも闇の中へ射さない。行くほどに暗くなるようで、にわかにおそろしくなった時、気がつけば道の、足もとばかりが白々と光っているように見える。自身の手先を見れば、これも闇の中で白く光るようだ。顔も光るらしい。闇夜とは言いながら空から降る光の、その反射か、と思ってさらに行くうちに、道のだいぶ先のほうから、こちらへ向かって来る人影が浮かんだ。くっきりと見えて、すぐに闇にまぎれ、足音のけはいもなく、錯覚だったかと自分の神経を危ぶんでいると、こんばんは、と間近から声がかかり、人が現われた。しばらく立ち話をして、道に間違いのないことを確かめてから別れた。

闇の中を人の近づくのに感じて、そちらも驚いたに違いない。怪しんで緊張した瞬間、人は発光、からだから光を放つのではないか、と後で考えた。私のほうも人影を見る前から、接近のけはいに反応していたのかもしれない。とすれば、お互いに発光しあったことになる。

あるいは、人は物を思うかぎり、物に感じるかぎり、おのずとかすかな光を放っているとも思われる。そしてその光の振動には、人それぞれ特有のものがある、と。だからこそ、暗がりでも、遠くからでも、その人と見分ける。何気なく振り返ったら、そこにいた、というのもこのことか。ただし、その人の光の振動にたいする受信器、つまり、情がそなわっていればの話であるが。

しかし近年、おしなべて、人の存在感などと聞いたふうは言わないが、人がそこにいる、そのけはいがめっきり薄くなった、と嘆く声がある。人の思うこと感じることが平たくなったせいか。それとも、闇というものがすくなくなったので、けはいを受け取る五感が磨ぎ澄まされなくなったせいか。

そこにいて、人にその存在も感じさせないのは、すでに聖人の域だとも言われるけれど。

（「毎日新聞」平成二十一年九月九日）

耳の記憶と恐怖

今日は無事平穏であるらしい薄曇りの午さがりに、近くの田圃からいきなりクワーンと、乾いた炸裂音が起こり、土けむりがあがった。敗戦に間もない梅雨時、小都市まで容赦しなくなった空襲を避けて、岐阜県の大垣市から在所のほうへ身を寄せていた頃のことである。おそらく前夜の空襲に、どこを狙ったものか、焼夷弾のこぼれ弾が田圃にまぎれ落ちて、柔かい土にめりこんで不発に終ったのを、昼になり子供が竿か何かの先でつついて信管に触れてしまったらしい。

幸運にも子供に大怪我はなかったように後で聞いたが、おなじく子供であった私は炸裂音に叩かれて、土けむりのおさまっていく戸外を、ひきつづき平穏なままにひしひしと身に迫るもののように眺めた。耳を聾されていたので、あれは無音の光景だった。それはそれで、おそろしいものだった。

それまでにも私は東京で遠く近くの大空襲にさんざんに怯えさせられたそのあげく

に、自身の生まれ育った家の焼けるのをまのあたりに見ている。大垣の町に逃げてきた後も、近づく着弾に追われて女子供ばかり、水場のまわりにうずくまりこんだこともある。ほど遠からぬところに落ちたたった一発の大型爆弾の爆風をくらって、家は住むに堪えぬほどに壊れた。おそろしい音や声はさまざま耳にした。ところが危機の境、たとえば焼夷弾がまともに降りかかる、あるいは爆弾の破裂する、あるいは逃げる道の先で家が炎を噴きあげる、その瞬間の物の音と人の声は、その直後からすでに、記憶になかったようなのだ。

追いつめられても眼はまだしも、外から迫る恐怖を、ぎりぎりまでわずかながら対象化する。それにひきかえ耳は受け身であり、恐怖に押し入られるままになる。ままになるとは言っても、堪えるに限界はある。狂わないためにも、音声を遮断する。記憶から消える以前に、その場で消していたらしい。しかしいくら塞いでも、一部は心の底に入って遺る。記憶もまた後からの対象化だとすれば、記憶に掬いあげられないばかりに、かえっていつまでも底にわだかまる。

静かなようでも騒音の絶えず通底する世の中になり、外も躁がしければ心の内もおとらず躁がしいが、それでもまれには、内も外も妙に静まることがあり、そんな折りに私は記憶の奥から、阿鼻叫喚とまでは言わないが、無力の極致に追いつめられた男女の呻きが、一斉に押し上げてきそうな気がして、思わず耳を塞ぐようにする。それでいて、目の前の安穏よりも、その淵からの声のほうが実相であるように感じられるので、またおそろしい。

その我身のことは離れて、先人たちの書きのこした時代時代の日常の様子を思い返してみれば、この国の民はもう百年ほども前から急速に、静かさを身のまわりから排除してきたように見える。市街の人口集中や交通網の発達のことはさて置くとして、明治末年には蓄音器がひろまり出し、大正の末年にはラジオ放送が始まっている。ラジオの普及以前と以後では人心のありようがまるで違うはずだ。まして戦後のテレビの普及の果てには、人は家にもどるとまずテレビをつける。静かさを忌むところまで行っている。

しかし人の心の底には、本人にも隠れて、どんな声がひそんでいることか。いつどこで、どんな静まりが生じることか。狂躁の末に沈黙のおもむろにひろがる時代が、来るかも知れない。

（「毎日新聞」平成二十一年十月十四日）

物覚えの勘定書き

——さて学問をするやうになつてから、物覚えは遅かつたが、一旦覚えると、なかなか忘れなかった。

古代ローマのカトー（小カトー）の幼少年期について、プルタルコス（プルターク）の列伝の伝えるところである。昭和三十一年発行の、河野与一氏訳による。

何でも彼でも覚えるのは受身となることで、反抗をする力の弱い人はすぐに言う事を聴くようにできている、とさらにプルタルコスは言う。一般に疑う気力のない人ほど覚えるのが容易である、とまで言う。

そうなんだ、と子供の頃から呑みこみの遅いほうだった私は思わず膝を打つ。しかしそれでは、疑う気力が盛んだったかと言えば、どうも、それほどでもなかった。まして、物覚えは遅かったくせに、知ったことがけっしてしっかりとは根をおろさなかった、と考えれば、プルタルコスの言葉に起こしかけた面《おもて》を、また伏せることになる。幼少の頃から自分には自分の、独特な昏乱があったからな、とつぶやくばかりである。

その私のことは置くとして、子供の初等教育においてその辺のところがよくよく配慮されるべきだと思われる。単純な話、「お父さんとお母さんとでふたり」と、1+1=2とは、幼い子供にとって、次元を異にする事のはずなのだ。どうしてこんな「変な」事を勉強させられるのだろう、とこだわる、まれにはこわばる、子供もいることだろう。

さらに学年が進んで、マイナスの数字とマイナスの数字を掛け合わせるとプラスに転じるのは、どうしてか、これを自分の頭で、具体的な事柄に沿って理解することは、大人にとってもたいそうむずかしい。ましてそれ以前に、負を数値化して正の数と同列に扱うということに、すぐにはついて行きかねる生徒は、どうなるか。ついて行けないだけのわけあいはあるのだ。

　方法とまず受け取ってその処理の習熟へ向かう生徒は、呑みこみが早いと言えるのだろう。具象の岸から抽象の岸へ身軽に跳び越えられる。やがては両岸の間を自在に行き来できるまでになる。しかし、なぜという問いを抱えこまない故の、自在さなのかもしれない。それにひきかえ、「なぜ」をまともに抱えこんだ者は、岸にすくみこんでしまうおそれがある。

　しかし少年の生命力と成長力を信じて、あまり深刻に取らないほうがいいのだろう。世間は広い。中学に入った時にはもう数学について行けなかったと言う男が実務上の複雑な、かなり高度な数的処理を必要とするはずの計算を、暗算でやってのけたのを見たことがある。昔の職人どうしの会話に、

――おい、あの野郎、読み書きができるんだってさ。

――ふん、道理で腕が悪《わり》いと思った。

　そんなやりとりがある。大工の腕には高度な算術が埋めこまれているはずなのだ。私のお仲間の作家たちにも、学校の頃に国語が、とりわけ作文が苦手だったというの

が多い。いや、たいていがそのようなのだ。

物覚えの良い子と悪い子と、ふたつに分けてしまうのも間違いなのだろう。ひとりの人間の内に、両方が同居している。後年になり、世の中の約束事の間を苦もないように飛びまわっている者の内にも、いまだに物覚えの悪いほうの子が立ちすくんで泣いている。しかし泣いているこの子が、大事な時に、物を言う。

（「毎日新聞」平成二十一年十一月十一日）

辻々で別れ別れて

一度はやってみたいと思いながら、これまでついぞ縁がなくて、これからもおそらくやらずじまいになるだろう、と今からいささか心の遺る事どもはかならずある。いずれ、たいそうな事でもないのだ。

たとえば、湖に厚く張った氷に穴を開けて糸を垂れ、ワカサギ釣りをやってみたい。大人になってからは釣りというものにすっかり遠くなっている私がそんな願望を持ち越しているのも不思議である。氷の上でつくねんとして魚を待っている自分がいかにも惚《とぼ》けた姿に見えて、思い浮かべるだけでも心がなごむせいか。しかし、氷上に腰を据えるとなると、当然のことながら、しんしんと冷えこんでくることだろう。そばに酒を置かなくてはならない。魚が掛かる前に、私のほうが酒に釣られて酔眼朦朧、昼寝の炬燵が恋しくなる。この年ではもう無理である。

寒風の吹きすさぶ夜に火見櫓《ひのみやぐら》の梯子を攀じ登って、半鐘をはげしく叩きまくりたい。人迷惑なことを、かりにも思うものだ。自身、高所恐怖症の気味があるくせに。さいわい、半鐘のついた火見櫓などというのはいまどき見かけないようなので、あくまでも夢の話である。私の内にもけしからぬ願望がひそむようだ。戒めなくてはならない。

夜の更けかかる街はずれの辻のあたりに小机を立てて細い灯をともし、占いをやってみたい。巷の繁華の、音だけが伝わってくるぐらいの、さびしい所がよい。占いの心得はまるでないが、たまに客が寄れば、この冬の天気や景気の話を交わすうちに、なにか占いの筋は出てくるだろう、と空頼みをしているのは、やはり夢の内のことである。しかし気がついてみれば、いつか客のほうからこちらの人相を見られ、来し方を言い当てられ、行く末を占われている。これでは見料を頂くわけにいかない。さらに夜が更けて、人通りがいよいよすくなくなれば、辻のはすむかいに立つ屋台の、赤い提灯のほうへしきりに目が行く。

どうもたわいもない願望である。まあ、夢想にしても、蟹は甲羅に似せて穴を掘るというような、分相応のところはある。しかし人は生涯がだんだんに詰まるにつれて、何かの折りに、境遇によっては自分がたどることになったかもしれない別の生涯を想って、ほんのつかのま、それに惹かれることがあるものらしい。かならずしも一生の後悔の念からではない。想うところの生涯も、現に自身が歩んできたのよりも、華々しいものとはかぎらない。むしろ何ということもない人の姿や情景を目にした時に、「生涯の郷愁」のごとき情は起こるという。これだけのことに生涯を尽くしたという無言の感慨に触れた、と思ったのだろう、この自分だって似たようなものなのに、とそのことを話した人は苦笑していた。

考えてみれば、人はその時々の事情によっては別の道をたどることになったかもしれないのだ。どこかの辻で自分と左右に別れた、もう一人の自分がいる。高年に至れば、あちこちの辻やら角やらで別れた自分の分身の、数もふえる。それぞれ、お互いに消息知れずになって、ひろい世間を歩きまわり、やがては人生を尽くす。しかし人生の暮れともなれば、やはり似た者どうし、行動の範囲も似たようなものになり、年の瀬の往来などで出会うことになりはしないか。いや、すれ違うだけで、お互いに人ごみに紛れかけた頃に、見たような顔だ、と振り返って終わるのだろう。

（「毎日新聞」平成二十一年十二月九日）

正月二日の流星

静かな年末、静かな年始だった。

大晦日、私の住まう東京の郊外では朝のうち冷えこみながらも晴れていたのが、正午前から北風が吹き出して、空はたちまち曇り、荒れ模様を思わせたが、午後から風を余してまた晴れた。風はときおり甲高いような唸りを立てて窓を叩いた。北国では風雪がだいぶ荒れたらしい。東京では日の暮れにかけて風がゆるんで、静かな大晦日の夜となり、凍てついた空気の中を、やがて除夜の鐘の音が細く渡ってきた。

じつは歩いて半時間足らずの距離にあるお寺の、テープから流れる鐘の声であるのだ。そうとは知っていても耳を澄ませば、長い道のりを渡ってくるように聞こえて、なにやら歳月をしきりに思わせられる。実際にあちこちの寺で朝夕に鐘の撞かれていた時代でも、その音がかすかながら届くところに住んでいるのに、十年も十何年も、ついぞそれに気がつかずに過ごすということがあったらしい。それがある夜、くっきりと耳についてきて、その音色につくづく聞き入った昔の記憶があり、それにつけてもその間の歳月と、自身の老いを思い知らされた、とそんなことを書き留めた文人もいる。

とりわけ除夜の鐘の、一点ずつの間の静まりの内には、自分一個の生涯を超える、「昔」が無言の声で語っているようにも感じられる。かく言う私は、物心ついた頃には戦時下のことで、寺々の鐘が軍需用の鉄や銅としてあらかた供出されてしまったようなので、鐘の声を日夜耳にするような世には育っていない。

一夜明けて元日はひきつづき風もなく、穏やかな好日となった。霜柱が綺麗に立った。北国ではそうもすっきり行かないのだろうが、雲の切れ目からもれる陽の光が氷柱《つらら》を照らす合間もあるのだろう。雑煮を祝って、届いた年賀状に目を通せば、足まめな人でないかぎり、元日は為《す》ることもない。旧年の疲れがどっかりと出る。今日ばかりは天下御免の怠惰である。心地良くて、しかし物憂いところもある。少々でも酒が入れば、昼酒はよくまわり、いよいよけだるい。今年もなるようになるさ、と投げやりのような気持になる。旧年の無事息災をありがたがり、今年もと願う心にいつわりもないが、自分がここまで、とにかく元気なのが、不可解なようにも思われてくる。午後から昼寝を決めこむうちに、元日の一日も、短い冬の日にかわらず、早くも暮れかかると、

——元日や手を洗ひをる夕ごころ

芥川龍之介のこの句がしきりに浮かぶ。冬の廊下を踏んで薄暗い手水場へ立つ足の寒さと、それにつれて熱っぽく臭ってくるような肌の感覚までが、暖かいところに寝

そべっている身にも伝わってくる。四十手前までの生涯の人だったか、といまさら驚く。七十を過ぎても、元日の夕ごころは、同じようなものだ。

正月二日の夜に、大きな流星を見た。ちょうど家のテラスに出てパイプをくわえている時のことだった。空の高いところを走る流れ星よりも何層倍もの大きさの、青い光の玉が、夜には黒々とそびえる枯木の樹影のかなたへ、斜めに滑って消えた。東南の方角にあたる。時計を見ると、九時の二十分をまわるところだった。

占星術を心得ないので、何の兆しとも読めない。しかし天上地上の有為転変も、自身の内の運命も、知らずに生きているものだ。

（「毎日新聞」平成二十二年一月十三日）

鳥は羽虫、人間は裸虫

一月の末に朝から曇ってなま暖かい風の吹く日があり、風になにやら甘い香りがかすかにまじるようなのを怪しんでいたら、やや遠くで白梅の咲きそめたのが見えた。梅はまだ大寒の内のちらほら咲きが佳いものだ。しばらく立ち止まって眺めていた。夢心地がしないでもない。

おなじく大寒の内から私の住まいのすぐ近所の常緑樹に鳥たちが集まって、無数に噪ぐ。樹の下に立って見あげても、おびただしい声ばかりが降ってきて、鳥たちの姿は葉に隠れて見えない。毎日のように朝から日の暮れまで、同じ樹に集合して賑やかに鳴き続けている。椋鳥らしい。例年だと春先の日の暮れの、だいぶ春めいた夕日を浴びて桜の木の肌が紫色の掛かった艶をおびる頃の風物だが、この冬は寒かったわりに春が早いのではないかと思われた。

そうこうするうちに月が改まり、私の暮らすあたりでは勇み立つ太鼓の音も聞こえず幟《のぼり》も見かけられないが初午《はつうま》も過ぎて、節分の豆が撒かれて、春が立った。立春には生卵が立つと昔から言われた。聞くだけでも春の訪れを感じるようで楽しくなる話だった。ところが、いや、いつでも立つと言って、はずれた時期に生卵を立たせて見せた人があり、それが新聞に写真入りで報じられた。そんな悠長な時代もあった。どんな条件のもとなら、あれは立つのだろうか。

卵と言えば、十五の年の春先の、虫垂炎をこじらせて腹膜炎で死に損ねたその恢復《かいふく》期に、人が見舞いに生卵を持ってきてくれた。白い箱の内に籾殻《もみがら》を敷きつめたその中に、産みたてのように暖かい色をした卵が十ばかり、並んで埋まっていた。まだ重湯しか摂れない身だったが、眺めるだけでも生き返るような心地がしたものだ。立春に卵を立てるのも、復活祭に赤い卵を祝うのも、春の甦りを喜ぶ心の、長い根っこでもって、東西通じあっているのかもしれない。

冬場になると古傷が疼く、と言われた。重かった切り傷や打ち身の跡はさぞや寒さに苦しむのだろう。そうでなくても、冷えこんだ夜に風呂に入る年寄りの姿は生涯の、満身創痍を思わせた。湯の中にからだを沈める時に、うむむ、と古傷がしみるように顔をしかめて唸る。古傷というものは心の内にもあり、その意味では誰しも膈に傷もつ身であり、この心の傷のほうは冬よりもむしろ春先の、寒さにこわばっていたからだのほぐれかかる頃になり、ふっと疼くのではないか。取り返しのつかないことは、いくら悔やんでも、取り返しがつかない。それでも苦い思いのうちにどうかすると、痛痒いような、なにがなし甘いようなもののまじることがあるのは、春の近づきのせいか、歳月の隔たりのおかげか。これがまた間違いのもととなる、とも言われる。

人の心身の改まる季節なのだろう。虫や草木と変わりもない。鳥は羽虫、獣は毛虫、人間は裸虫と呼ばれたそうだ。草木にだって、人間の意識とは異なった、心があるのだろう。人間の意識だけが万物の中で孤立しているとも言えそうだ。春の改まりの最中に風雪がもどってきて、ゆるみかけた身を打つ。これにたいしても人間だけが、勘が悪くて備えもなく、風邪をひきこんだりする。

それはともかく、ごくささやかな、取るに足らぬほどでも、改まりがなければ、人は生きていられないのだろう。強制収容所の苛酷な一夜が明けて、かつがつに改まった心身に、このわずかな更新に「実存」の発端を見たという、哲学者の話も伝えられる。

（「毎日新聞」平成二十二年二月十日）

空襲の夜の雛人形

今から六十五年前の昭和二十年、一九四五年の三月十日の未明、夜半を回ってまもなく、空襲の警報のサイレンが鳴った時はすでに、敵の爆撃機の大編隊の先端が東京の東部の上空に侵入して、焼夷弾の雨を降らせていた。空からの組織的な攻撃は幾波にも続き、折りからの北西の強風にあおられて火災がたちまちひろがり、それにつれて、重い荷物をも吹きあげる火災風も起こり、まず外縁を円形に焼いて内へ詰めて行くという戦法であったらしく、隅田川を挟んで、昔で言えば本所、深川、浅草、今で言えば墨田、江東、台東を中心に、火の海の中で逃げ場を失った老若男女が、十万人近くも犠牲になった。

焼死者も多かったが、大火災による酸素の欠乏のために窒息死に至った人の数もそれに劣らなかったらしい。空気が高温になると人は呼吸不全になるとも聞いた。特定の施設を破壊するためではなくて、広域にわたって人の生きられない「環境」をつくりだす、つまり、殲滅戦であった。

満で八歳にもならなかった私はその夜、はるか西南へ離れた郊外から、紅く焼ける遠い空を眺めて慄えていた。その後、日を追って、下町のほうの凄惨なありさまが噂となって伝わってくる。東京に残って暮らしていた人間たちが殲滅戦というものを心に刻みこまれたのは、あの夜を境にではなかったか。以来、空襲の切迫した時には、取るものも取りあえず、逃げ足が早くなった。おかげで私自身も、幾度も空襲に怯えた末に、五月二十四日の未明、あたり一帯を焼き払われた夜に、命が助かって、今に至り七十過ぎの馬齢を数えている。

三月三日の雛人形たちは、あの切迫した年にはもう飾られることもなく、白い顔を和紙で覆われて、天袋《てんぶくろ》に仕舞われたままだったが、あの顔もじきに火に炙られるのだろうか、とそんなことを五月も末なのに、炎上しかけた我が家を見あげて走りながら、ちらりと思ったものだ。空襲下の恐怖は戦争の終わった後もながらく私の内に遺った。高年にかかってようやく、上空の「立場」にも頭を向ける余裕が出てきた。爆撃機の搭乗兵たちも命を賭けていたには違いない。しかしあれは肉弾相討つなどと言われた古来の戦闘とまったく質を異にして、方法と技術と、計算と組織と物量とに徹した、それ自体がきわめて冷静な作戦だった、といまさら驚いた。

すると、戦後世界に急速に発達した技術と方法と、大量生産と大量流通とが思いあわされた。戦時の軍用に開発されたものの多くが戦後の経済世界の中でさらに高度な展開を遂げたと言われる。物量と能率の徹底は、あの無差別爆撃へ、根っこにおいて通ずるものではないのか。方法と技術はおのずと無限の論理を内にふくんでいて、どこまでも展開しようとする。

かりにも経済成長の恩恵を蒙ってきた身として、むずかしいことだ。敗戦後の困窮から一途に脱け出したいという願望には切実なものがあった。長命の世こそ実現させたが、何を殲滅したと言うのか、という弁解もある。

しかし避けられぬはずのものをさまざま、背後へ捨てて走ってきた。その捨て置かれたものが、人の走る力が弱まった頃に、いつか前方へ回りこんで、けわしい必然の眼でこちらを睨むかもしれない。

お前は、どこへ行くのか、と。

（「毎日新聞」平成二十二年三月十日）

草食系と言うなかれ

2011

往古には歌のほうで「初学百首」というものがあり、二十歳そこそこの青年が長老の指導と選考のもとに、百首の歌を世に出す。たとえば藤原定家十九歳の時の初学百首の、師は西行と伝えられる。

ところでその初学の歌を見るに、端正にして怜悧、しかもなかなか老成している。もともと天才のことだから、と決めてはならない。世は変わっても、また歌にかぎらず、弱年の端正さ怜悧さ、そして不思議な老成は、人それぞれにあるものだ。

世間のことはまださほど知らず、頭は柔軟なので、端正怜悧はまだしもわかるが、弱年にして、なぜ老成なのか。じつは弱年なればこその老成なのだ。人はおのれ一個の体験だけでなく、死者もふくめて先人たちの積み重ねを踏まえて生きている。自身の体験の蓄積の層がまだ浅ければ、その下に積もった祖先の沃土から養分を吸いあげやすい。若い者は遠隔の人に影響を受けやすいと言われる。また、まず形から覚える。それが年を取るにつれて、さまざまな苦を嚙みしめさせられるほどに、おのれ一個の体験が重くなり頑固なようになり、どうかすると人の戒めも聞こえにくくなる。根もまっすぐには降りなくなり、破綻した我が身をそのつど肥やしにするよりほかに、成長のしようもない。老成への道はかえって遠くなる。定家卿だってさぞかしそうだったのだろう。高年には屈曲した歌風がとかく、わけのわからぬ「達磨《だるま》歌《うた》」との、誹《そし》りを受けた。

そんな中高年者たちの目には、あまりにも柔軟な青年が、やけに分別づいた、人にも世にも一向に逆らわぬ、奇妙なものに映るのは、いつの時代でも同じことなのだろう。「近頃の若い者は」で始まる文句に続くのは、無作法やら無軌道やらのことよりも、「意気地がない」のほうが昔から多かったのではないか。「何を考えているのやら」とも言う。これも、考えていることが知れないというよりも、何がしたいのか、どういう欲求に駆られているのか、感じ取れない、という訝りだったのだろう。あげくのはてに、今の世では、「草食系」などと言って斬り捨てる。

ついでながら、知る人ぞ知る、草食動物ほど烈しいものもないのだ。山羊などは太古から男の烈しさの象徴ともされた。崇高にして凄惨たるギリシャ悲劇の源は、荒々しい諧謔味をもってなる山羊踊りであるとも聞く。山羊鍋を初めて喰った青年が、これが男の味か、と箸を置いて考えこんだそうだ。

牧場めぐりの時に、種牡馬《しゅぼば》が後肢立ちになって牝馬《ひんば》の上に乗りかかるところに居合わせて、黒光りのする逞ましい牡馬だったが、まさに昇天の龍の勢いだと舌を巻いたものだ。肉食獣のほうがよほど小心で、慎重だとも聞いた。

それにもまして、草ばかりを喰いながら、あれだけの蛋白質を体内に創り出す。驚歎すべきことだ。水田耕作を宗《むね》として栄えてきた我が国の長い歴史も思い合わせるべきか。

今の世の若い男女には、色欲が薄い、という指摘もあり、表面上のこととは思われるが、一抹、否定しきれないものが残る。エロスという言葉に置き換えてみる。エロスとは、私の見るところでは、自分とは異質のものへ惹かれることである。ところが、人がおしなべて同質と、そう思いこまされている世の中は、エロスのはたらきには不利である。ましてや男女の差違がすくなくなると……。

いや、雌雄両性は人間にとって自然のことだ。男にも女性《おんなせい》はあり、女にも男性《おとこせい》があり、それがそれぞれの男性と女性を際立たせ、異質なものとしてお互いを惹きあう。まったく異っていながらしかも似ている、どこか似ていながらおよそ異る、これが引力となるようだ。

エロスの引力の衰えとともに人間がずるずると虚弱になっていくのではないか、と危惧するむきもあるが、世の流れを見るに、同質の幻想はやがて破れる。「おしなべて」の安心も通らなくなり、人それぞれに、生存に向かい合わせられる。

（「文藝春秋」平成二十三年三月号）

泰然自若の猛獣

2009

生まれた年も数に入れるなら、七回目の丑年を迎えることになった。いま時の人の寿命を考えれば不思議もない話だが、我が身のこととしては、なにやら信じられない。干支《えと》というものも正直なものか、ここまでの道を振り返れば、ひたすら牛歩でやってきた。牛歩以外の何ものでもない。

牛を尊ぶのはヒンドゥー教徒ばかりでなく、日本人にも古来、その傾きはある。さる寺に居ついた牛がいつか仏の化身と思われ、貴紳をはじめとして、善男善女がこぞって詣った、という説話もある。泰然として臥《ふ》す牛、臥牛《がぎゅう》もまたありがたがられた。

しかし臥牛があれば、火牛《かぎゅう》もある。倶利伽羅《くりから》峠の、角に松明を結びつけられ、坂を落とされて平家の軍勢を蹴散らしたという牛たちも、火牛である。本家は中国のほうで、こちらは角に剣のようなものを継いで、尾に結んだ葦に火をつけられて突進したらしい。怒った牛たちが奔走すれば、尻尾はおそらく波打って、火災の乱舞が敵に恐怖をふきこんだことだろう。尻に火がついたということでは、身につまされるが。

牛も走るのだ。私の子供の頃にはよく見かけられた。いったん機嫌を損ねて綱を振りきって駆け出すと、もう手がつけられない。人はまわりでうろうろするばかりだ。この時ほど人間が滑稽に見えたこともない。敗戦の年のこと、一夜の内に空襲によりあたり一帯が焼き払われたその明け方、どこかに避難していた一頭の牛、赤牛が辛抱の緒が切れたか、大道に飛び出して駆け狂った。炎上のなごりの煤煙をふくんだ空に昇った火の玉のような太陽に照らされて、いよいよ赤く、燃えるような牛の乱舞だった。

牝牛はやさしい眼の形容にもつかわれるが、牡牛はもともと猛獣であるのだ。獅子や鷲と同列に置かれたほどのものだ。古代のクレタ島にはミノタウロスという牛の化け物がいて、年々、これに人身御供《ごくう》を捧げたという。中国にも牛の化け物の大魔王がいた。近代の株式市場では強気のことをブル（牡牛）と言い、弱気のことをベア（熊）と言う。いえ、丑年の年寄りが脅すわけでない。ここまで牛歩で来た、牛の男である。

——誤って牛背《ぎゆうはい》に跨れば馬鳴《いなな》いて去り

これは夏目漱石の晩年の漢詩の一行である。吉川幸次郎氏の読みくだしによる。私の解するところでは、牛と馬とを取り違えて、牛の背にまたがったら、牛も取り違えて、いなないて走り出した。乗った者はいまさら大あわてである。いずれ落「馬」の憂き目を見る。どうも我が身にひきつけすぎた読み方のようで、あてにもならないが、私も牛歩ながらに、馬に乗って駆けるようなつもりになったことはあるらしい。

走りすぎてきた、とそんな反省が昨今、世の中一般にあるようだ。太平洋の向こう岸で泡がはじけて、その波がこの列島にまで押し寄せた。初めから破綻ふくみの信用拡張とわかるはずなのに、どうしたことかと、海の彼方の乱心を恨んでも、その泡の吹き上げにこちらも浴していたので、文句は言えない。折りしも丑年である。牛の泰然自若を思って反省の材料はさまざまある。しかしこの国の民はもともと、浮き足立った時もままあるが、おおむね牛歩でやって来たのではないか。牛歩の積み重ねが、来し方を振り返れば、奔走のように見える。つられて、おのれを何かと取り違える。おのれの本来を知れ、ということか。

（「読売新聞」平成二十一年一月一日）

大都市の山

2008

山の見える土地と見えない土地と。

将来かならず山の見えないところで暮らしましょう、と誓い合ったという姉妹の話もあれば、三十年も東京に住まったあげくに、ここは山の見えない暮らしなのだと今さら気がついて郷里にもどる心を決めた男の話もある。

雲取山は、東京都にかかり、まして奥多摩の山々は東京都の内になるが、区内およびその周辺はまず、山のない土地と言える。東に筑波山を仰ぎ、西は霊峰富士、などと大学の応援歌にあるようだが、なるほど、そうには違いない、と思われるのはいまどき、よく晴れあがって遠くまで空気の澄んだ日に高いビルの屋上から見渡す時にかぎる。

東京で育った子供たちはどうかすると、日の昇る方角も、沈む方角も、たずねられても指差せないという。戸外で遊んですごす時間がすくなくなったせいもあるだろう。時計、家がぎっしり立ち並び、郊外でも高いビルが視野をふさぐせいもあるだろう。

それもデジタルの時刻にたよって、一日の移りを日差しや日陰の移りによって感じ取る習慣が薄れたせいもあるだろう。山の近い土地に育った子供たちには、そんなことはないように思われる。

東京は山が遠い。それでも、その遠い山々が道からもくっきりと見える日はある。富士が、大山が、御岳が。北から東へ寄った地域では、筑波も望めるのだろう。手に取るように見える。しかし手に取るようにとはまだ、違いという感覚である。ところがまれに、山がほんとうに近くなる。

世田谷通りは二級ながら幹線道路である。都心の方から来て三軒茶屋のあたりからほぼ東西に走る。それが東京農大の前を過ぎたところの、南側に私の住まいはあり、北側に小さな商店街がある。その商店街へ行くために横断歩道を渡るときに、ふっと西のほうへ目をやると、道路の行く手に富士が異様に大きく、近々と立ちふさがっていることがある。つれて道路の両側の建物が、山の重みを受けたか、低い軒をつらねた宿場町のように見えてくる。横断歩道を渡りきると、山はもう影も形もない。道路の両側も東京郊外の、どこにでもありそうな眺めにもどっている。山を間近に見る土地で暮らしているような心地だけがしばし残る。

ある小説の中に、昭和の初めの牛込界隈のことだったかと思うが、主人公の青年が昨夜もまた散々に飲んだくれてきたそのあくる朝、下宿の厠に立つと、凍てついた冬のことなので、酒臭い小便から濛々と湯気を立てながら、ちょうど目の高さに来る格子の窓から、近くの軒の間を通してのぞく富士の、際立った影をつくづくと眺めて、ああ、ここまで落ちてしまったかと我身をかえりみる、そんな場面があった。さぞや富士が近々と大きく見えたことと思われる。これなどは、人家の隙間を通してのぞく山は大きく近く見えるという、望遠鏡《とおめがね》に似た効果のほかに、眺める者の情がたぶんにはたらいているのだろう。やや追いつめられた心境から仰ぐ山は、遠くにあっても、ずっしりと迫り寄るものだ。

しかし、東京もまた山の街であった。山の手は文字通り、もとは小さな山々が浅い谷をはさんでつらなる土地であり、その山の手をほど遠からず控える下町も、富士山、愛宕山と言わず、山の見える土地であった。芥川龍之介の大正十三年に発表された、自身の半生を振り返る作品の中で、少年時代から始まった本への情熱のことにふれて、小遣い銭がとぼしかったのでしばしば古本屋で立ち読みをしたとあり、そんなある日、古本屋から出て来たところ、神保町の通りから、あたりにごみごみと並んだ古本屋の屋根越しに、日の光を受けた九段坂の斜面が目に染みたことが、かなり陰鬱な気分のところへよほど鮮烈な印象を受けたようで、ことさらに語られている。今から二十年前というので、明治の末年になるはずで、九段坂の斜面とあるが、九段の山とも呼べば呼べたのだろう。

芝の白金台から高輪台、そのあたりが私の少年時代に走り回った土地になる。台と呼ばれたがもとは山である。島津山や御殿山にも足をのばした。尾根を伝う道もあれば、谷を上り下りする道もあった。昼間にはただ坂の多いところにしか見えないが、遊びほうけて日がにわかに暮れかかり、遠くなった家路を思う頃には、山にあたるところにいれば山の、谷にあたるところにいれば谷の、それぞれの空気がまず肌に感じられた。風や湿気や草木と土の匂いへの、ほとんど皮膚感覚である。地理よりもその感覚に導かれて家へ帰った。日が暮れれば、都市も山と谷の昔をわずかながらよみがえらせる。家に帰る子供の心は鳥や獣の巣に帰る本能を帯びる。

日本の近代小説の始まった当初には、大半が地方から東京への流入者たちの小説であった。その中でも私小説風のものを読む時、私の関心はまず、主人公がどんな界隈に暮らしているか、高台つまり山のほうに住まっているか、低湿の地つまり谷のほうに住まっているか、そのことへ向かう。陰惨の気をふくむ私小説では、主人公はしばしば崖下のようなところに家を借りている。崖下に暮らす体感を読者は思うべきである。昼間の人の往来はまだしも大都市のうちのことだ。しかし家にあって夜ともなれば、土の湿気は身体に底から染みとおる。山から風は吹きおろす。流入者の心は、都市にも郷里にもつかぬ、宙空へ浮く。

かく言う私も、山の手からも隔たった、昔の在所にあたる、ゆるい起伏のつらなる土地に四十年も暮らす者だが、それでも冬の夜などに、風の吹き渡ってくる方角へ、嵐をおろす山が遠からぬところにあるかのように、耳をやっている。

考えてみれば往古の和歌だって、山中の庵にせよ、山麓の里にせよ、山の端を望む京《みやこ》の邸《やしき》にせよ、山に親しい感覚なしには、成り立たなかったはずなのだ。

（「山と渓谷」平成二十年一月号）

老熟の有用知らぬ荒涼

2008

後期高齢者とはよくもまあ露骨に言ってくれたものだ、と初めはあきれもしたが、その呼び方に非難が集まるにつれて、これもまたどういうものか、と首をかしげさせられた。私は七十歳ちょうど、あと五年でその後期高齢者とやらの部類に入れられる者であるが、六十を過ぎた頃から、自分がいよいよ後期に踏み入ったかと心得ている。

五年先十年先のことを言おうとして、ふっと口ごもる、そんな境が高年者にはある。先の年数のすくなくなったことを何かにつけて悟らされるにつけて、しかしいま現在が、今日この日が長く感じられ、どうかするとものめずらしいように眺められ、これまでいかにあわただしく、その日その日をろくに踏まずに、前のめりに走ってきたかに驚かされる。老いの長い日には、後悔も憤懣もあり、わびしいものであるが、そこで少年壮年のさまざまな過去がようやく体験として熟して、人生がいささか見えてくる。苦い味を呑みくださなくてはならないとしても、この老熟を置いてほかに、老年の豊かさはあるだろうか。すべて後期の賜物である。老年とはつまり後期のことであって、これをさらに前後期に分けることはないのだ。御丁寧も事によりけりである。

しかしこの後期高齢者という言葉よりも私の感覚に障るのは、お年寄りという呼び方である。「年寄り」とは、高齢者本人あるいはその身内の口にする、高齢者サイドの、謙譲をあらわす言葉ではなかったか。「うちの年寄り、おたくの御老人」が、正しい言葉の使い方のはずである。「老人」のほうが尊称なのだ。よその老人を「年寄り」と、勝手に成り代わってへりくだっておいて、それに「お」の字をたてまつるとは、慇懃無礼もいいところではないか。外見の栄華にもかかわらず身の内の薄幸にひそかに泣く佳人が、しがない世渡りの老爺《ろうや》を見かけて、もし、お年寄り、と思わず同情の声をかける、橋の上の名場面が古い小説の中にあるが、今の世の年寄りは、もはや月並みと堕したその言葉をかけられて、どう挨拶を返したものやら。

今の世の中があれこれ老人をいたわるようなことを口にしながら、じつは老いということを言葉の上でも避けているしるしである。生老病死の四苦、と仏教のほうで言う。どうして生が苦なのか、不服の世代が今では高年まで押しあげられつつある。人生は楽しいものであり、楽しくなければ間違いである、と教えこまれてきたせいである。そのタタリがいまや異常な事件となって表れる。

老病死については、重い病に沈んだ人なら年齢にかかわらず、病は老と死を先取りして感じさせるものなので、半世紀あまりにわたって営々として築きあげてきたこの社会がいかに老と病と死を容れるようにはできていないかを見せつけられ、荒涼たるところに置かれた気持になるだろう。

死はなおせない。老もなおせない。病もまた、いくら医療が発達しても、つきつめたところ、なおらないと思わなくてはならない——こののがれられない実相を踏まえた社会ではなく、また人心でもないのだ。

老人力とか、軽躁をあおる言葉が横行したものだが、これも年寄りから年を、老年から老を、奪うのにひとしい。年は取りやすいと言われる。しかし老年に就くのはたやすいことではない。老年はその存在だけでも、世に有用なもののはずなのだ。

（「読売新聞」平成二十年六月十八日）

人は往来

2007

あの男は近ごろ、亡くなった親父さんと、どうかすると、そっくりのところを見せる、というような話をよく耳にする。面影なんていうものじゃない、まるで故人がいまそこにいたようで、はっとさせられる、などと亡き人の生前に親しんだ人は言う。もともと似ていれば、いまさらのことでもないのだろう。親には似ていないとこれまで人が思っていると、よけい驚きはまさるようだ。言われた本人がたいていそのことに気がついていない、というところがまたおかしい。

人は自分自身の姿というものを、ほんとうのところ、見ることがない。鏡の像は、あれも映像である。鏡の前に立ったときに、本人の内にすでに修正が入る。写真やヴィデオも、撮られるほうはカメラを意識しなくても、撮るほうにおのずと編集が加わる。それに、人が姿となるには、そのまわりに風が渡るように、来し方から行く末へ、歳月が流れていなくてはならない。

人の姿は本人のもとよりも、むしろ遠くなった人の記憶の内にのこる、とも考えられる。かつて想った人の、ある日あるときの姿を生涯、心の底に留めるということもあるだろう。想われた本人はそのことを知らない。その日そのときのことも覚えていない。それでもそんなふうに人を慕うとは、第三者として聞くかぎり、なかなか甘美な話であるが、もしもそれが、恨み憎しみのきわまった眼に映った姿だとしたら、そら恐ろしい。

もっとも、そういうのは姿とも言えないのだろう。憎んでも恨んでも足りぬその人物の、その表情にいつか哀しみが差して、見るほうの愛憎もほぐれかけるころ、ようやく姿となり、やがて消えるか。

人の情のからみあいは、おたがいに離れた後も、それぞれの内で末々まで、むずかしい。そんな情のからみあいの圏外から、ある晩、人の集まったところで、見知らぬ老人が寄ってきて、亡くなった父上の旧知だと自己紹介して、さっきからあなたの姿が目に留まって、笑い方から身振りまで故人とそっくりなので、どうしたことか、と傍らにいた友人にたずねたら、まさしく息子さんだと知りまして、なつかしさのあまり、とそんなことを言われたとしたら、それは故人とはいろいろこだわりもあるだろうが、貴重な贈り物として、ありがたく受けるべきだろう。見知らぬ人の内にしまわれていた、亡父の面影に触れたというだけでなく、めったに見ることのならぬ、自分自身の姿にめぐり逢ったのだから。当世、そんなめぐり逢いはなかなか、あるものでない。

ある人などは、人中で見知らぬ老人から同じような言葉をかけられて、じつは老父はまだ健在で、先日もいささか口論めいたものを交えたところなのに、なんとなく心を動かされ、父親とも自分自身とも折り合えるような気もしてきて、相手の思いこむなりに受けていたという。

またある人はやはりなにかの集まりの中で、まだ妙齢の内の女性に紹介されて、お父さまにはいろいろと教えられまして、と女性が言うので、おや、親父にもそんなところがあったかと感心するうちに、御作もそのつど読ませていただきました、と女性はまた言う。父親は物を書く人間ではない。著述を長年生業《なりわい》としてきたのはこの自分のほうである。となると、この女性の言う、「お父さま」とはこの自分にほかならず、ということはまた、自分は自分の、息子になる。自分の親にして子とは、気色の悪い話だけれど、妙齢の女性の口から出ると、また別だね、と後でまんざらでもない顔をしていた。

どこかで見たような顔だな、とある男、初めての子に病院のガラス越しに対面したとき、思わずそんなことを口走って、そばにいた子供の母親、つまり細君に睨まれた。これはこの際、禁句である。子が産まれたというのに、男親はやれ出張だの、やれ泊まりこみだの言って、三日も過ぎてから駆けつける、というような時代の話である。

今は男親も出産の場に立ち会うというから、そんなこともないのだろう。

他人事の感想のように聞こえるが、実感ではあるのだ。産まれたばかりの子の顔を見て、誰に似ているとか、彼にそっくりだとか、お見舞いの客は言ってくれるが、男親にとってはたいてい、自分に似ているとはとても思えない。自分の肉親たちとは、さいわい、似ていない。妻に似ているとしたら、妻もたぶん赤ん坊のころを実物で見れば、こんなだったのだろう。妻のほうの肉親の面立ちも、透けて出ているようには思えない。だいたい、顔としてまだ態をなしてはいない。それなのに、どこかでとうに見知った顔に見えてくる。どうしても思いあたらない。ひょっとしたら、自身も知らない遠い縁者たちの間にまで分け入って探さなくては、この顔は見つからないのかもしれない。

そう思う親だって、同じことなのだ。自分自身と言うけれど、その自分の内で、自分の知っているのは、ほんの一部にすぎない。自分の見も知らぬ縁者や祖先、あるいは赤の他人と見えるがじつはなにかの縁でつながった生者死者たちが、大勢往き交い、ひしめくこと、歳の市の雑踏に変わりがない。

あるいは夜更けの酒場にも似ているか。客がちらほらになったころに、店の内が満席で静かに賑わっているように感じられる。酔いがもう一度、さわさわとまわる。自分は一体、誰なのだろう、と考える。ふだんならよけいな屈折を招きそうなこの自問が、今夜に限って不思議なやすらぎをひろげる。おひさしぶりで、お元気ですか、と目に見えぬ相客に声をかける。あなたもお元気そうで、と相手は答える。

（「銀座百点」平成十九年六月号）

水豊かな城下町を包んだ炎

2007

東から新幹線で来ると、岐阜県に入って長良川を渡り、さらに揖斐川を渡り、大垣の市街を右手に望んでまもなく、両側に山がややせまって、どこかしら古代を思わせる土地の雰囲気になり、木を繁らせて点在する小山がどれも古墳の跡のように見えて、やがて合戦で名高い関ヶ原に入る。

そのあたりが不破郡、古代の不破の関に因む。関ヶ原町の北に垂井町、そこが私の父祖の地である。不破郡垂井町、青年期までの私の本籍地でもあった。

篠ふかく梢は柿の蔕《へた》さびし
　三線からん不破のせき人
道すがら美濃で打ちける碁を忘る

俳諧集「冬の日」の中の連句の一節、句は野水、重五、芭蕉の順になる。柿は大垣周辺の名物である。三線は三味線、近くに里の料亭でもありげである。美濃で打ってきた囲碁の仔細も忘れたとは、不破まで来ると美濃もはずれと感じられたか。それに続く杜國の句が、ねざめねざめのさても七十——私自身もこの秋で、さても満の七十歳になる。

冬場にはしばしば関ヶ原の一帯に雪が降り積もり、新幹線が不通になる。北は伊吹山地と、南は鈴鹿山地との、切れ目になり、美濃から近江へ、峠越えの道すじにあたる。芭蕉の句の、碁を打ってきた美濃とは、大垣ではなかったかと思われる。水の豊かな城下町だった。地面をすこし掘ると水が湧いてくる。家々の台所の土間には水槽が据えられて、水が日夜、落ちていた。小路の両側の溝には澄んだ水が流れて、家ごとに網や簀《す》の子で仕切って、小魚を泳がせていた。私の幼少期の体験である。

あの年の梅雨は殊にうっとうしくて、いつまでも続いた。梅雨のもとに静まる湿潤な城下町の、小路につらなる古風な軒の雨にけぶる情景は、もしも平和な時世に訪れたなら、さぞや客人の心を惹いたことだろう。しかしすでに夜な夜な、敵の爆撃機の編隊の、上空を通る唸りが梁から天井にこもって、台所の土間から伝わる水のさざめきとともに、やがて家の内に満ちた。昭和二十年のことである。熊野灘から伊勢湾に入り、名古屋方面を襲うと見せかけて阪神へ向かう。あるいはその逆に、紀伊水道から阪神をかすめて、名古屋のほうへ転ずる。大垣あたりの上空はその通り路にあたり、敵の編隊は高度をすでに下げていたはずだが、土地の人たちはまさかこの小さな城下町が焼き払われるとは思っていなかったようだ。

お濠端も、簡素で美しいお城と緑の城山と豊かな濠の水を眺めて、静かな道だった。梅雨間のめずらしく晴れたある朝のこと、大人たちにつれられてその道を歩いていると、むかいから一人の老女がせかせかと、物に追われる足取りでやって来て、私たちを避けて通るかと見えてまっすぐに近づき、この町もそのうちに焼き払われるという噂だが、ほんとうだろうか、という意味のことをたずねた。そんなことは、あるものか、と大人たちは一笑に付した。老女もほっとした顔で笑ったが、ふっと私たちのそばを離れると、また怯えた背になり、濠に沿って遠ざかって行った。老女の去った後から、濠端はいよいよ静かになった。それからほどなく、ある雨の夜に、私たちはその濠端の道を、焼夷弾の着弾に追われて走っていた。

城下町大垣の炎上を見たのはそれから半月あまりもして七月も末、私たちは西大垣の畑の中に立って、ただ呆然と眺めていた。町全体がひとつの大火炎につつまれていた。その火炎がときおりゆらりゆらりと天へのびあがり、白い閃光が火の底から射し、畑の果ての林の樹影が黒く浮き出た。

その翌日から、長かった梅雨が明けた。

（「読売新聞」平成十九年五月一日）

根岸

2007

木造家屋というものに私が住まわなくなってから、かれこれ四十年近くになる。その間に木造の家に出入りしたことはたびたびあるが、先頃初めて、そのような木造の「民家」の中で、三十人ばかりの人たちの前で話すという機会を得た。座敷とその控えの間にあたる部屋との、仕切りの襖をはずしてぶちぬきにした会場である。座敷のほうに聞く人たちが坐って、控えの間の真ん中に置いた簡素な坐り机に寄って私が話す形になる。

話しはじめてまず、なんと話しやすいのだろう、と感じたものだ。無理のない口調におのずとなっている。聞く人たちにも自然な口調として伝わっているようだ。この空間のおかげだと思った。このようなほどほどの広さと人数、このような天井の、普通の人家なみの高さ、聞く側と話す側とのこのような間近さ——これがあってこそ、談話というものは成り立つものだ、といまさら悟らされた。

しかししばらく話すうちに、また別のことに気がついた。声のことだ。楽に話していても、その声がよく通る。自分の話すその声が自分でよく聞こえる。よく聞こえるので、その声の高低やら抑揚を調整しやすい。声に緊張が伴わない。これはコンクリートの建物の中で話すのとは大違いである。普通の講演の時には、壇上に姿を晒して机の前に身体をなかば隠すような気持で寄り、声を発する間際に、たいそう心細い思いをする。何度やってもこれには慣れない。あがるせいばかりでない。

自分の発した声が、自分の予想したのと、音質まで違って聞こえることがしばしばだった。声が違えば、口調も乱れる。口調が乱れれば、せっかく抱えこんで来た構想も揺らぐ。構想とはおのずとそれ相応の口調もあらかじめふくむ。レースにたとえればスタートでつまずいたようなものだ。そのつまずきからついに立ち直れず、しまいには自分の声のようにも聞えなくなり、何を話しているのかもわからなくなり、バタバタになってゴールへ倒れこむことがよくある。かりに途中でどうにか立て直して自分の声を取りもどしても、さて、いつなんどきこの声がまた保てなくなるかと思えば不安のあまり、残りの時間がはてしもなく長く感じられる。聞いているほうもさぞや迷惑のことだろう。

それにくらべると、この話しやすさはお座敷の小人数のおかげもさることながら、木造家屋の音響効果の、功徳ではないか、とやがて思った。話しながらその声を自分の耳で聞いて、聞く人たちの耳障りにはなるまいと測っている者の、あくまでも印象になるが、発せられた声の、量にすれば四分の一ほどが家屋に、天井や畳や、脇に閉てた襖や廊下の板床に、いったん吸収されて、そこで柔らげられ、ほかの微細な物音と合わされ、瞬時の差を置いて戻されるのではないか、とそんなふうに感じられた。人の声とは本来、高いにせよ低いにせよ、言い切るにせよ、つぶやいてやがて吐息に終るにせよ、その幾分かは一度家屋に吸収され、そこで「遠所」をふくんで返されるのと、響きかわしてこそ、人と人との間にすっきりと通るのではないか、とまで考えれば、しきりに懐かしい。

懐かしい、懐かしい、と胸の内で感に入るうちに、何を言ってるんだ、昔の人のことのように、と我が身にはねかえした。私自身、今では七十の坂を下りつつあるが、これまでの生涯の半分近くは、このような木造家屋に暮らして来たではないか。このように通る声を、日常、身辺に聞き馴れていたはずだ。人の声とは本来そういうものだという感覚が身中に埋めこまれて抜けない。それを懐かしがるのは勝手だが、それが作家としての私の、致命傷となりかねない、「時代錯誤」をなしているではないか。

たとえば私の作中の人物が家の内にあって物を思う。物に感じてやや憮然とさせられる。自身との問答になる。自己問答といえども、他者がなくては始まらない。自分という他者である。自分とは「私」だとばかり思うのはこれも錯誤のひとつであり、自分は他者と分かち持つものの謂にほかならず、この分有によって「私」は他者たちへつながる。見も知らぬ遠所の他者を経て、無数の故人たちにまで及んでいるらしい。無言の問答にも声はある。その声をできるだけ丹念にたどるのが書き手の役目になり、それにつけても自身の耳の利かなさに厭気の差しかかるところだが、それでも問答がやや進んで、このがさつな筆にかかったにしては声が通っているな、と耳をやるようにして気がついてみれば、例の人物、縁側にしゃがみこんで庭を眺めているではないか。

三十八年来の私のマンション暮らしには、縁側も庭もない。

二十五年ほど前に同じコンクリートの棟を、七階から二階へ降りて来て以来、すぐ表の木立ちの、樹冠がちょうど窓の高さになり、風が吹けば木の葉の音が聞こえる。雨の音も入って来る。しかし天井から家中がさざめくということはない。建った当初は中庭のあちこちに植えられて、なまじ貧相に見えた樹木も四十年近くの間には旺盛に繁って、梅雨や秋雨の庭にはうっそうとした林の様相を現わし、駐車場を覆い隠し、木の間からちらつく灯が人里を想わせるが、サッシの戸を閉めてしまえば、その内で洩れる人の声に、林中の寓居の声音《こわね》が、あるはずもない。そのまま机に向かえば、自分は物を読むにもまるで耳が聞こえていないのではないか、と疑われることがある。

朝曇りの風もない夜明けに寝覚めして、居間のサッシを開けて敷居の前にしゃがんでいると、目の前の庭ならぬテラスに並べられた鉢植えの草木のそよりともせぬ中でときおり、一箇所の葉が二、三枚、どういう風が通るのか、くるりくるりと動く。すぐに止むと、しばらく間を置いて、別の所でくるりくるりと動き、そうして順々に送られていく。あの葉たちの、いまようやく覚めたような身ゆするぎは、長いとも思われている人生の間のわずかな覚醒の時に似たものか、あるいは人生の全体が束の間我に返った心地か、といつまでも眺めている。

しかしいずれ私が病んで寝たきりになり、命のいよいよ細る頃、どうせその時にはどこぞの病院のベッドの上にあって、ここはどこだ、と回らぬ頭で訝っていることだろうが、かりに、かりに長年馴れた居間に敷いた蒲団に寝かされているとして、ある朝早く、ひさしぶりに爽やかな心地で覚めたその目を明るいほうへ、「縁側」のほうへ向けたとしても、鉢植が並ぶばかりで、テラスの壁に遮られて庭の草花のすがれかけたのも見えず、桜の木のこちらへ伸べる枝の先ぐらいは目に入るだろうが、遠い杜《もり》が望めるでなし、近くの家で朝のおさらいをする子供の甲高い声が快く耳に立つわけでなし、路地に納豆売りが入って来て近隣の主婦たちの集まる、ささやかな日常の賑わいがありがたいように聞こえるでもなし、糸瓜《へちま》の葉が露をこぼしたように揺れるでもなし……。

そこは根岸の、子規庵であった。私の坐って話していたのは子規の病床の部屋であり、聞いている人たちの坐っていたのは、門人たちの集まった、夜伽《よとぎ》もした座敷であった。

畏れおおいことと言わねばならない。

（「新潮」平成十九年一月号）

越す

2005

夜更けにあのターミナルの改札口を抜けて、寒いホームの先のほうを眺めると、これから自分の家へ帰るというのに、この時刻にどこか遠くへ、急な事があって出かけるところのような気がして、さびしくてしかたないことがある、と話した男がいた。急な事とは、何を思っているのだ、とたずねると、たとえば人が亡くなって、と答えた。

今から三十五年ほども昔、東京の沿線郊外住宅地の開発のいよいよ急速になった頃のことになる。三十歳を過ぎて子供も出来たので、思い切って沿線郊外の、ターミナルから準急で三十分あまりの所へ越したばかりの男だった。私も似たり寄ったりの年齢と境遇だったので、夜の家の内にこもる赤子の甘いような匂いを思って、不幸に駆けつけるとは何事だろう、と首をかしげさせられたが、「さびしくて」というつぶやきは耳に留まった。

現在の私の住まいも三十六年来になる。高年のマンションは高年の人体と同様、年々の養生によって持たされている。しかしここへ越して来た当時、新居に落ち着いてまもなく、まだ三十一歳の男がひどい疲労感に苦しめられた。何をするにも気力が掠れて、許されるものなら来る日も来る日も、終日寝そべっていられた。家を持って安堵するというような時代ではすでになくて、人の一生はそこから、生涯切り詰まる。それはわかっているのだが、心身が言うことを聞かない。仕事もやめてしまおうかなどと、その後の甲斐性もないくせに、不埒なことを考えている。そこへある日、古風に言えば初時雨か、冷い雨の走る正午《ひる》前に、職場でいきなり猛烈な歯痛が始まり、たまらず近所の歯科医へ駆けこんだ。

歯科医の世話になったのはじつに乳歯以来のことだった。虫歯から歯髄炎を起こしかけているとの診断になったが、そこの先生はさらにその原因として、老化という言葉を使った。老化を我が身に関して言われた初めだった。今の青年のことは知らないが、われわれの頃には二十五歳も過ぎれば、仲間どうし、老いをかこちあったものだ。昔から言われるように、老いは眼と歯と、何から始まる。メ・ハ・ナニと言われる。それを聞いて仲間の一人が、三つともトッタン、突端ではないか、と笑った。それ以来、仲間内で、ナニのことをトッタンと呼ぶようになり、それがすでに隆盛ならざることを歎きあった。ああやって戯れあっていたのだ、じつは持て余した連中が。しかしわずか四、五年前のことだった、と考えると憮然とさせられた。

ふた月ばかり歯科医へ通って治療は済んだ。しかし医者の暗示にかかったか、疲労感というよりも、老衰感のようなものが後に遺った。気力が満ちて来ないばかりか、考えることがいちいち後向きになった。夢見はさらに、はるか後向きだった。さては先のもう尽きかけたしるしか、一歳の娘を残して往くことになるのか、と不安がやや深刻らしくなった。そこへまた三月ほどもして身辺に騒ぎが始まり、季節がひとまわりして翌年の春に、気がついてみたら、ほんとうに職を退いていた。

それからがまた一段と仕事に追いまくられる身になり、つぎに気がついてみたら、すでに老年に踏みこみ、いまや自分の息子ほどの年齢の男の、半年ばかりの老衰感を、あれは何だったのか、と怪しんでいる。

夜になってから出かけるのを、私自身、さびしいように感じる癖がついたのは、何時頃からのことだろうか。肉親の病気が、その始まりだったか。三十二の歳に、年末に老母が入院した。肺癌の末期と診断された。老母と言ったが、現在の私よりもとうに年下になる。病院通いはたいてい昼間で、遅くなっても日暮れからだったが、夜になり電話が鳴るたびに、すぐに家を飛び出すことを考えた。危篤の電話が病院から来た時には、私はたまたま親の家にいて、そこから車で駆けつけることになったが、車が私自身の家のほうへ近づくのを、奇妙な気持で眺めていた。

父親の時にはその報らせを北海道のだいぶ東へはずれた土地で朝方に受けて、一日がかりで駆けつけた。姉の時には、午後から詰めていた病院から夜になって戻り、あちこちへ連絡してから夜半に床に就き、三時間ほども眠ったところで電話に起され、雨の降りしきる道で車を拾った。途中、裏路の狭い辻を抜ける時、電柱に貼られた広告が白く浮き出して、夜の明けかけたことを知った。兄の時には宵の口に報らせを受けて道路端まで走り出たが、そこでにわかに、車を拾うと何か間違いが起こりそうな恐れに取り憑かれた。方向感覚を失うようなことを思ったらしい。気を長くして電車を三度も乗り継いで行ったものだ。その三度目の乗換駅の短い連絡道を抜ける時、そこは私たちの子供の頃から遊園地で賑わった所で、とうに廃園になっていたが、古ぼけた壁に子供の心をそそる壁画が、色褪せながらまだかすかに浮いていた。

しかし母親の時から兄の時まで二十年になるが、その間、私はのべつ日の暮れから外出している。大体、私の外出は冬場だと、家の近くのバス停に立つうちに黄昏れてくるという時刻からなのだ。その後、また十年あまり、そうも変わりはない。暗くなったバス停に立つ自分が、ほかに客もないと、変な物に感じられることが、ないでもない。

三十五年ほど昔、「さびしくて」というつぶやきに触れた時、私はとっさに、聞く耳を持った。「たとえば人が亡くなって」と聞いた時にも、当時私の肉親は健在で、身近の不幸も知らなかったのに、夜更けに駆けつける気持を思ったものだ。

東京という土地はもともと、冬場の夜更けにかかるとさびしい所なんだよ、とあの時、取りなしたように思う。われわれの住まうような所は東京ではない、と言う人もあるけれど、じつは沿線郊外の遠くのほうが東京本来の、さびしさを持ち越した、とはその時に言い添えたことか、それとも後日、夜が更けかかり店仕舞いにかかった駅前商店街を抜けながら思ったことか。

われわれはいつも、取り込み中の心で生きているのではないか、と夜更けの電車の中でふいに思って自分で驚いたのは、もっと後のことになる。閑を見てそそくさと、まるで立ち腰の気分で、からだを持たせるためだけに、茶漬などを掻き込んでいる光景が見えた。自分も通夜葬式に馴れた身になってしまった、と寒い感慨がおくれて湧いた。

無常の風とやらに吹かれれば、男女の交わりも所詮、そんなものか、と思った。

土手の上を電車が通る。列車も通る。電気機関車のこともあれば蒸気機関車のこともある。凍てついた冬の夜には、来るのも去るのも、遠くから遠くまで耳でたどれた。貨物列車の音はいつまでも尽きず、眠りの中まで響くように感じられた。敗戦の直後、都下の八王子の町はずれに仮住まいしていた頃のことだ。子供は寝床の中から耳をやっていた。

さらに静かな夜には、鉄道の土手を越えて遠くの、見渡すかぎり畑の中の単線軌道を走る小さな二輛連結の私鉄の音も伝わって来る。細々と、さざめくほどに近づいて、どうかすると人の啜り泣くような声になり、澄ます耳からすこしずつ逸れて、やがてふっつりと絶える。風の吹く夜にも、ふとした風の絶え間に、意外に近くに聞こえて、すぐに風の音に紛れたその後から、笛太鼓で囃す賑わいが立ったような、余韻が耳に遺る。

夜になり東京から親に連れられて戻る車中のことを、子供は寝床の中から思った。しばしば電車ではなくて汽車の、長い旅だった。武蔵境の辺を過ぎると窓の外は一面畑の闇になり、近くの灯はうしろへ走るのに、闇の遠くに点々とつらなる灯は列車の進行方向へゆっくりと、狐火のように流れる。黄色く濁った車内の灯に客は疲れはてた顔をさらして、うつらうつらとしている。あの列車の音も遠くからは、啜り泣いているように、風の絶え間には笛太鼓で囃すように、聞こえていたのだろうか、と子供心に考えた。

人は賽の河原を過ぎて三途の川を渡る。あるいは裏山へ一人で入っていく。近代になり、鉄道が各地に敷かれるようになると、汽車に乗っていく、という考え方も出て来たと聞く。あの世へ越すというのも移動であるから、移動の「足」が時代につれて、人の想像の中で変化するのは当然のことだ。夜になって往く人にとっても、夜行列車というものがあれば、不都合はないわけだ。線路端に立っていると、停まってくれるのだろうか。そう言えば、夜汽車の音を遠くまで耳で追っていると、どこかでふっと停まってまた走り出すように聞こえることがあった。あるいは夜々、音だけして目には見えない専用列車が走るのか。おのずと集合場所もあって点呼もおこなわれたのかもしれない。

いずれ、汽車に乗って長旅に出るのは生涯に一度か二度の時代と境遇の想像だったのだろう。汽車が故郷の野山を過ぎる時、泣きたくなる。しかしすっかり離れてしまうと、身なりをくつろがせ、弁当や酒を取り出して、ささやかな宴となる。

あの世への通路もいまではすっかり、幻想の中でも塞がれた。いや、通路はいまでも、都市の中でもあちこち、思わぬ所にあると言えば、クワバラ、クワバラ、と人は逃げるだろう。しかし、あの世への通路が塞がれれば、この世はまさに閉塞する。

さびしい、とつぶやくのは、人心地のついたしるしか。

（「青春と読書」平成十七年二月号）

もう死んでいる

2005

世の常の停年というものをたいてい通り越してしまった年齢に私はなるが、六十の歳に近づいた頃のこと、長年に会社に勤めていた同窓生が、「近頃ではもう、停年停年と言うな、とまわりに言っている」とつぶやいたのが耳に留まった。その旧友は当時、毎日早朝に家を出て、他県になる遠い工場まで車を走らせ、夜は更けてから家に戻って食事を済ませば、もう朝までいくらの時間もないという生活を繰り返していた。朝毎のハンドルを、おそらく気合を入れて握りながら、そうして日一日と、停年は確実に近づく。停年停年と、いまさら言うな、と言いたくもなる。

同様に老年も日に日に、死へ近づいて行く。年月の流れはよほどゆるやかになり停まるというように感じられることもあるが、流れは流れであり、人を確実に河口へ海へと運んでいくこと、上流のほうの早瀬と変わりはない。気がつけば足がすくみそうになる。言っても甲斐のないことだ。言って甲斐なきことは、言うな、である。考えたくないことは考えない、のに似ている。年が寄ればあんがい、考えずにいることが自然なのだ。

わたしはもう半分、死んでいるようなものですから、と言った人がある。もっと大胆に、わたしは、じつはもう死んでいるんですよ、と言った人もある。どちらもほとんど明るいような声だった。わたしは死んでいる、とは考えにくいことである。わたしは死んでいる、と言っているのは誰なのだ、と考えれば、そもそも言葉として成り立つかどうかもあやしい。

しかしまた、人は死んだ後の自分のことを恐れてうなされる。自分は死んでいる、死んでいるということも知らない、それを知らないこともまた知らない、と次から次へ「無い」の渕へひきこまれて叫びたくなるが、これも考えてみれば、自分が無ければ、無いも無いのだから、理不尽な恐怖である。

これにたいして、あなたはそんなことに怯えているけれど、現に生きている無数の人間について何も知らずにいるではないか。知らないということも知らない。知らないということを知らないということも思わない。知らないので思いようもない。その限りで、無数の人間に関して、あなたは現に死んでいるのにひとしくなりはしないか。そう咎められたらどうする。だって、恐いんだもの、自分のことなので、と子供みたいな答えにすがるか。

さらに、圧倒的に優勢な死者たちのことをほとんど知らないではないか、思いもしないではないか、相互の間のことを考えれば、現に死んでいる人間たちと、現に生きているあなたと、どちらもひとしく死者なのではないか、と問い詰められれば、一陣の風が我身を吹き抜けて永劫の野まで吹き渡り、ああ、俺はいま死んでいるんだ、と感じないでもない。

自分はまだ生きているのだか、もう死んでいるのだか、物の表現ではなくて、ほんとうにわからなくなる境はあるそうだ。恐怖の渦中よりも、むしろ危地をかろうじて脱れた後のことだという。生きているのか死んでいるのかを疑うのはまさに生きているしるしになるわけだが、それがただちに安心へ通じるかと言うと、いま生きているという偶然が空恐ろしいように感じられるという。九死に一生を得て来た人間はその後しばらく、あるいはかなり長きにわたって、九分の死と一分の生とを、生き続けることになるのだろう。

生まれて来なければよかった、とこれが人の口から洩れる最大の悲嘆なのだそうだ。生まれて来たことがすでに間違いなのかもしれない。しかし老年に踏み入るにつれ、その間違いもすこしずつほぐれていく。

（「文藝春秋」平成十七年一月号）

林は日々に新しい

2001

森とまでは行かないが、林の四季は年々、身辺に眺めて暮らしている。これが私にとっては生涯の幸福の最たるものであるのかもしれない。家のすぐ近所に中央競馬会経営の馬事公苑があり、その中に林がある。おもに楢《なら》と櫟《くぬぎ》から成る雑木林である。古くはここら一帯の農民に薪や炭の用に供されていたのが、昭和の初めに乗馬の公苑の構内へ組み入れられたものらしい。囲い込まれ斧が入らなくなってから半世紀あまりになり、樹々は高く聳えている。雑木林としては育ち過ぎになり、夏場には鬱蒼の観があるが、晩秋から春にかけては明るい雑木林らしさを残している。

秋がやや深くなるとまず公苑前の並木の欅《けやき》が色づき、それを追って苑内の桜が紅く染まる。イヌシデもミズキも染まる。この辺までは紅葉という感じで、それが盛りを回った頃に、すこし間を置いてもうひとつの盛り、楢や櫟の黄葉が始まる。これも華やかなものだ。そしてその華やぎも沈みかける頃、時雨もよいの暗天の日に林を歩いていると径《みち》の上に、紅葉の精粋のような深い紅が散っている。イイギリの木の実である。全体に地味な樹であり、新緑の時にも紅葉の時にもそれと目に立つことはすくないのに、仕舞いにこのような珠玉を地に撒くのだ。あまりの美しさに拾ってきて部屋に置くことがある。棚の上でも、終日、赤く照っている。寒々とした時雨の午後の部屋の内に、小さな華やぎが点る。

林の紅葉黄葉の盛りには、ここには楓はないのか、といっとき首をかしげる。例年のことを年毎に忘れるものらしい。この公苑では最後に燃えるのが、たくさんはないが、楓なのだ。落葉が進んですっかり明るくなった林の中で、晴れた日に陽の光を受けて、鮮やかな紅に照る。照り静まる。まるで林の中に紅の衣をまとった女人が、袖で口もとを覆って立つように、艶である。陽がやや翳ると、吸いこんだ光を内からさらに紅く照り返すようで、凄艶にすらなる。

しかしこれが「秋の華」の仕舞いでは、じつはないのだ。楢よりもひと足おくれて色を深める櫟も枯れると、もう師走に入りかけるが、この櫟という樹は、枯葉が赤茶けた色に褪せても、いつまでも振り落とさずにいる。いかにも寂しげな眺めであるが、しかしすでに初冬の晴れた日に、北風が吹いて、枯れても強靱《きょうじん》なその葉がカラカラと鳴る時、どうかすると樹全体が、林全体がいま一度の紅葉、真紅に、恍惚として燃えあがる。壮絶な最後である。しかし来春の甦りの約束でもある。

ある朝、昨夜は風が走って、雑木林がすっかり枯木の林となって目の前に現われる時、そこには深い自足、なすべきことはなした、生きるべきことは生きた、というような静けさが感じられる。

このような林の年々の「生涯」に、都会に住みながら立ち会えるのは、有難いことだと思っている。私も閑人ではない。閑人の心であることを願望しながら、生きることに忙殺されている。生きることに忙殺されるとは、哀しい矛盾ではないか。林を日々に眺めるのも、仕事に追い立てられる者の眼、からでしかない。それでもここまで仕事に意志を持続して来られたのは、それについて感謝すべきことは多々あるが、中でもこの林のお陰である。人は深い年齢に入れば、日々の反復に、その徒労無意味に、しばしば堪え難くなる。しかしそのような時でも、心身の内でわずかながら日々の更新が行われていて、それで生きているはずなのだ。

樹木もまた日々の更新を行っている。凋落もすべて新生のためである。

林は日々に新しい。眺める者にも、ささやかながら、心身の更新を感じさせる。

（「現代林業」平成十三年一月号）

節を分ける時

1999

二月四日が立春となる。日は明るく春めいて来るのに、風はいよいよ冷たい。陽気の来復に感じて身体の新陳代謝がようやく活発になりかけたところへ、寒風が埃まじりに肌を叩く。そのせいか、体調がもうひとつはっきりしない時節である。

立春と言えば私などの頭の中では節分や初午とひとつになってしまうが、節分は立春の前日である。春夏秋冬の立つその前日がすべて節分なのだそうだ。季節の分かれ目ということになるだろう。豆まきは立春前夜の行事である。昔、親父が豆まきの時に、近所の耳に遠慮して声は押さえながら、「鬼ハ外」にたいそう気合いをこめていた、とそんなことが思い出される。世の中不景気で我が家も行き詰まっていた年のことだ。結局、大した福も我が家に招き寄せないことになったが。

初午は今年は二月十一日になるのだそうだ。初午太鼓などというものももう何十年も聞いた覚えがないが、この季節になると、あの音が風に運ばれてくるような気分にときおりなるものだ。あれこそ早春の景気である。春が来たとて別に良いことも新しいこともなさそうでも、心はおのずとときめく。春には卒業やら進学やら、人生の展開を待つ、生徒時代の心だろうか。あるいは、春には人にめぐり会えそうに予感する、思春期のなごりだろうか。

不景気には、われわれはしょせん、強いのだから、という声が高年者の口からしばしば聞かれる。もともと貧乏なのだから、この程度の苦境はいくらでもしのいできたのだから、ということろである。たしかにわれわれはだらしないようでも、どうして、なかなかしぶとい。しかしそのしぶとさには、春になれば、あるいは秋になれば、事態は改まるだろう、というような季節の移りによる自然な更新を頼む心が、かなりの支えとなっているはずだ。季節が変われば、事態はさほど進展しなくても、気分は改まる。その気分が行き詰まるころには、季節がまた移る。

われわれ日本人にとってもう是非もないような、深い習性なのだ。病気にかかり、長い療養に服さなくてはならなくなると、そのことがわかる。回復に手間取れば、医薬よりも何よりも、花が咲くころになれば、梅雨が明ければ、涼風が立てば、年の瀬になればとか、年が明ければとか、季節の移りによる改まりをしきりに待つものだ。

経済成長というものも同じ役をしてきたようだ。事の本質に在る、あるいは事の構造に在る行き詰まりでも、しばし時節を待てば、枠組全体がいずれ拡大することによって、量は質を変えるの例えで、すくなくとも当面、解消される。新しい季節が到来して、風景は一変する。「季節」という言葉が世に好まれたはずだ。季節による改まりを頼んで、けっして絶望に至らぬ心身が、成長の秘訣だったのかもしれない。

しかし現在の苦境は、我が国ばかりでなく世界全体がひとつの限界域に、展開の限界に踏み入りつつあるところから、来るのではないか。あくまでも一旦の限界であり、終末を思うにはあたらないのだろう。ここを克服すればその先に地平が開くと考えられる。しかしまた、この苦境は、いずれ春になれば、というような風にしては、しのげないもののようだ。

ひさしくわれわれには馴れぬことになっているが、おそらく、絶望というものを、われわれは事態そのものから要請されている。これも、一旦のものであるべきだが、一旦にせよ絶望の上に立たなくては、われわれの判断はきびしくならず、的確にもならない。道に迷った登山者がまず立ち止まらなくてはならないのと同様である。このままもうすこし先へ行けばまた見覚えのある道に出るだろうでは、おそろしい循環迷走へ誘いこまれる。

それにも劣らず、未知の事態に気がついて立ち止まったそのとたんに言葉がしばし失われるのも、おそろしいことである。登山者はこれはと思って足を止める時、それまで錯誤に気づきかけた心からかえって自己欺瞞的に続けていた自己問答がはたりと落ちて、頭の内が真っ白となる。そこで、もうひとつ恐ろしいことが起こりかかる。

過去に知った事柄へ、その記憶へ、ここではまったく場違いで適用できないとわかっていながら、今をなぞらえようとするのだ。一瞬の間違いだが、確信に近いところまで至ることはある。命取りになりかねない。

絶望と言えば、事態そのものより、それに対応すべき言葉の、空転と無力に苦しんでいる人が各界に多いのだろう。しかしこの絶望をも、われわれは率直に受け止めるべきである。長く立ち止まってはいられない。いつまでも言葉を空白のままにしてはおけない。しかし言葉の無力を、かみしめないことには、言葉は更新されない。

（「読売新聞」平成十一年二月四日）

自足の内から嵐が吹く

1998

——この時、自足への覚悟の内から、寒冷の嵐が吹き起こり、その猛威は一瞬にして宇宙を枯らす。

人が自足へ覚悟を定めるその時、万有は寂寞となる、ということならまだしも私にも、もちろん及びもつかぬ境地ではあるけれど、はるかに思いをやることはできるのだ。

自足というものがしばしば、寒々としたものであることも、この年になれば、幾度かは体験させられている。しかし、

その時、七つの大洋も水溜まりにすぎず、七つの惑星はそれぞれ一点の火花、七つ天空は屍骸《むくろ》、七つの地獄は砕かれた氷にすぎない、と続くと、言葉にしても表象にしても、私の器ではとても受け止められない。

果ては同じ寂滅ではないか、と言って済むことでもない。嵐は嵐である。

十二世紀から十三世紀へかけて生きたペルシャの詩人、イスラムの神秘家、ファリ

ード・エド・ディーン・アッタールの言葉である。この長い名前を私はいくら繰り返されても覚えられない。

断念へと腹を据えたそのとたんに、周囲が渦を巻き出すような、そんな自足への覚悟もないことではないな、と何やら思い出しかけると、そんな激しい自足を、お前が知るわけもないだろう、と笑う声がする。いや、嵐は激しいが、自足は静かなのだ、と答えれば、その静まりが、とりもなおさず、嵐なのだ、わかっているのか、とまた笑われる。この自足は、自足する自分自身も無くなってしまうという、超自足のことだとは、お前もうすうす察しているようだが、と声は私をとりなしておいて、しかし嵐を知らぬ者がどうして、荒涼を知る、とつきはなす。そうして私を黙らせておきながら、逆のようなことを言う。

お前はそれを知っているはずなのだ、と。もし知らなければ、明日にでもあっさり、思い知らされることになるかもしれないぞ、と。

嵐も何も吹かぬ、しかし嵐なのだ、と。


（「朝日新聞」平成十年七月二十八日）

親の趣味

1996

声に起こされた時には家の中まで白煙が立ちこめていた。寝床から飛び出して着替えるのは、子供ながら敏速だったはずだ。戦後まだ四年目のことである。縁側から表をのぞくと、中庭から隣近所はましして濃い煙に包まれていたが、火の手はどことも、見えなかった。しかし路地奥の家で、あたりも密集しているので、まごまごしていると、逃げ路を退たれるおそれがある。

玄関までは出た。そこで、路地を駆けて出入りする男たちの間から、火はもうおさまったという声を聞いたようで、家族揃ってそこに立ったきり、待つことになった。冬場の夜半過ぎである。しばらくして、私はセーターの下から、腹のあたりに隠し持っていた物を取り出して、それまで大事に抱えこんでいたにしてはどうでもよさそうな手つきで放り出した。プロ野球の選手のブロマイドを集めたアルバムである。一リーグの最後の頃、阪神は呉、金田、別当、藤村、土井垣、本堂と、「ダイナマイト打線」を誇りながら、よく負けた時代である。

ちょうど近所の子供たちが競ってブロマイドを集めていた時期で、私には私なりの「逸品」もあり、この成果を焼かれてたまるか、と親の目を盗んでセーターの下へ隠しこんだのだが、放り出す時には一転してうんざりとした心持だった。この災難の最中にこんなものを、と子供心に恥じたわけでもなかった。そうではなくて、今から言葉を貸せば徒労感、にわかな徒労感の発作だった。

空襲で焼かれた家を思い出したのだ。二階の部屋に父親の本棚があった。どんな本が並んでいたか、小さな子供のことだから、覚えもない。しかし本棚の縁に、大和だか武蔵だか、戦艦の模型が飾られていた。その船尾のほうには水上機もカタパルト（発射機）の上に積まれていて、その小さな機体を指先で撫でるのが、私のひそかな楽しみだった。指の脂ですこし汚れてきたのが子供の気がかりの種にもなっていた。その戦艦の並びに、クラリネットが寝かされてあった。ほんものである。父親は音痴だった、と私は思っているので、どうしてあんなものがあったか、今からは不思議である。父親は当時四十代だった。子供の目には大きな、何年かかっても音の出そうにもない楽器に見えた。床の間の端には釣鐘状のガラスケースに容れた西洋人形があった。姉のためだったのだろう。桃の節句にはこの床の間に雛段が飾られた。雛人形は普段同じ二階の天袋の中にしまわれていた。柱のひとつに人形が掛かっていた。まるくひらいたスカートから桃色の脚を垂らしていた。吊り人形というのか。たしか父親の上海土産だった。

　昭和二十年の五月二十四日の未明に、焼夷弾が数発その二階を直撃した。弾は階下まで突き抜けたようで、防空壕を飛び出して私が目にしたのは、暗く静まった家の二階の大屋根の瓦にいくつもゆらめく鬼火のような炎だった。閉てた縁側の障子が内から薄赤く染まり、ガラス戸の隙間から白い煙が流れ出し、軒をゆっくり伝っていた。そこまで目におさめて、庭から逃げ出した。

　国破れて骨董在り、という心はあったようだ。私の父親などもそのようなものだった。そのようなもの、と言うのは、父親がそんな趣味人であったとは、私には思えないのだ。戦前の二階の部屋には骨董焼物の類いは見えなかったはずだ。ところがその家を焼かれ、郷里の実家も焼かれ、国敗れて軍需関係だったので仕事も失い、間借り住まいを余儀なくされるようになると、その狭い住まいの中にあれこれ、たいした値打ちのものだったとも思われないが、壺やら鉢やらが場所を借るようになった。有田、伊万里、唐津、のようなものがあったようだ。どこから買いこんで来たものか、古めかしい敷物に、同じく時代のかかった小机を置いて、筆やら硯やらも多少は吟味したようで、まるで世を避ける文人のごときしつらえを楽しんでいた。長くも続かなかった。

　食糧難の時代とて桑畑が麦や薯の畑に変わる。その伐られた桑の幹が、おおざっぱに挽かれて、燃料として安く売りに出される。桑の木は堅いものだ。それを鋸でまたほどほどの長さに挽いて斧やら鉈やらで割って、薪にするまでにも手間がかかる。薪にしても火つきが悪くて、たいそう煙る。それに閉口して、今度は幹を練炭ほどの太さのところで、練炭よりはよほど薄く輪切りにして、これもけっこうな手間になるが、この輪切りにしたものを、飯を炊くカマドの火の中へ放り込んで、表面が真赤に熾《おこ》ったのを、火鉢の中に埋《い》ける。なるほど火持ちがよくて練炭の代わりになるが、しかしやはりのべつすこしずつ燻《ふす》ぶって、これにも閉口させられた。すると教える人があり、この代用練炭の桑の輪切りの、根もとに近く、面白く節榑《ふしくれ》立ったのを、初めは細かいサンドペーパーで、やがて布で磨きに磨きあげると、樹皮は褐色から紫掛かった艶を帯び、木口のほうは淡黄色からやや朱鷺《とき》色掛かった暖い光沢を発して年輪をくっきり浮かべる。父親はこれを何日もかけて磨き、その上に小さな陶製の、寝仏をのせて悦に入っていた。まもなく、あきたようだった。これは敗戦の直後、都下の八王子に間借りしていた頃のことである。

当時は世に一般の間借りだが、父親などには「寓居」というような意識が強かったのだろう。寓居の意識と、不本意の閑暇が、本来趣味人でもない中年男に、骨董を求めさせたり、俄文人、隠遁者めいた真似をさせたのではないか、と後年の私は思うことがある。桑の根の台座にしても、そういう工夫の智恵が近隣から伝わるのだから、閑人は多かったにちがいない。その後、私たちは芝白金台町の目黒寄りのはずれに四年ばかり住まうことになったが、あの都電の走っていた目黒通りの、目黒駅から日吉坂上あたりまで、途中旧朝香宮邸と旧火薬庫の林とで片側はしばらく途切れるが、焼け残ったり焼けて仮普請の感じで建て直されたり、おおよそ続いていた商店街の間に、昭和二十年代の中頃に、何軒かの骨董店があった。沢山の物が焼けたが、焼け残った家からは沢山の道具が外へ流れ出た。店に並んでもさほどの値段にもならなかったのだろう。そこへ、骨董などをめではじめた失意の閑人が店さきに腰を掛けて、焼物をひねくりながら、主人と話しこんでいる姿がよく見かけられた。それを眺めて子供が通り過ぎ、どこぞの路地か空地でしばらく遊んで、遊び疲れて店の前へまた通りかかると、同じ客がまだ居る。そんな父親を幾度か見受けた。

その了見が、おそらく母親と同様、子供には知れなかった。空襲の恐怖の後遺症の強く残った子供だった。家の内に無用な物の集まることに、ほとんど反射的に、徒労感を覚えさせられた。殊に、荒い焼肌の陶器には。焼跡の掘出し物を思い、そんなものを家の内へ持ち込んだら、火を呼ぶことになりはしないか、と迷信めいた不安を抱いた。近火の夜には、いつでも逃げ出せる仕度から、さすがに持ち出しかねて部屋の隅に残された焼物を横目に眺めたものだ。今から言葉を借りれば、どうせ安物ながら、変な存在感があった。

戦前に比べてすっかり小さくなってしまった本棚にも骨董関係の本が何冊か並んでいた。和本もあった。漢籍らしきものも見えた。しかし「書見」にいそしむ父親の姿は私の記憶にはない。おそらく、あらかたの古本はそれ自体骨董のようなものとしてついでに買って来たのだろう。しかし子供は所在のない日に、その本棚の下に栄養不良のけだるい身体をまるめて、本も満足には買えない時代だったので、父親の書棚の本を手あたり次第に抜いて、読めなくても頁をあちこち繰った。写真や挿絵があれば、わからなくてもつくづく眺めた。たいていは何とも陰気な印象を受けたが、目が離せなかった。子供には読めまいと高を括ったか、悪い本もときおり棚の隅に押しこまれ、おかげで子供は国語のお稽古をだいぶ積ませてもらった。しかし書物に関しても子供は、家の棟の落ちた跡にもすっかりは焼けきらず、棒の先でつつけば生焦《なまこ》げの頁のひらくその残骸を覚えていた。古本に鼻を近づければ、黴の臭いとともに、物の焦げる臭いも嗅ぎ取れる気がしたものだ。実際に煙に燻されたことのある本もあったのではないか。

そんなわけで、息子は後年、できるかぎり無趣味を旨とするようになった。趣味にはまれば、どうしても物が集まる。

（「波」平成八年八月号）

震災で心に抱えこむいらだちと静まりと

1995

大震災の予知ができないということは、科学の限界をよくよく心得ていても、無念のことである。それにつけて、こんなことを言った人がある。

天変地異を予感する器、つまりセンサーとして人間はほかの動物たちに比べていかにも鈍いが、しかしセンサーであることには変わりがなく、地下にあれだけ巨大なエネルギーが蓄えられて解放寸前の境までひずめば、それに感応しないはずがない。動物にたずねるには細心の観察と好運が必要なのにひきかえ、人間は物を言うではないか。

壮健な人間たちは多事に紛れやすいというのなら、病人たちに聞けばよい。たとえば全国の病院へアンケートをまわして、このたびの大震災の前半月、前一ヵ月の間に、病人たちの心身に普段と変わった兆候は見られなかったか、苦痛を訴えることがより頻繁ではなかったか、おもにどんな訴えであったか、などなどをたずねる。

これがただちに災害の予知につながるとは思われないが、あるいは考察の足がかりにはなるかもしれない、と。

　これを聞いて、つい数年前に自身も大病を患って天気天象にたいする病人の鋭敏さに苦しめられた私は、「それは、あるな」とうなずかされたが、しかしそれをやるのなら、震災の前ばかりでなく、後半月、後一ヵ月のことも調べてみなくてはなるまいなと思った。自分の関心がじつは、予知もさることながら、大災害を生きながらえた人間の、「のちの心」のほうに掛かっていることに気がついた。

　そのうちに、さる新聞の紙上で災害地からの精神医の報告を読んで私はまた考えこんだ。その報告によると、震災の際に心にとうてい担いきれぬほどの恐怖と悲惨に遭った被災者たちはしばしばその記憶を遮断しようとする。その記憶を呼びさましかけるものもすべて遮断しようとする。そのストレスがやがてたまりにたまって、はげしいいらだちとなって苦しめる。そのいらだちが攻撃性に変わることもある。

　この状態に陥った人に精神安定剤を投与するのはかえって好ましくなくて、抗鬱剤のほうが効くということは、精神医たちの経験から知られているという。またこの状態はどうかすると三年後にも、四年後にもおよぶことが、諸外国の大災害の例から報告されているという。

　無理もないことだ。しかし、むごいことだ。震源から遠く離れた人間には、深く踏みこめぬところだ。そう言えば、私と同じ文筆家でこの大震災の恐怖を当地でじかになめた人たちが何人か、新聞に随想を寄せていたが、いずれもその人たちの平生の文書にくらべると心やさしい。周囲への感謝の念に満ちていた。やはり窮地に落ちて人の情は身にしみて知られるものか、と私は感じたものだが、あれは人への感謝のあらわれだけでなく、途方もない恐怖の後遺を内にそっと抱えこむ人間の、声の穏やかさではなかったか。今になり心の内側に向かって、薄氷を踏むような思いがあるのだろう。

しかしひるがえって考えるべきはやはり我が身のことである。震源から隔たった人間にも、心の遮断は生じる。たとえば、震災の被害の「状況」を知りたくてテレビの前に座りこんでいるうちに、「おばあちゃん、かんにんな」とわびる声を聞いてしまうことになる。助けを求める肉親の叫びを近くに聞きながら炎にせまられてその場を離れなくてはならなかった時の、人の声である。そう呼びかけて逃げてきました、とそこまで話して、あまりのことに言葉がとぎれると、その声はそのまま、過去ではなく、現在の声になる。想起などでなく、その時の叫びとなってもう一度立つ。聞く者の心は、この声を受け止めるにたえられない。

この声を聞いてはしばし完全に沈黙させられる。それから、興奮が押しあげてくる。人の不幸にたいして、饒舌にすらなる。そのうちに、その興奮が怪しげに感じられ、テレビの前に安楽に座っていることへの言い訳のように自分で疑われてきて、「明日は我が身のことだから」とつぶやいて、また口をつぐまされる。いらだちはやはり内に抱えこむことになる。

被災地のことを思えばこんなものは物の数にも入らないが、東京で暮らす私の狭い周辺でも、震災以来、どういうものか心身がきつくて、とこぼす声が幾人かから聞かれた。とかく神経が妙にざわついてならない、というのが主な「症状」らしい。ときおり、それらしい理由もなしに、すべてにたいする激昂にとりつかれるという。

震災から十二日後のよく晴れた日曜日の正午ごろのこと、東京の郊外のある乗換駅のホームに立っていた私の前に、ようやく入ってきた電車の扉がひらくと、車内は半分近くが空席だった。降りる客もほとんどなかった。この辺の平生の日曜の人出を私は知っている。

薄気味の悪いような心持で座席に腰をかけると、そう言えばここにくるまでの途中の駅も道路も、よほど閑散としていたことが思い出された。震災直後の遠隔の都市にもそんな日曜があったわけだ。これもまた一時の「反応」に過ぎないのかもしれないが、この静まりと言い、いらだちと言い、震災によってひとたび各人の心の内に埋めこまれたものが、やがてどう集まって、どう表れることか。

（「朝日新聞」平成七年三月十六日）

地震のあとさき

1995

赤ワインを注文して、グラスが前に置かれたところで、ゆらゆらっと揺すってきた。昨年十月四日夜の十時二十分過ぎ、北海道東方沖地震の時のことである。私は仕事で帯広市にいた。その晩は取材班五人と市内で酒を呑んでホテルにもどり、シャワーでも浴びるかと仕度までしかけたが、もうひとつ呑み足りなくて、一人で八階のバーまで来たばかりだった。

おおむね横揺れであり、前触れらしきものもあったようなので、大事はあるまいと高を括ることにしたが、揺れはいよいよまさり、いつまでもやまず、ビルの鉄骨だか何かがぎしぎしと音を立てて軋むのはあまり良い気持のものではなかった。ほかに客もいない。振り返ると、いつのまにかカウンターの外へ出たバーテンダーが入口に近い飾り柱に両手ですがりついていた。四十前後か、ひょろりと背が高くて、ずいぶん気のやさしそうな顔立ちをしている。それが蒼白だった。実際に、物につかまっていなくては立ってもいられない様子なのだ。私の正面の棚からグラスが立て続けに落ちた。ところが私のすぐ手前に置かれた脚の長いワイングラスも、高い止まり木にちょこんと腰かけた私の身体も、妙に安定している。それが不思議でもあり、柱にすがる一所懸命の姿を呆気に取られて眺めていると、「大丈夫でしょうか、大丈夫でしょうか」とバーテンダーはしきりにたずねる。「大丈夫です」と答えるよりほかになかった。大丈夫でなかったら、大変である。

あとで聞くと揺れは二分以上続いたそうだ。長かったはずだ。揺れがおさまると、バーテンダーは私のそばに来てしまった。ラジオかテレビがあったら点けたほうがい い、と私はすすめた。やがてカウンターの上にトランジスタが置かれて地震報道の声が聞えてきた頃には、バーテンダーも人心地がついたようで、カウンターの中に入ってワインの仕度を始めた。エレベーターが停まったという。しかし私にとって、酒があって電灯さえ点いていれば、さしあたり困ることはなかった。震源地は根室沖と推定され、根室から釧路へかけての海岸に、津波が警告されていた。午後十一時頃と、到達の時刻までが告げられた。時計を眺めて、あと三十分とは、どんな心持がすることか、かえって恐ろしい間合いではないか、と思っていると、「ここまで来ないでしょうか」と細い声をかけられて、振り返ればバーテンダーがまた私のうしろに所在なさそうに立っていた。「絶対に、来ません」と私は答えた。いちばん近い海岸でも、ここまでは百キロもある。しかし気がついてみれば、トランジスタラジオから伸ばされたアンテナはおおよそ、釧路根室の方角を指している。偶然の一致なのだろうけれど。

「お客さま」と声をかけられて目をあけた時には、ボトルがあらかたあいていた。津波は来ないらしいとわかった頃から、居眠りを始めたらしい。止まり木から床に降りた足に、振れのなごりが感じられるような気がした。勘定を済ませて外へ出ようとすると、「助かりました。お客さまはよっぽど、地震に馴れた方なんですね」と言われた。

はて、と苦笑させられて部屋へもどることになったが、思い出してみれば、十年ほど前にも妙なことがあった。


東北本線が盛岡市を北へ抜けるあたりから、車窓の左手に見える秀麗な姿の山は岩手富士と呼ばれる岩手山である。この岩手山から西へ走り、やがて北へ向かって八幡平《はちまんたい》まで続く長い尾根筋があり、途中、黒倉《くろくら》山、姥倉《うばくら》山、犬倉山、大松倉山、三ツ石山、小畚《こもっこ》山、大深岳、嶮岨森《けんそもり》、諸檜《もろび》岳、畚《もっこ》岳、源太森、などと初めて聞いても懐かしいような名前の山々を越えていく。その山々の奥深さに惹かれて私は二十代に二度にわたりひとりでその辺を歩きまわっている。それから二十年も経って山登りなどとうにしなくなってから、若い人に、その尾根の縦走路の一端にでも取りついて半日ほど歩いてみないかと誘われて、初めは尻ごみしたが、同行者の若い力をたのみに出かける気になった。北へあがると車窓からあちこちで桐の花の咲いているのが見える五月の末のことだった。岩手山の姿が行く手に望まれる頃になると、昔のように登山の仕度に身を固めて開通したての新幹線の席に落着き坐っているが、四十代の半分を過ぎた酒呑みが、すぐに露見することになる詐欺行為をはたらいているようなうしろめたさを覚えたものだ。南の山懐に入って一泊してその翌朝、天候は変わって雨になってい た。念のために尾根の近くまで登ってみたものの、その先はガスが立ちこめ、遠くに風の音もしているようで、今の体力ではとても強行できない。それでも一瞬、行こうかと思った自分には呆れたが、とにかく分別していったん下山することになり、盛岡の街まで引き返して、酒となった。

旅先の昼酒ほど美味なものはない。祭りの行列の通る市中もしとしとと小雨が降り、私はほっとした。若い同行者も酒は好きだったが、さすがに山のことはまだあきらめていない。酒を終えるとまた列車に乗りこみ、例の尾根筋に遠く沿ってやや北上し、そこから車で西へ、尾根の東懐になる谷へ分け入り、その奥の温泉宿に荷をおろして、もう一泊、縦走路の途中に取りつくべく、天気待ちをすることになった。山地は雨気《あまけ》が一段と濃くて、その夜も酒盛りになり、ここまで来ながらいかにも残念の旨、私はしきりに口走っていた。ところが翌朝、目を覚ますと、登山日和とは言い難いが、晴れ間がのぞいている。

すでに谷に深く入っているので、登山道は取っつきから急になる。半時間も休まずに登って枝尾根の上に出た時には、私の息はあがっていた。目もすこしあがっているようで、谷を隔てて間近に見える隣の尾根の質感が身につらくこたえてならない。谷から吹きあげてくる沢の音が、ときおり大勢の読経の声に聞える。ここで同行者に、あやまってしまおうかと思ったが、いくら何でも早すぎる。もう半時間ほど歩いてから、あやまろう、と一人で決めた。

道は石だらけの涸れ沢のように続いた。そのうちに、左右の樹林の中に残雪が見えはじめ、登るにつれて増えていた。空はどんよりと曇り、薄い霧が樹間を流れだした。これはそろそろ、冗談事じゃない、と胸の内でつぶやいた。ところがかすかな恐怖に触れられたのを境に、心身が引き締まった。脚の動きも壮健になった。いつのまにか私が先導役になっていた。天候の激しく変らぬうちに尾根まで一気に登りつめてしまおうという、あぶない了見だった。

道はくりかえし窪みにかかり、そこに根雪が溜まって小さな雪田をなし、踏み跡が絶える。そのつど立ち停まり、雪田の向こう岸に道の続きを探さなくてはならない。樹間の霧が濃くなった。尾根はもう近いようで、傾斜はよほどゆるくなったが、斜面はひろくなったので、道をはずしたらどこまで迷うか知れない。若い頃にここの縦走路こそ歩いているが、この道は来たことがない。それなのにまるで記憶をたどるように雪田を見渡し、かなりかすかな道の取りつきを、間違いなく探り出していく。なにか非現実な、勘の冴えだった。

正午前に尾根のほうから、幼児の叫ぶような声で、鳥が呼んだ。一声あがってやんだ。十一時四十五分、となぜだか時計を見て確めている。

最後に雪をかぶった熊笹の原へ迷いこんだが、尾根の縦走路はすぐ先に見えていた。あとは明快な地形である。谷ひとつ隔てた対岸の尾根筋は秋田との県境になる。

雪の熊笹を分けるのはそれでも難儀なことだった。二人して交互に踏み押さえる笹がしぶとい弾力を返すので、やがては足もとが、波の上を渡っているようにこころもとなくなった。その最中のことだ。尾根の彼方の、はるか深い谷の底をヒョーと、口笛のような長い音が走ったかと思うと、あたりのダケカンバらしい樹々が一斉にサワサワと、細く張りひろげた枯枝を鳴らしはじめた。音はしばし甲高いようにまでなり、それからはたっとやんだ。突風が渡ったのかと思ったが、私たちのまわりでは、雪の下から起きた熊笹すら、そよりとも葉を動かさなかった。二人はそれぞれ耳を澄ましたが、物を言わず顔も見合わさず、藪漕ぎをまた続けて、まもなく尾根道へ出た。

あれが秋田沖、のちに日本海中部と呼ばれた地震の時刻だった。尾根の上は岩盤が固いせいか、私たちは揺れをはっきりとも感じないで、雪の小高原にたどりつき、無人の小屋に入って昼飯をしたためた後、その先の三ツ石という山の途中まで登ったが、雪が腰の近くまで来るので断念して、同じ道をにわかに追われるみたいに駆けくだり、たどり着いた温泉宿の玄関から帳場のテレビに、崩壊した家屋の大映しにされているのを見て初めて驚いた。昭和五十八年の五月二十六日、津波にさらわれた小学生たちなど百二十人の死者・行方不明者を出した日のことだ。

帯広のホテルの部屋で目を覚ますと、テレビが点けはなしになっていた。もう午前の三時をまわり、テレビの画面では報道陣や役所の職員たちの顔に徹夜の疲れが濃く浮いていた。刻々情況を報らせるあわただしい声の中で熟睡していたわけだ。寝つきの悪い私としては、あやしげな眠りである。十一年前の山道での、地震の直前の勘の冴えも、考えてみれば、あやしげである。とそんなことを思いながら、同行の取材班五人が地震と同時に地元の支局の救援に駆けつけて朝まで働いていたことを、つゆ知らずにいた。ホテルを飛び出す前に私の部屋へ電話をしたそうだが、応答はなく、私は行方不明だった。

（「すばる」平成七年一月号）

知らぬ翁

1994

五十代の中途を越したばかりの私などはまだ先々のボケのことを心配するよりも、いま現在の、初老性の鬱をどうしのぐか、そちらのほうが大事であるのに、近頃めっきり、往来を歩いていても、老人たちの姿に目が行くようになった。そろそろ三年になるが、頸椎を悪くして四肢が不自由になりかかり、手術と五十日の入院を余儀なくされたその前後から、とくに老人たちの姿態が目につくようになった。入院をもう直前に控えた或る暮れ方には、だいぶよたよたになった脚で、これがしばしの散歩のしおさめかと、寒風の吹く中、近所の並木路を歩きまわるうちに、たまたま転倒した老人を助け起こすことになり、足腰の弱りはてた老人の、幼児のような心細さの感触を、入院中まで掌の内にのこした。

そういう私自身が手術の前には、歩行がぎりぎり可能な境まで追いつめられていた。膝の筋力が落ちて、運動神経の麻痺もだいぶ進んだので、転倒を避けるためには、腰から背をまっすぐに伸ばし、重心がその垂直線から左右に振れぬよう、また上下にも揺れぬよう、足をそろりそろりと、床を摺って、これもできるだけまっすぐに、前へ送らなくてはならない。歩行というあたり前のことが、じつに不思議におもわれた。夜の病棟の消灯時刻のまぎわの、閑散とした廊下をたどっている時などは、このあまりにも端正な歩みが、すでになかばこの世ならぬもののように感じられることもあった。

手術が無事に済んで、およそ二週間の、首を固定されたまま絶対仰臥の苦しい時期も過ぎ、ベッドの背を六十度まであげることも許された頃のこと、暮れ方に医師が病室にやってきて、ベッドのへりに腰をかけるように言った。それから、そのまま立ちあがるように言った。そして直立できたことに自分で驚いている私の前に、ベービーサークルを高くしたような歩行器をもってきてそれにつかまらせ、背中に手を添えて病室から廊下へゆっくり押し出すと、いきなり、「さあ、歩いて」とうしろから声をかけた。

岸に棹を突くと、舟がついと前へ進む、とそんな像がうかんだ。とにかく歩けることが奇跡だった。

走る――ジョギングのまねごとを始めたのは、退院してから二ヵ月ほどの頃だった。さいわい、予後は良好だった。しかし高年になって大病をした人ならばたいていてい誰でも経験するところだろうが、回復がはかどればはかどるほど、病気の後遺症がきわ立ってくる。それまでは全体の不調の中に紛れていたわけだ。私の場合、歩行に不自由はなくなっていたが、膝のあたりがいくらか重い。そして膝にもうひとつ力がこもらない。これでいいんだ、ぜいたくは言えない、と一度はそう思った。この膝の弱りに合わせて暮らすうちに、だんだんに年寄りくさい姿勢になり、年寄りくさい歩き方になり、それでつりあいが取れて、不調も覚えなくなるのだろう、と。ところが或る日、散歩中に、いきなり駆け出したものだ。もちろん、すぐによたよたになり、五十メートルと行かぬうちに立ち停まり、人に見られてはいなかったか、とあたりをうかがったほどの醜態だったが、膝はとたんに軽快に、健やかになり、しばしすたすたと歩いていた。

夏の間にはジョギングの態をだいぶなしてきて、距離もだんだんに延び、毎日とまではいかないが、習慣の中にくりこまれた。そして秋に入り、ちょっと困った。日が短くなっていくのだ。私は昼間に仕事をするほうなので、運動の時間は暮れ方にしか取れない。夏の間は爽やかなものだ。秋口に入り、走り始める時刻をすこし早目にして、日のあかあかと暮れるのを楽しみながら走るというゆとりも出てきた。しかし秋が深くなるにつれて、走る途中でたそがれるようになった。夜に走る人がたくさんいることは知っていたが、あれは若い人たちだ。高年の人間が、夏場ならともかく、秋から冬へと傾く頃、宵に一人で走っているなどというのは、なんだか凄惨なようでいけない。風も日に日に寒くなっていく。いちおうの成果もあがったことだから、この辺でそろそろ終りにするか、すくなくともシーズンオフにしようか、とそう毎度思いながら、冬に入っても、夜な夜な駆けている自分がいた。運動着に着がえて外に出る時にはもうたそがれているのだから、これはまさに「夜行」である。

そうして冬至にもう近い頃、人影もすくない暗い道を走るうちに老人とすれ違って、しばらく行ってから、そう言えば走っていてよく老人たちと出会うようだな、とつぶやいた。こういうことは毎日すこしずつ気がついてきて、或る日、いきなり意識されるものらしい。よく出会うと言っても、公苑の外壁に沿って四周するうちに一人か二人、せいぜい三人ほどだ。毎晩出会うともかぎらない。しかし宵の口に用事があって出かけているのでないことは、いったん意識すると、さかのぼって感じ分けられた。あまりにも真剣に歩いている。その真剣さが暗がりの中でも、こちらの肌へ伝わってくる。あれは歩行訓練、たった一人のリハビリである。それにしても、病後の老体にとっては夜の寒さはよくないだろう。私にも病中に覚えがあるが、もしも運動神経にいささかの障害があるとすれば、正しく足を運ぶためには視覚にたよらなくてはならないので、暗い道はあぶない。そう言えばどの老人も目をじっと足もとへ注いでいる。しかし視覚というものはいざそれにたよるとなるとあんがい心細く、わずか足もとまでの距離でも、ふっと測定がきかなくなることがあるものだ。

それでも日の暮れるのを待って、歩行訓練のために出てくるのだろうか。身の急激な衰えを感じた人間の頑固さというものは、私にも病気のおかげで少々わかるようになった。身の衰えを感じたので人にたよるようになる、人にへりくだる、人に心を相応にひらく。しかしその一方で、自分自身にたいして頑固にもなる。日のあるうちは人目を嫌うということもあるだろう。自分の身体が自分の思うようにならないということは、しばしば、プライドを鋭敏にする。しかし、そればかりではなかろう。日の暮れとは、衰弱に苦しむ人間にとって、よくない刻限である。どうかして身体の不全感が一段と強くなり、これに抵抗する体力も気力も尽きかけたように思われる。夜が怖くなる。ほかでもないこの夜が怖いのだ。そんな時に、自分を夜道へ、寒風の中へ追いやるという頑固さが人間にはある。自分の意志は、すくなくともそれだけは健在であることの、証しがすぐにでも欲しいのだ。

老人の姿を印象に刻まれて、ややうわのそらでもう一周走ってくると、さきほどとほとんど変わりもないような地点で、さきほどとまったく変わらぬ真剣さで足を運んでいる老人に出会うこともあり、そんな時、その道が長く、はてしもなく長く、私にも感じられる。

石垣に両手をついて休んでいる老人を見かけたこともある。それが、無言のうちにあたりを威嚇しているような姿に、一瞬見えたものだ。

——ますかがみ　そこなる影に　むかひ居て
　見る時にこそ　知らぬおきなに　逢ふここちすれ

平安王朝期の「拾遺和歌集」の中に見える。旋頭歌《せどうか》というものである。鏡に向かって坐り、そこに映る姿を見る時こそ、見知らぬ翁に逢う心持がすることだ、というほどの意味である。

自分の老いの姿を見る心はたいていこんなものだろう。しかもこの感慨は、私の体験によれば、思いのほか早い時期に、まだ壮健な年齢のうちに訪れるものだ。歌そのものもふたとおりに読めるだろう。ひとつは、老人が鏡に向かっていると取る。現在の自分の老いの姿を、見知らぬ老人のように見る。えもいわれぬ心だろう。もうひとつは、まだ壮年期にある人間が鏡の中に自分の老いの姿を見出すという読み方である。将来の老いの姿と言うべきなのだろうが、それがいま現に、目の前の鏡の中にあるのだ。

その体験を私が初めてしたのは三十代の初めだった。酔って帰ってきて眠りこみ、夜明け近くに、小用に立った。洗面所の鏡の前を通って、便所に入る。そして用を足しながら、首をかしげた。いま鏡の中にヘンなものが映っていたようだが、と。

手洗いから出てまた鏡の前に立って自分の顔を眺めた。幽霊のようなものを見る時の、姿に驚いて目をこらすと何もない、というのとは逆の順序になった。初めに鏡をのぞいた時には、酔いざめの起き抜けのひどい面相ではあるが、つくづく見飽きた日常の顔よりほかに映らなかったが、ためしに目をはりつめ、じわじわと睨むにつれて、鏡の中の睨みづらの奥から、荒涼の極みで泣き笑いするような、皺々にしかめた顔が、あきらかに年寄りの顔が浮きあがってきた。思わず目をそむけると、その像がもうひとつ凄惨の気をおびて鏡の内に留まったように感じられた。

女親を亡くした直後だった。六十の坂を越したばかりで老境にはまだすっかり踏みこんでいなかった私の母は、消耗性の病気のため、三ヵ月ほどの間に老齢を駆け抜けることになったが、息を引き取ったあとの顔は若かった。三十過ぎの息子の目にどうかすると年下のように見える面立ちもあらわれていた。

「まあ、今の世の中で高齢まで生きるよりは、よかったんだ」

息子はそうつぶやいて、勝手にみずからを慰めた。これがだんだんに、我が身にはねかえってくる。それから十年後、八十歳で亡くなった男親の最後の一年をつぶさに眺めた時には、自分自身の老い先を思うと、進退きわまった心持になった。どうせそこまで生きられるかどうか、わからないのだから、とそんな投げやりな思いも、さしあたり救いとはなった。

その後十年足らずの間に、姉と兄がそれぞれ老境を待たずに逝ってしまった。

鏡の中に自分の老いの姿を見出した時の気持はどんなものだったかと言えば、私にとっては、例の旋頭歌の中の、《知らぬ》という言葉にまさる表現はない。知らぬ年寄りがそこにいる、という驚きであった。

それにたいして首をかしげる人もあるに違いない。そしてこう言うだろう。自分にも同じ体験があるが、自分の場合は、高齢で亡くなった血縁者たちの面立ちを鏡の中にはっきりと見た、誰とも完全には重ならなかったがすでによくよく見馴れた顔だった、と。しかしこの《よくよく見馴れた》ということと、《知らぬ》ということは、お互いを排除しない。むしろお互いに、正反対であるはずの印象を強めあう。根はひとつなのだ。《知らぬ》と眺める心は、同時に深い既知感にともなわれている。さらにあまりにも深い既知感の中からは、《知らぬ》という驚きがひろがる。

そこに恐怖も混じるのだろうか。たとえば幽霊やら亡霊やらを目にすれば、戦慄が走る。しかしかりにその姿や面影にすこしの見覚えもないとしたら、人はまずキョトンとしてしまうのではないか。それどころか、既知の雰囲気がまず生じなかったなら、人はその姿を目にとめることすらないのではないか、と私には思われる。つまり、見覚えのまるでない幽霊やら亡霊やらは、そもそも現われないのだ、と。既知感と未知感の極みで現われるという点ではたしかに自身の老いの影は、幽霊やら亡霊やらへ通じる。鏡の中に《知らぬおきな》を眺める心にも、なにがしかの戦慄は走る。この体験がやがて自分の老いた先の、とくにボケてしまって思慮分別につつまれずにただあらわになる自分の存在にたいする、恐怖となってふくれあがってくるのだろうか。

また私事にもどるが、自分の老いさらばえた面相が、鏡の内どころか、この顔にじかに浮き出てくるのが、大病の時である。それもやや回復へ向かう頃である。つかのま浮かぶなどというものではない。半日もそんな顔のまま寝ていることがある。或る日、午後の三時頃だったか、白い天井を眺めながら、もう十年ほども前に八十で亡くなった父親の、老齢の顔に自分がなっているのに気がついた。年来、父親似とも思わずにきたが、気がついてみたら、正午頃に家族に昼飯を食べさせてもらってから、ずっとその顔をしていたようだった。いまさら驚きもなかった。母親や姉の、亡くなる頃の面立ちを、自分の顔面に感じていることもあった。女人の顔が、このむさくるしい五十男のつらにも重なるものなんだな、とただ感心していた。都会で暮らす血縁者どうしの常で、年が行ってからはかなり疎遠にしていた長兄が、日曜日ごとに見舞いに来てくれた。暮れかかる時刻に病室にふらりと、苦笑するような顔つきで現われ、私はもう自分でなんとか食事ができるようになっていたが、病院の早い夕飯の済むまでそばに居て、膳を廊下の台車へ片づけがてら帰っていく。やがて春が近づいて、長兄の帰った後にも、日が残るようになった。黄昏の微光が混じってよけいに淋しく感じられる蛍光灯のあかりの中で、私はぼんやり日の暮れきるのを待ちながら、いましがた帰った長兄の顔を、念頭にではなく、自分の顔に浮かべていることがあった。気がついて、やはり怪しみもしなかった。その兄が半年後に亡くなるとは知る由もなかった。

病人にとっていちばんの苦労は、夜眠ることである。日数を重ねればそれなりに心得もできてきて、消灯時刻からたっぷり間合いを取り、潮時を感じはかって枕もとのスタンドも消すわけだが、しばしば、ゆっくりと差してきた睡気がはたと絶えてしまう。潮に逃げられて露呈してしまった岩礁のような、くっきりとした不眠である。そうして深夜におよぶと、およそさまざまな《知らぬ》顔が、かわるがわる私の顔に現われては消える。知らぬ血縁者たちが、さかのぼれば、たくさんいるわけだからな、と自分の顔面を《彼ら》の出没にまかせて、他人事のようにつぶやいている。今から思えば凄惨なことだが、凄惨そのものになった人間は、その凄惨さをことさら感じないようだ。戦慄も、自他の隔たりがよほどあってこそ、走るのだろう。すくなくとも言えることは、日頃は私の内でかなり盛んな、将来の老耄、ボケへの恐怖が、あの時期にはすっかり落ちていたということだ。

さらにまた大病のあとの、病みあがりの暮らしには、ボケの前体験ともいうべきものがある。自分の家、日常の場へもどってきてみれば、生活というものはじつにまあ、たくさんのこまごまとした習慣から成り立っているものだ、と感心させられる。ひと月やふた月の不在なら、それらの習慣を忘れてしまうわけでない。ちゃんと覚えてはいるのだが、何をするにも、いちいち手続きを踏むようにしている。するとときたま、自明であるはずの立居振舞いの最中に、どうしてこんなことをしているのだろう、という訝りにかすめられる。かすかな訝りであり、ほんのつかのまのことだが、その瞬間、見も知らぬところにいるような心地へひきこまれかける。

老人がとうとう家の便所にまでも行き着けなくなった、という話を聞いたことがある。足腰が弱ったせいではない。便所の手前、洗面所の入口までは、一人でさっさと来るのだ。ところがそこで立ち停まったきり、途方に暮れてしまうという。広大なるお屋敷ではない。その話を耳にしたとき、私はさすがに怖くなり、「家の内というのも、そうして見れば、なかなか広いものなんだねえ。人ひとりが迷児になるのだから」と冗談口へ逃がれたものだが、退院の直後に、あれこれ用事を足すために家の内をふらりふらりと歩いていて、その老人のことがわかるような気がした。たとえ長年住まう家の内だろうと、馴れた《通路》の、もうあと一間《いっけん》のところだろうと、もしも日常の雰囲気が、既知感がはたりと落ちてしまったなら、自分の居所がまずわからなくなるのではないか。自分の現在地がつかめなくなれば、人はどこへも行けなくなるわけだ。とくに高齢者にとっては、今風の設計の、洗面所と風呂場と便所の集まっている空間は、三十年四十年その家に住みついていても、心の底では《見知らぬ場所》であり続けている、ということも考えられる。

壮年期にあるはずの私ですら病院からもどって一週間ほどは、洗面所の壁に取りつけられた六つばかりのスイッチを、のべつ押しまちがえていた。或る日は仕事の手始めに、病中見舞ってくれた人たちへ礼状をしたためようとしたが、これが意外に手間取り、葉書の三通も書くともう疲れはてて、居間のほうへふらりと出てくると、たまたま家の者の姿はなく、雨天の午後は暮れかけていた。部屋の端にしばし突っ立ってぼんやりしていた。半端なところにふっと立ち停まるのは、これは病中から持ち越した癖である。ところがそのうちに、自分の手が壁の一箇所をしきりに探っているのに気がついた。居間の電灯をつけようとしているらしい。しかしそんなところにスイッチはありはしないのだ。まだ普通じゃないな、と思って手をひっこめたが、手探りしていた自分の姿が念頭にのこり、おもむろに思い出すようにして、やがて怪しげな行動のわけがわかった。以前住んでいた家の、奥の六畳の間のスイッチを探っていたのだ。間取りはまるで違うが、仕事部屋から出てくると、壁のこんな見当にスイッチはついていた。終日ほとんど陽が差さず、雨天には昼間から暗い部屋だった。それにしても、二十五年も昔のことになる。上の子がまだ赤ん坊で、下の子はまだ生まれていない。そう言えば、いましがた仕事部屋を出たとき、赤児のいるような甘酸っぱいにおいを鼻の奥に嗅いだ。いや、あれは自分の、まだコルセットで固めた首のにおいだった。

——知らぬおきなに　逢ふここちすれ

もう一度自問するが、この《心地》は、ボケへの恐怖となってふくらんでいくものだろうか。病後もしばらく、私は何かにつけ自分の内に《知らぬおきな》と感じさせられたが、この時期にも、病中同様、年来ひそかに抱いているボケへの恐怖は絶えていた。そんなことを心配するゆとりもなかった、と言ってしまえばそれまでだが、しかし、ボケへの恐怖に苦しめられる日常と、心のありようがまるで異なっていたように思われる。

ボケへの恐怖とは、何なのだろうか。あたり前の情ではあるのだが、考えてみれば、理不尽なものでもあるのだ。まず、さいわいにして長寿を受けることになったら、やがては老耄の境へ入っていくことは、人生の自然ではないか。その境の内のことは、外からは所詮はかり知れないのだ。どんな時間と空間がそこにあることか。その内にある人間はそれを伝えることができない。外にある人間はそれを読み取ることができない。あるいは生涯の中で、もっとも伝えるに価する、読み取るに価することなのかもしれないのに。この遮断は自然の皮肉である。

一般のこととしてなら、そこまでは諦めがつく。しかし我が身のこととなるとそうは行かないのが哀しいところだ。いつかこの自分が外からはうかがい知れぬ境に入ってしまい、そこにいかに深い充足があり、いかに玄妙なる時間と空間がひらくにしても、これを人が見ればただの老醜、老醜だけならまだしも、人生というものの意味を否定するような、ただ陰惨な、性悪のような外見をおのずとさらすことになるかもしれない、とそう考えるとひとしきり、居ても立ってもいられないような気持になる。しかしこの恐れもまた理不尽である。なぜなら、人の外界と内実が甚しく乖離するというのは、人生の急場においてはかならず起こることではないか。まして、ここは人生の涯、有限から無限へと去らんとする境である。外見についても人間は、世のため人のため、いささか責任を持つとはいうものの、それはこの境の手前までのことである。

とはわかっていても、しかし人に迷惑をかけたくない、という気持は思いのほか強いのだ。これは殊勝に聞こえるが、妄執に近いところがある。またボケへの恐怖の発する最大の源である。今まで人にできるかぎり迷惑をかけまいとして生きてきたのに、最後のところで物が考えられなくなり、まるまる人の荷厄介になるとは、と呻かんばかりになる。人に迷惑をかけて来なかったのに、というところに、恨みの念がこもる。これが問題だ。自立心の旺盛であった人間をも、ボケは容赦しない。それどころか、自身にたいしてきびしく生きてきた人間こそ、老境に入って、もろいのではないか、という疑惑すら近年、伝え聞く。

この辺で、自分自身にたいして、意地の悪い質問をしかけてみるか。もしも或る日、見も知らぬ老人が君の家にやって来て、自分はあなたの血筋の者だが、年を取って行き場もなくなり、身の始末も困難になったので、どうかこの家に寄せてほしいと懇願したとしたら、そして見も知らずの人物ながら君は一見して、これは自分と、続柄はともかくとして、血の濃くつながった者だと直感したとしたら、どうする——。それはことわる。それをことわるような、そのような生き方を、これまでして来た。そのような社会の中で、これまで生きて来た。人の世話にはなれないという前提のもとで長年積み重ねた生活そのものがすでに、血縁者とは言いながら他人をひきとる余地もないようにできている。是非もないことだ。ことさら言訳もしない。

それだけはできません、とまずほとんどの人間がそうことわることだろう。ほかのことで助けるにせよ、この一線ははっきりと引いておかなくてはならない。身構えることもないのだ。長年の生き方からの、当然の帰結である。それだけのきびしさを自身に課して来たからこそ、人に大きな迷惑もかけずにやって来れたわけだ。恥じることもない。これを薄情と自分を責めていては身がもたない。しかしそうは思っても、一抹のこわばりが心の底にのこるだろう。

ボケとはそのような見知らぬ老縁者が或る日、たずねて来るようなものだ。そう考えると、ボケへの恐怖の正体があらわれるのではないか。家の者のためにそれを恐れている、と本人は思っているが、まず何よりも、自分の知らぬ自分を恐れているのだ。自分自身であり、しかも遠い近い縁者たちの影のようでもある、《知らぬおきな》が訪ねて来る。これには戸をたてるわけにいかない。いや、とうの以前からもう、ときどき来ているらしい。一、二泊して帰って行くようだが、身のまわりのものをすこしずつ、運びこんでいるのかもしれない。

しかし、この《知らぬおきな》がそばに来ている時には、心の陰翳こそ深まるが、ボケへの恐怖は消えている。

（「新潮45」平成六年二月号）

龍眼の香り

1991

最初の記憶と言えば私には、激しい空襲の夜に防空壕の底にうずくまって、頭上から落ちかかる敵弾の切迫を刻々、全身で感じ取っていた時のことがうかんで、いかにも最初の記憶らしい雰囲気をおびてもう一度迫ってくるものだが、これが最初の記憶であるはずはないのだ。私は当時もう国民学校の二年生である。これはむしろ、「最後の記憶」と呼ぶべきか。

眠れぬ夜などに記憶の初めを探っていると幾度でも、これだろうかと思われる断片を引き寄せてくるが、これに違いないと確信に変わりかけるところでいつでも、それよりもあきらかに古い、しかし深みの感じのとぼしいほかの場面があらわれて、あっさりと否定し去る。それをくりかえすうちに、幼児期をだいぶさかのぼる。しかしある程度まで行くと、神経がなにかつらくなり、ここより先は禁域、自分の心の袋を裏返しにしてまで失せ物を探すことはないと思われる。

あれは五月か六月、いつまでも明るい暮れ方に、父親が家に帰ってきた。私はとうに仕度をさせられて待っていたようで、その父親にすぐに抱きあげられ、その足で庭から門を出て、長い坂を駅のある大通りの方へくだって行った。縞の背広を着た父親の姿は若い。息子の年齢に追い抜かれた境から、記憶の中で年々若くなっていく。私を抱きあげた腕と胸の強さ、坂をくだって行く足取りの確かさが今でもはっきり体感としてのこっている。まだ三十代と思われる。私は二つか三つのはずだ。縁側から庭へ降りる前に、父親は口移しに、香りの濃い果肉を私の口にふくませた。それが龍眼の実であったことを知った時には、私はもう三十を越していた。

病院には母親がいた。ベッドの枕もとにロールケーキが皿に置かれていた。「食べない」とすすめられたが、私はこんなところにいる母親に、人見知りをしていた。「お若いころに、婦人科のほうの病気をなさいませんでしたか」と医者は凄惨なような胸部レントゲン写真を眺めながら老父にたずねた。父親は否定した。付き添いのかたちで来ていた息子は龍眼の香りを思い出した。母親の病気は肺癌だった。六十を出たところだった。

(「日本経済新聞」平成三年十月二十六日)

安堵と不逞と

1989

焼跡とひと口に言われるが、たとえば昭和二十年三月十日の本所深川大空襲の跡は、すくなくともその直後においては、焼跡と呼ぶべきでない。あれは地獄であった。同様にして広島長崎の原爆の跡も、すぐには焼跡とは呼ばない。

初期の空襲に家や地域を焼きはらわれた人たちもやはり、その跡に立って、いわゆる焼跡の感情はいだけなかったかと思われる。もっとまがまがしい、悪夢の光景だったはずだ。敗色はずいぶん濃くなっても、空からの殲滅戦、絨緞爆撃という観念を、人がまだ持たなかった、そんな時期があったのだ。わが身に降りかかるそのぎりぎりまで、知らずにいた。それがある日ある夜、ものの数分、いや、一瞬を境にして凄惨な戦場が日常のうちに現前した。この頃には、逃げおくれて命を失った人も多かった。身内や知人のひとりでもそこで焼き殺されていれば、焼跡という言葉も、その暗さが違ってくる。

地獄の噂が伝わるにつれて、人の逃げ足もおいおい早くなった。亡くなった人には気の毒だけれど、命あっての物種《ものだね》、とそう思うようになった。それにつれて、焼跡の感情は妙に明るいようになっていったようだ。おなじ年の五月二十四日の未明、東京空襲のどん尻の、そのひとつ前にあたる空襲により、私の家のあった西南部郊外も焼きはらわれた。人はすぐさま逃げ出した。それぞれ坂を駆けおり、両側の家並みを強制疎開によって取り壊されてひろくなった大通りいっぱいに、夜の大市のように群れて、さらに郊外にあたる方角へ、ぞろぞろと歩いていた。その間、高台の住宅地は、おそらく踏み留まった者もなく、炎にゆだねられて、のどかに燃え盛っていた。やがて、どこまで逃げてもこの先はおなじだという徒労感が人の足を鈍くした。命がけで駆けたのも、眉をつりあげて歩いたのも、それぞれ十分ぐらいのもので、あとはだらけた列となったが、そのけだるさもふくめて、敗走ではあった。敗走を知った民はそのことをよほど意識していないと、事に触れて浮き足だつ癖がつく。それが子から孫へと、受け継がれかねない。

さて、立ちこめた煙塵の中を、病んだように赤い日が昇り、初夏の光がまぶしく差しはじめた頃、おそるおそる、家のあったあたりまで引き返して、すでに遠くから目にした光景は、これは焼跡と呼んでよい。家の敷地に駆け入るや、土の上にころがり伏して、灰をつかんで泣いた人も、なかにはあっただろう。瓦礫のほとりに、立ちつくしたところが、いつのまにか尻を低く垂れてしゃがみこんでいたという人も、多かったろう。しかし悲歎にも虚脱にも、行き暮れた気持にも、安堵がまじった。今夜からはもう、空襲をおそれることはない。この際、これより切実な感情はなかった。家を焼かれた哀しみよりも、さしあたり深かった。

暮れ方になると、日は西の地平にまだ立つ煙塵の中へ落ちかかって、また赤く大きく、冬の日のようにふくらみ、どんよりと濁った夕映えの中を、あたり一帯ほとんど壊滅のはずなのに、救援組織がわずかに機能していたようで、木の箱に入れられた焦げ臭い握り飯が配られてきた。このような敗残の中でつくづくと喰った物の味を、自分のほんとうの生き心地としてのちのちまで、繁栄の時代まで、芯にのこした人たちもすくなくはないだろう。

いっときの安堵ではあった。まもなく罹災者たちは、いっそ焼跡のバラックに居のこって戦争の終るのを待つことにうらやましくも思いきった少数の人たちを除いて、それぞれ身寄りのもとへ、あらたな空襲の危険の中へ散って行った。途中で目にするよその焼跡はすでに、また身に迫り来る恐怖の眺めとなった。

焼跡が、ああ、生きのこったかという安堵の眺めとなりきったのは、いつからのことだったか。八月十五日以降か、それとも、進駐してきた敵軍がさほどの復讐にも暴虐にも走らない、飢餓は闇のおかげでどうにでもしのげる、疾病もその猛威をどうにかおさえられている、と感じ分けはじめた頃か。敵も死神も、わりあい、おとなしいらしい、と。それにつれて、焼跡はまた、旺盛なる生活欲のひしめく場所と感じられるようになった。焼野原を行けば、亡国の悲哀よりも先に、これからどうにでもなれるような、恣意感がつかのま満ちあげてきた。瓦礫の中で闇の品をおおっぴらに取りひきする者もあれば、崩れのこった壁の陰にわずかに人目を隠して、そそくさとまじわる男女もいた。つぎの戦争が明日にでもこの国に及ぶように伝えられた頃には、都会の焼跡にはつぎつぎに安普請の家が涌き出していた。

それから三十年四十年たって、街の殷賑《いんしん》の飽和の中で、この辺で静かに落着こうとすれば、かえってもう一度荒涼と露呈するものは、あの焼跡の、不逞の活力ではないのか。さらにさかのぼっては、命あっての物種の、あの安堵ではないのか。

（「太陽」平成元年七月号）

解説　古井文学は万人の歌となる

佐々木中

二〇二〇年二月の古井由吉氏の死、そして二〇二三年三月の大江健三郎氏の死において、日本近代文学は終焉を迎えた、或いは滅んだ――とまでは、まあ、言わない。ただ、そうたやすくはまた来ないであろう偉大な日々が終わりを告げた、とは言わなくてはならないだろう。ごく控え目に言っても、漱石と鷗外、芥川と谷崎に引き続く名として、この二人の名前は挙げられるべきであろうからだ。

作家はその死後辺獄に入り、二十年の時を経て復活するかどうかが鍵であると言われる。古井文学は二十年の時を隔てて復活するであろうし、せねばならない。もし再評価がなければ日本語があやうい――と言えば、果たして大袈裟であろうか。

これは古井由吉晩年のエッセイを集めた本である。氏とこのジャンルを論ずるにあたって、一九六九年に書かれた「私のエッセイズム」（『古井由吉作品』七、河出書房新社、一九八三年）という一文を欠かすことはできない。引用しよう。

その頃から私は自分のおこなっていることを私なりのエッセイズムという漠とした概念でつかむようになり、小説とか評論とかの行き方にこだわらずに、自分の性分にあった規模の事をとにかくトータルに表わしたいという表現欲にだけ従って、直截に試みてゆけばよいのだと、自分の迷いをすこしずつ清算しはじめた。それまでは、私は内的な必然性によって小説なり評論なりどちらか一方の道へ駆り立てられることのない人間の常として、両方のジャンルに対して曖昧な懐疑をいだきつづけてきた。評論については、批判精神の行使がどうしても空転するように今の世の中ができているように、私には思えてならなかった。小説については、外的な出来事にせよ、内的な出来事にせよ、小説として詳らかに書きしるして人に伝えるに価するような出来事がそもそもあるのだろうか、という疑いをどうしても払いのけられなかった。

この箇所をもって氏の「エッセイ」は小説や評論という区分を超脱したものであるということは出来るし、また小説と同じい価値をもつものだということも出来る。現にそう論じられている。しかし、この一文には前段がある。

「その古い庭をふたたび目の前にした時、私はこの前の時と同じように《退屈なのが取得だ》とつぶやいて庭の縁に坐りついてしまった」と始まるその箇所は、奇異の念をいだかせる。この「私」がとりあえずは古井由吉その人だとしても、その古い庭がどこにあるのか、坐りついたのはいつの時なのか、一切語られないからだ。そしてこの庭に相対して「目の前の存在をどうしても、どうしてもひとまとまりの印象としてとらえかね」た「私」は、「ひとつ想像力に訴えて、この庭をもう一度はじめから自分自身の手で創ってみてやろうと考えた」。この庭が実際にはいくら空間として限定されたものであろうと、「創ろうとする者にとっては」「ちょうど子供に与えられた一枚の画用紙のように、ひとつの無限なのであ」る。と、その時卒然として若き古井氏はこう書く。「ところで、この無限の中にいくつかの石を配したのは、それは途方に暮れた作者の、途方に暮れた恣意にすぎないのではなかろうか」「しかしその時はじめて私はその庭を美しいと思った」。

そこでその「古い庭」は「唯一無二のものとしてではなく、数かぎりない試行のひとつの表情として」、その美を明らかにする。ここから一行を空けてすでに引用した「その頃から私は自分のおこなっていることを私なりのエッセイズムという漠とした概念でつかむようになり」、と続く。その後、この論旨と「タブー」との連関が示唆されるのだが、それは措く。そしてこの短文は「そこで、目の前にある物事をもう一度自分の手ではじめから粗描してみようというエッセイズムの行き方は、私の思考の出発点となる」と結ばれる。

他にもある。現在は「小説」として、それも古井文学の最高峰の一つとして数えられる連作短編『山躁賦』についても、一九八七年九月、古井氏は「『山躁賦』は私の資質にかなったやり方だったようで、筆も気持も暢《の》びた。もう小説に戻るのが厭になるほど楽しかった、と口走りかけて、不穏当な言いぐさに自分で口を押さえたものだ」(「中間報告ひとつ」、『招魂としての表現』、福武文庫、一九九二年)と語っている。つまり、当初彼はこの小説を小説としては認めていなかったということになる。しかし、「私のエッセイズム」を経たわれわれにとっては、これは当然のことである。さらにまた、「話才文才に豊かならば、エッセイによってなるべくひろく人に語りかけ、小説のほうはなるべく控えて自身の成熟を待つ、というのが作家の長丁場には望ましいのであろうが、不器用者がかえって逆を行ったことになる。それでいて自分の小説をひろい意味でエッセイ(試行)だと思っていて、小説とエッセイとの区別をときに煩わしいと思う心があるのだから、矛盾も大きい」(「著者ノート　秋のあはれも身につかず」、『古井由吉作品』七、河出書房新社、一九八三年)とも語っている。どころか、近年に至っては筆者との対談で、詩と小説の区別すらゆるやかに廃棄しようとしていたのだった。「ぼくは、詩も小説も評論も、ほとんど区別しません。すべてディヒテンであろうと思います」（「ところがどっこい旺盛だ。」）、佐々木中『アナレクタ2　この日々を歌い交わす』、河出書房新社、二〇一一年）。ここでディヒテン（dichten）とは、ドイツ語で「書く」あるいは「創作する」「詩作する」を意味する語彙であることは、いうまでもない。

「私のエッセイズム」に戻ろう。氏はおそらくはその庭の完成形、人によっては「必然」を見出しもしようその姿に「恣意」を見出すことによって、そこに「美」を見出していたのだった。そう、「恣意」は、形式においてのみならずその内容においても、古井文学の驚嘆すべき一貫した主題である。すべてが恣意なら、ではなぜこうしていなくてはならないのか――という深い訝りが、異様な緊張をはらんだ美となっていく。それは詩と小説、そしてエッセイの区別を瓦解させる現代日本語の究極の到達点と言いうるその文体のみならず、氏が幼少時に遭遇した空爆、東京深川大空襲の災厄の心的外傷をも思わせる回想の反復から、あるいは飄逸味すら感じさせる日々の明け暮れのさまざまな細部の描写に至るまで、一貫している。だからこそ、――紙幅ゆえの飛躍をお許し願いたい――古井文学は万人の歌となる。このエッセイ集にもあらわだが、果たして「災厄」の後を生き、その前を生き、また最中を生きていないものなどあろうか。災厄こそが、われわれの生の在り方自体を「恣意」と感じさせ、深い訝りを誘うものでなくて何であろうか。

このエッセイ集のなかに「時『字』随想」がある。漢字ひと文字にちなんだ随想である。一見は気楽な身辺雑記のたぐいと思わせるが、しかしその「花」を引こう。冒頭はこうである。

昨年の春の、桜はどうだったか。三月十一日以降、悲惨な被害がつぎつぎに伝えられる。原発は危機に瀕している。停電に物資の品薄に苦しむ。そして天候も悪かった。寒さがいつまでも続いた。桜の咲き出したのは遅かった。それでもたちまち満開になったのを、こんな年にも花は咲くのだ、と眺めたものだ。

この一文がすみやかに空襲の記憶に連なる。さらに引用しよう。

晴れ渡った正午の空に、敵の爆撃機の爆音が唸る。それを迎えて味方の高射砲があがり炸裂する。その下を七歳の子供が防空壕めがけて走った。わずかな距離なのに、駆けても駆けても、届きそうにない。死物狂いになった目の前に、桜の樹が一株、今を盛りに咲いていた。花も狂ったように咲いていた。

この桜についての回想は、地下鉄サリン事件の記憶へとさらに広がっていくのだが、それは本文をご覧になってくだされば良い。だが、それにしても。空襲の最中に狂ったように咲く花の記憶が、今ここにある震災の花の記憶に重なる。それは異常事態ではない。むしろ異常事態の延々たる持続こそがわれわれの日々の明け暮れなのであり、そしてその「花」の反復なのだ。こうした明察が、古井文学以外のどこにあろう。

古井由吉氏の文学の普遍性はここにある。今筆者がこれを書いているのはイスラエルによるガザへの空襲が続く二〇二三年十一月十一日であるが、パレスチナにも花は咲く。繰り返そう。こうして、古井文学は万人の歌となるのだ。

（哲学者、作家）

＊本書は『楽天の日々』（二〇一七年、キノブックス刊）を再編集し、単行本未収録作品「林は日々に新しい」を加えた。

古井由吉（ふるい　よしきち）
一九三七年、東京生まれ。六八年処女作「木曜日に」発表。七一年「杳子」で芥川賞、八〇年『栖』で日本文学大賞、八三年『槿』で谷崎潤一郎賞、八七年「中山坂」で川端康成文学賞、九〇年『仮往生伝試文』で読売文学賞、九七年『白髪の唄』で毎日芸術賞を受賞。二〇一二年『古井由吉自撰作品』（全八巻）を刊行。ほかに『われもまた天に』『書く、読む、生きる』『連れ連れに文学を語る　古井由吉対談集成』など著書多数。二〇二〇年二月死去。

草思社文庫

改訂新版
楽天の日々

2024年2月8日　第1刷発行

著　者　古井由吉
発行者　碇 高明
発行所　株式会社 草思社
〒160-0022　東京都新宿区新宿 1-10-1
電話　03(4580)7680(編集)
　　　03(4580)7676(営業)
　　　https://www.soshisha.com/

本文組版　株式会社 キャップス
本文印刷　株式会社 三陽社
付物印刷　日経印刷 株式会社
製本所　加藤製本 株式会社
本体表紙デザイン　間村俊一

ISBN978-4-7942-2702-7　Printed in Japan

ご意見・ご感想は、
こちらのフォームからお寄せください。
https://bit.ly/sss-kanso

草思社文庫既刊

北村太郎
センチメンタルジャーニー

生い立ちから最晩年までを赤裸々に語った詩人の絶筆。少年時代、詩へのめざめ、突然の妻の事故死、晩年の恋、鮎川信夫、田村隆一ら「荒地」の詩人たちの肖像など、随所に鋭い批評が光る。解説：正津勉

古山高麗雄
人生、しょせん運不運

独特のユーモアを湛えた戦争小説の著者が急逝で中断されるまで綴りつづけた回顧録。肉親の死や儚い恋愛の記憶を辿り運命の不可解を思う。戦争体験が培った人生観が胸を打つ。解説：佐伯彰一、平山周吉

谷川俊太郎
一時停止
自選散文1955―2010

詩人・谷川俊太郎の56年間にわたる、生活に関する文章を一冊にまとめた自選散文集。なにかと気忙しく、浮き足立っている近頃、このへんでちょっと一息ついて来し方を振り返ってみましょうか。

草思社文庫既刊

声に出して読みたい日本語 ①②③
齋藤 孝

黙読するのではなく覚えて声に出す心地よさ。日本語のもつ豊かさ美しさを身体をもって知ることのできる名文の暗誦テキスト。日本語ブームを起こし、国語教育の現場を変えたミリオンセラー。

声に出して読みたい論語
齋藤 孝

「論語を声に出して読む習慣は、心を研ぐ砥石を手に入れたということだ。孔子の身と心のあり方を、自分の柱にできれば、不安や不満を掃除できる」（本文より）日本人の精神を養ってきた論語を現代に。

なぜ本を踏んではいけないのか
齋藤 孝

人格読書法のすすめ

本はたんなる情報のツールなのか。何千年も伝わって来た人類の叡智は「本」という形で運ばれた。本を著者の人格ととらえ、そこから読書の効用を説く。齋藤先生独自の読書論。紙の書物という形式は滅びない。

草思社文庫既刊

少年の日の思い出

ヘルマン・ヘッセ　岡田朝雄＝訳

中学国語教科書に掲載されている「少年の日の思い出」の新訳を中心に青春小説の傑作「美しきかな青春」など全四作品を集めた短編集。甘く苦い青春時代への追憶が詰まったヘッセ独特の繊細で美しい世界。

愛することができる人は幸せだ

ヘルマン・ヘッセ　岡田朝雄＝訳

「愛されることより愛することが重要だ」と説くヘッセの恋愛論。幼いころの初恋、壮年時の性愛、晩年の万人への愛——人生のあらゆる段階で経験した異性との葛藤と悩みを率直に綴り、読者へ助言する。

地獄は克服できる

ヘルマン・ヘッセ　岡田朝雄＝訳

自殺願望や極度のうつ症状に終生、悩まされたヘッセが地獄の苦しみともいうべき精神状態からいかにして脱出したか。親、学校、家族、社会との軋轢の中から抜け出すための思考法を体験的に綴る。